Liebe, Tod und Tofu

Fernsehköchin Francesca Carlotti zwischen Mord und Nachschlag

Margot Jung

erschienen im 3H-Verlag

Bibliografische Information der Deutschen Bibliothek
Die Deutsche Bibliothek verzeichnet diese Publikation in der Deutschen Nationalbibliografie; detaillierte bibliografische Daten sind im Internet über http://dnb.ddb.de abrufbar.

Margot Jung
Liebe, Tod und Tofu - Fernsehköchin Francesca Carlotti zwischen Mord und Nachschlag

ISBN:	978-3981859096
Lektorat:	Cornelia Wilhelm, Nina Praun
Coverdesign:	creationell – Die Werbeagentur.
Zeichnungen:	Sin Cinema Filmproduktion GbR
Satz & Layout:	Daniel Reitmeier
Druck:	Druckerei Mayer & Söhne, Aichach

1. Aufl. 2017, Augsburg

URL: www.3h-verlag.de

Kapitel 1

Seit auf den Tag genau vor zehn Jahren, vier Monaten und einem Tag mied Francesca Carlotti italienische Männer wie Graf Dracula den Knoblauch. Auch Monegassen, Isländer oder Hawaiianer hatten lange Zeit keine Chance mehr gehabt, in ihr Herz aufgenommen zu werden. Genauso wie alle anderen Nationalitäten. Es sei denn, sie waren ihr eigenes Fleisch und Blut, wie ihr Sohn Cosimo. Oder sie gaben ihr gut zu essen, wie es der Sepp gerade tat. Aber auch dann nur auf eine platonische Art und Weise. Selbstgekästen Wilden Bernd hatte der Sepp ihr auf einem Holzbrettl serviert, und Francesca spürte immer noch dem feinwürzigen Aroma des milden Käses an ihrem Gaumen nach.

„Gibst mir ein Stück mit von deinem Berndl, gell, Sepp?“, fragte die Köchin und dachte dabei an den Kochkurs, den sie zu Beginn der neuen Woche im nahegelegenen Alpenhotel abhalten würde. Wenn sie mit solch einem regionalen Leckerbissen startete, ihn vielleicht in ein cremiges Risotto einbaute, dann hätte sie ihre Kochschüler gewiss schnell auf ihrer Seite.

„Scho recht, Madl. Aber ich lass dich erscht gehen, wenn du noch von meinem Lardo probiert hascht“, beschloss der runzelgesichtige Senner Sepp, den Francesca heute in seinem kleinen Einödhof im Tal besuchte - der Almabtrieb lag schon einige Wochen zurück. Sepp stemmte sich von seiner Eckbank hoch und schlurfte hinaus in seine Vorratskammer.

Francesca schmunzelte. Der Sepp. Wie lange sie für ihn noch das Madl blieb? Mit Mitte 40 nannte kaum noch jemand die Fernsehköchin ein „Mädchen". Schade, dass sie nicht mehr so häufig wie früher zu ihrem Lieblingskäser kommen konnte. Aber der Umzug nach Hamburg vor einigen Monaten hatte definitiv auch seine guten Seiten. Bei dem Gedanken fuhr sie sich durch ihr langes kastanienbraunes Haar. Dann kramte sie in ihrer regenbogenbunten Handtasche nach ihrem Smartphone. Schnell! Sie wollte nicht, dass der Sepp beleidigt war, wenn er merkte, dass sich Francesca heute mehr für ihre Nachrichten als für seine Köstlichkeiten interessierte. Sie wischte über ihr Display und checkte die eingetroffenen E-Mails. Dabei verbarg sie ihr Telefon unter dem kantigen Holztisch, so wie sie früher die Spickzettel vor ihren Lehrern unter dem Schülerpult versteckt hatte.

Drei neue Nachrichten. Ein großer Versandhandel bot ihr sämtliche Alben einer Boygroup, eine neue Ingwerreibe sowie eine Tube Gleitgel zum Kauf an. (Was bestellte sich Cosimo da immer auf ihre Kosten, dass ihr solch ein Warenportfolio zugetraut wurde?) Eine Nadja begrüßte sie als ‚Hallo mein stranger Man'. Die beiden E-Mails löschte Francesca sofort, nur nicht die Nachricht von Udo aus ihrem Cateringteam, der sie darüber informierte, dass ein großer Auftrag zum nächstjährigen Hamburger Hafengeburtstag eingegangen war.

Doch das interessierte sie gerade überhaupt nicht.

Francesca hörte bereits Sepps schwere Schritte, die seine baldige Rückkehr in die gemütliche Stube ankündigten. Sie scrollte noch einmal zurück auf die letzte Nachricht vom vergangenen Tag:

„Für morgen Nachmittag alles okay. Melde mich gegen 1100 nochmal. Bis dann…“

Sepps Pranke drückte schon die quietschende Klinke herunter, da schaltete Francesca hektisch das Smartphone ab und pfefferte es zurück in ihre offenstehende Tasche.

„Na, Madl. Was schaust denn so enttäuscht? Schmeckt der Kas sauer oder druckt dich was anderes?“

„Sepp, warum kennst du dich so gut mit Menschen aus, wenn du doch dein Lebtag jeden Sommer da oben allein auf der Alm hockst?“

Ohne etwas zu erwidern, zog der Alte ein Holzbrett aus einer Schublade unter dem Esstisch hervor, legte ein dickes Stück eines glänzenden grünen Specks darauf und klappte sein Taschenmesser heraus, dessen Klinge er an einem sauberen Stofftaschentuch abwischte. „Den hab ich selbscht eingesalzen“, murmelte er und entfernte die Rinde. Dann schnitt er kleine Speckrechtecke zurecht und schob das Holzbrett in Francescas Richtung. Danach erhob er sich schwer und holte noch zwei Schnapsgläser sowie einen Steinkrug mit Korkverschluss aus der alten Bauernkommode an der gegenüberliegenden Wand.

„Da, Madl. Iss und trink.“ Er füllte die hochprozentige Flüssigkeit in die beiden Stamperl. „Is gut gegen alles, zum Schluss sogar gegen Herzschmerz“, philosophierte der runzelige Alte.

„Danke.“ Francesca hob ihr Glas und prostete dem Senner zu. Draußen am Stubenfenster rannen die Regentropfen an der Glasscheibe herab, und Francesca dachte über das Leben und den Verfasser der gestrigen Botschaft nach.

Als Francesca zurück auf die Autobahn fuhr, prasselte immer mehr Regen auf das blaue Faltdach ihres nagelneuen Fiat 500 herunter. Zum Wetter passend, ähnelte der Wagen im Design einer klassischen italienischen Holzjacht aus den 50ern. Weiße Ledersitze, Mahagoni-Armaturenbrett und der Schaltknauf aus Tropenholz. Francesca fühlte sich fast so, als würde sie ihr neues Gefährt über den Lago Maggiore steuern. Doch leider fehlte die Sonne, und dem Fiat mangelte es an Motorkraft verglichen mit einer schicken Holzjacht.

So mühte sich der schnuckelige Italiener hörbar ab und kämpfte sich samt seiner stolzen Besitzerin auf der linken Spur den Irschenberg hinauf.

Die Rillen der ausgefahrenen A8 führten bereits ordentlich Staunässe, so dass das kleine Gefährt gelegentlich gefährlich hin und her schlingerte.

Trotz der widrigen Straßenverhältnisse wischte Francesca mit der rechten Hand erneut auf ihrem Smartphone herum, während sie mit kurzen Blicken immer wieder das Verkehrsgeschehen vor ihrer Frontscheibe zu scannen versuchte.

Wieder nichts Neues. Abgesehen natürlich von dem großen Versandhandel, der ihr nun ihre eigenen drei Kochbücher zum Kauf vorschlug. Interessant. Aber auch wieder nicht. Die Rezepte darin konnte sie schließlich auswendig aufsagen, selbst wenn sie ein Irrer mitten in der

Nacht geweckt hätte.

Francesca blickte auf die Uhr am Armaturenbrett. 14.03 Uhr zeigte das Display. Elf Uhr lag damit schon lange zurück. Warum meldete sich niemand?

Die Köchin fröstelte. Ihre nackten Füße steckten nur in einem Paar Flipflops. Und das dünne T-Shirt sowie die Jogginghose, die sie auf weiten Fahrten bevorzugte, ließen sie heute frieren.

Kurz überlegte Francesca, an der nächsten Raststätte auszusteigen und sich eine Jacke aus dem Kofferraum überzuwerfen, doch da schaltete der Wagen plötzlich das Radio aus und ein dröhnendes Telefonklingeln schreckte die Fernsehköchin aus ihren Gedanken. Francesca tastete auf ihrem Lederlenkrad herum, bis sie schließlich den passenden Knopf fand, um das Telefonat über den Autolautsprecher anzunehmen.

„Hallo, ich bin's", meldete sich eine vertraute Frauenstimme.

„Ciao Benita!", grüßte Francesca ihre Freundin. Plötzlich blendete Francesca ein Licht aus dem Rückspiegel. „Hey, du Armleuchter!"

In der Telefonleitung knackte es. Benita war nun deutlicher zu verstehen. „Wie bitte? Francesca, bist du das?"

„Tut mir leid. Du bist nicht gemeint. Hinter mir steht gerade einer auf seiner Lichthupe. Aber weißt du was", sagte sie zu ihrem Rückspiegel gewandt, „dann fahr doch vorbei."

„Bist du krank?", fragte Benita.

„Nein. Wieso?"

„Na, so zuvorkommend im Straßenverkehr – das

kenne ich sonst nicht von dir."

Francesca kicherte und lenkte ihr nachtblaues Sommergefährt auf die mittlere Spur, um einen graumelierten Herrn in dessen dickem Benz vorbeiziehen zu lassen.

„Wo bist du?", fragte Benita.

„Auf der Autobahn. Ich habe vorher Cosimo bei seinem Freund in München abgeliefert, war schon beim Sepp auf Stippvisite und jetzt geht's tiefer in Richtung bayerischer Berge."

„Heute schon? Das Kochseminar beginnt doch erst am Montag."

„Cosimo wollte unbedingt herkommen und ich mochte ihn nicht alleine mit dem Zug schicken. Außerdem hast du davon geschwärmt, dass das Hotel so klasse ist. Da habe ich nicht lange gezögert. Vielleicht mache ich ein bisschen Wellness. Oder ich starte mein Sportprogramm, wer weiß."

„Du und Sport, das möchte ich sehen. Soll ich vorbeikommen?"

„Ein andermal gerne, Benita. Aber heute kannst du es dir sparen. Das Wetter ist dermaßen mies, hätte ich das gewusst, wäre ich auch daheim geblieben. Ich komme dich einfach auf dem Rückweg besuchen, versprochen."

„Aber du besichtigst keine neuen Immobilien, hörst du? Sonst komme ich doch, um dich vor der drohenden Insolvenz zu beschützen."

Francesca grinste. „Hast du Angst um mein Geld? Ich kaufe doch immer nur schöne Häuser. Und manchmal lade ich dich auch dahin ein."

„Nur mit deinem neuen Alsterpalast hast du's echt

übertrieben, Mädel. So viele Kochbücher und TV-Shows kann selbst ich nicht an den deutschen Hobbykoch bringen, Francesca. Also, entspann dich dieses Wochenende. Und dann gilt wieder: Arbeit, Arbeit, Arbeit.“

„Mache ich, meine liebste Managerin. Gibt es noch etwas, das ich wegen des Kochseminars am Montag wissen sollte?“

„Allerdings. Der Veranstalter bestand darauf, dass die vegane Küche besprochen wird. Deshalb hast du jetzt Verstärkung bekommen.“

Francesca stöhnte, besann sich dann aber wieder. „Ist diese Verstärkung vielleicht ein knackiger junger Mann mit dunklen Haaren?“

„Tut mir leid. Sie heißt Jacqueline. Ich habe dir eines ihrer Kochbücher ins Hotel geschickt, dann kannst du dich ein bisschen einlesen, oder hast du vor lauter Sport keine Zeit dazu?“

„Wer weiß?“

„Wo hast du Cosimo denn untergebracht?“

„Der schläft bei einem Freund und zusammen gehen sie zu so einem Boy-Group-Konzert.“

„Na gut. Dann mal viel Spaß. Und mach keine Dummheiten.“

„Ich doch nicht. Jetzt muss ich die Zeit sowieso damit totschlagen, ein tierfreies Kochbuch zu studieren. Wir hören uns spätestens Montag wieder, Benita.“

„Ciao, Süße. Und vergiss nicht: Keine Immobilien in Süddeutschland!“

„Benita!“ Francesca drückte den Telefonknopf am Lenkrad ihrer blauen Rennsemmel und presste mit ihren beflipflopten Eisklötzen, wie sich ihre Füße nun anfühlten, das Gaspedal ordentlich durch. Ein weißer Sportwagen hinter ihr setzte vergeblich den linken Blinker. Francesca kümmerte sich nicht mehr darum. Stattdessen drehte sie das Autoradio ab und warf ihre Lieblings-CD ein. „Azzurro!“, schmetterte Adriano Celentano in Presslufthammerlautstärke aus den Boxen und Francesca sang voll Hingabe und schrecklich schief mit ihm im Duett.

***

Von Francesca unbemerkt vermeldete derweil die lispelnde Moderatorin im Radio eine Wetterwarnung für das Tal, in dem Francescas Wellnesshotel lag. Die Ankündigung von schwersten Unwettern und heftigen Niederschlägen sowie die Gefahr von Erdrutschen ließen in ihrem Zielhotel die Telefondrähte heißlaufen. Die Hoteldirektorin verfügte daraufhin, dass ihr auswärtiges Personal das Wochenende freinehmen sollte und sich in die Heimatdörfer begeben konnte.

Nur ein paar unerschrockene Gäste aus dem deutschen Norden und Italien würden eintreffen, und das sollte mit den wenigen Mitarbeitern aus dem Ort zu bewältigen sein.

Diesen Gästen abzusagen konnte sich Annemarie, die Hotelchefin, nicht leisten. Die Sommersaison war durch konstant schlechtes Wetter baden gegangen und der Neubau eines Restaurants für Ausflugsgäste verschlang ein viel höheres Budget als geplant. Jeder Euro zählte. Also schickte Annemarie ein Stoßgebet zum Himmel und eilte zum Telefon, das schon wieder schellte.

Kapitel 2

Das letzte Stück des Weges führte über eine schmale Bergstraße, erst steil hinauf, dann waghalsig und kurvig zurück nach unten in ein enges Tal, das sich für ein einziges Dorf auftat und von mächtigen Felswänden begrenzt wurde.

Francesca fuhr nun hochkonzentriert. Der Regen hämmerte noch heftiger auf ihr Autodach, fast so, als ob es hageln würde. Doch kein Graupelschauer konnte dermaßen lange dauern. Wasserströme schossen an den unbefestigten Seitenrändern der brüchigen Teerstraße hinab und überfluteten Teile der Fahrbahn. Ein dunstiger Nebelschleier umhüllte die Landschaft, von der Francesca glaubte, dass sie sie an einem sonnigen Tag schnell in ihren Bann gezogen hätte. Irgendwo stand eine Kapelle am Wegesrand. Braune Kühe mit mächtigen Glocken um den Hals starrten traurig in den Regen. Hölzerne Schilder markierten, wo es zu den Wanderpfaden abging.

Schließlich erreichte Francesca das Dorf und verpasste beinahe die Einfahrt des Alpenhotels, so trüb war es. Schwungvoll riss sie das Lenkrad herum und kurvte mit viel zu hoher Geschwindigkeit in die enge Einfahrt hinein, so dass der Kies und das Schmuddelwasser der Pfützen spritzten. Parkplätze außerhalb der Hotelgarage waren hier ein knappes Gut. Aber die Garage zeigte sich verschlossen und Francesca hatte keine Lust, durch den dichten Schauer, der sich gerade vom Himmel ergoss, zur Rezeption und noch einmal zurückzulaufen, nur um später im Trockenen zu parken. Schließlich fand Francesca eine schmale Lücke zwischen zwei mächtigen Holzstapeln, in welcher sie ihr kleines Fahrzeug unterbringen konnte. Beim Öffnen der Fahrertür stieß sie nach wenigen Zentimetern gegen die benachbarten Holzstämme. Da, wo sie eigentlich mit ihren Sommerschühchen aussteigen wollte, spannte sich ein riesiger Schmutzwassertümpel über den Parkplatz.

Gerade als sie versuchte, durch den engen Spalt zu ihren Rücksitzen zu klettern, um dort trockenen Fußes aussteigen zu können, erspähte Francesca einen anderen Wagen, der aus der geräumigen Parklücke direkt hinter ihrem Fiat herausfuhr. Also krabbelte sie auf ihren Fahrersitz zurück, zog den Gurt fest und startete erneut den Motor. Volle Pulle setzte sie zurück in die nun frei gewordene Lücke.

Aus den Augenwinkeln erkannte Francesca noch ein perlmuttfarbenes Objekt, das recht flott die Einfahrt hereinkurvte. Plötzlich krachte es, gefolgt von einem metallischen Schrammen - schlimmer als das schlimmste Kreide-auf-Tafel-Quietschen, das Francescas Gänsehaut je miterleben musste. Die Köchin wurde in ihrem Sitz nach vorne geschleudert und vom Gurt unsanft zurückgebremst. Dann war es still.

„Vollpfosten!“

Francesca riss die Fahrertür auf und schwang sich nach

draußen. Der Platzregen verwandelte ihre sanften Locken binnen Sekunden in einen tropfenden Duschvorhang und die nackten Zehen bogen sich schützend nach oben, um dem eiskalten Pfützenwasser zu entkommen, in dem sie unfreiwillig badeten.

Hinter ihr stand ein blitzender Sportwagen der Marke Lamborghini, dessen linker Kotflügel sich asymmetrisch eingedellt an das verschobene Heck ihres blauen Flitzers schmiegte. Im Kontrast dazu glänzte das Gesicht des Lamborghini-Fahrers in knalligstem Rot. Der schälte sich fluchend aus seinem Auto und zog ob der Kälte die Schultern hoch.

„Porca miseria!", schimpfte der graumelierte Herr. Tränen standen ihm in den Augen, als er über den Kotflügel seines metallenen Babys streichelte. Oder hatte er nur zu intensiv in den kalten Oktoberregen geschaut?

Nun kam er auf Francesca zu. Und sie auf ihn. Dank ihrer außergewöhnlich langen Beine begegnete sie dem Mann auf Augenhöhe. Und als beide schon zu Schimpftiraden ansetzen wollten, passierte etwas Unerwartetes.

„Stefano?"

„Francesca! Was machst du hier? Ich wusste gar nicht, dass du auch kommst."

„Ich? Warum, wohin soll ich denn kommen? Aber du, was machst du denn hier?"

„Na, ich komme zur Feier. Du weißt schon." Dann sah Stefano wieder auf sein Auto. „Aber sag mal, kannst du denn nicht aufpassen? Sieh dir das an. Dieser Schaden. Das kann mir selbst Gianluca niemals zahlen, was du da kaputt gemacht hast."

„Wieso soll Gianluca dir das zahlen? Ich komme für meine Schäden selber auf, aber natürlich nur, wenn ich schuld bin. Und das kannst du in diesem Fall vergessen“, sagte Francesca entschlossen. Mit Nachdruck schüttelte sie ihre Mähne, und die Tropfen stoben herum, als ob ein feuchter Hund sein Fell schüttelt.

„Wie? Du hast doch meine Perla gerammt“, empörte sich Stefano, dessen hellblaues Hemd mittlerweile nass an seiner Brust klebte, als ob er in einen Pool gefallen wäre.

„Perla? Hat dein Auto jetzt schon einen Namen?“

„Hör auf, mich zu verspotten. Und überhaupt, wie willst du als Hausfrau einen solchen Schaden bezahlen?“

„Hausfrau? Dass ich nicht lache. Ich habe meine eigene Kochshow hier in Deutschland.“

„Wenn du meinst. Aber ich rufe jetzt trotzdem Gianluca an.“

Francesca gab auf. Ihre gute Laune war ihr mehr wert, als sich jetzt mit Stefano, einem alten Freund ihres Ex-Mannes Gianluca, anzulegen. Und das bisschen Geld…

„Warte, ich habe meine Versicherungsunterlagen im Kofferraum.“ Francesca watete durch die Pfützen um ihr Auto herum. Sie musste ordentlich ziehen und drücken, um die verbeulte Heckklappe zu öffnen.

Francesca versank immer tiefer in ihrem Kofferraum. Als Erstes suchte sie nach Schuhen. Doch da waren keine Pumps in der Tasche, die sich im Kofferraum befand. Stattdessen kamen stinkende Sneakers zum Vorschein. Und bedruckte T-Shirts, sowie Armeehosen und eine Playstation. Cosimo hatte anscheinend die falsche Tasche mitgenommen, als er in München ausgestiegen war. Verdammt. Die Kälte an den nackten Sohlen schmerzte bereits so sehr, dass Francesca schließlich in die übergroßen Turnschuhe ihres Sohnes schlüpfte, um sich aufzuwärmen und endlich nach der Versicherungskarte suchen zu können.

Sie wühlte sich immer noch durch ihre Unterlagen, als ein dröhnender Auspuff das Heranfahren eines zweiten Sportwagens ankündigte.

„Ciao, Stefano. Hat es mit dem Einparken nicht geklappt?“, fragte eine männliche Stimme schelmisch.

„Frag nicht. Wenn Frauen Auto fahren…“ Das war Stefanos Stimme, die sich nun vom Kofferraum entfernte. Francesca hörte Schritte auf dem Kies knirschen. Neugierig tauchte sie aus dem verbeulten Kofferraum hervor. Und erschrak.

Stefano stand nun am geöffneten Fenster eines gelben Ferrari und beugte sich zu dessen Fahrer hinunter.

Den Wagen fand Francesca geschmacklos. Und dann noch dieses schreiende Gelb. Aber der Fahrer ließ ihr den Atem stocken - oder besser gesagt, seine seidigen dunklen Locken, und dieses Lächeln. Beim Anblick seines Drei-Tage-Bartes strich sich Francesca unweigerlich mit der Hand über den Hals, dort, wo sich genau dieser Bart vor Jahren sanft an ihrer Haut gerieben hatte.

Als er die Hornbrille ins Haar zurückschob und den Blick auf seine blauen Augen freigab, presste Francesca allen Sauerstoff aus ihren Lungen. Ob er merkte, dass sie die Luft anhielt? Sie strich sich ihre nasse graue Jogginghose glatt.

Der südländische Fahrer stieg aus. Auch auf ihn prasselte der kalte Regen herab und durchweichte in kürzester Zeit sein cremefarbenes Hemd, so dass Francesca den immer noch sportlichen Oberkörper darunter erahnen konnte. Doch seine Schultern zuckten nicht einen Millimeter zurück. Mit erhobenem Haupt und einem strahlenden Lächeln kam er auf Francesca zu. Sie schloss die Augen und öffnete sie erst wieder, nachdem er ihre Wangen geküsst hatte. Richtig berührt hatte er sie nicht, nur die Küsse hingehaucht. „Gianluca."

„Francesca. Du bist es wirklich. Jung und schön wie der italienische Frühling."

„Und bei noch mehr Regen ginge ich locker als nasser Langhaardackel durch", scherzte sie. Doch die Schmetterlinge hüpften. Gangnam Style – mindestens. Francesca wollte mehr davon. Sie lächelte und lauschte ob der kommenden Schmeicheleien. Denn vor ihrer Ehe hatte er sie damit immer zum Schmelzen bringen können – fast wie eine Tafel Nougatschokolade, die man bei einem sonnigen Picknick als Letztes isst, und weil sie schon beinahe zerfließt, genüsslich mit den Fingern aus der warmen Silberfolie dippen und aufschlecken kann.

„Was machst du hier?", fragte er stattdessen.

Schlagartig fühlte Francesca, wie sie zu einer gutgekühlten Packung Zartbitter mutierte, und sie erinnerte sich wieder: Nach der Hochzeit galten Gianlucas Schmelzangriffe nur noch selten ihr, sondern viel zu oft den jungen Erdbeer-Joghurt-Riegeln ohne Ring am Finger.

Francesca schoss durch den Kopf, warum sie wirklich

hier war und beschloss noch in der gleichen Sekunde, dass sie von hier weg musste.

„Wellness. Wellness wollte ich schon immer mal machen. Aber vielleicht auch woanders. Ich habe mich noch nicht entschieden."

„Aber mit dem Auto wirst du erst mal nicht weit kommen", warf Stefano ein, der dabei stand.

„Ich versuche es einfach mal." Francesca angelte nach ihrem Zündschlüssel, setzte sich bei geöffneter Fahrertür in den Fiat und startete. Oder vielmehr: Versuchte, zu starten. Doch der Motor sprang nicht an. Verdammt. Irgendwann gab sie auf, stieg aus und warf die Tür hinter sich ins Schloss.

„Na, dann lasst uns mal an die Rezeption gehen", schlug Stefano vor, nachdem er noch eine Holzkiste mit Weinflaschen vom Beifahrersitz seines Wagens geholt hatte, die offensichtlich unbeschädigt geblieben war. „Wir brauchen Hilfe für die Autos."

„Und wir brauchen was Trockenes zum Anziehen", ergänzte Francesca.

In dem Moment öffnete sich die Beifahrertür des gelben Ferrari. Eine manikürte Hand hielt einen Schirm heraus, der binnen Sekunden automatisch aufwallte.

„Gianluca, Darling. Möchtest du mich nicht endlich deinen alten Freunden vorstellen?"

Die Köpfe der drei fuhren herum. Da stand sie. Blond, süß, Mitte 20, der fleischgewordene Teufel.

„Darf ich euch bekannt machen?", fragte Gianluca und mied dabei Francescas Blick. „Meine – Sekretärin, Frau Wagner." Die Blondine schaute überrascht.

Kapitel 3

Cosimo Carlotti zog genervt den Reißverschluss seiner Reisetasche wieder zu.

„Verdammt. Das sind ja die Klamotten meiner Mutter."

„Jetzt entspann dich und nimm dir erst mal ein Bier." Cosimos Freund Max stand im Türrahmen seines WG-Zimmers und hielt seinem schlechtgelaunten Gast eine Begrüßungsflasche Edelstoff vor die Nase.

„Aber schau mich an. Soll ich jetzt das ganze Wochenende mit diesen Klamotten rumrennen? Voll ekelhaft!"

„Na, was hast du dir denn heute für ein Mädchen eingeladen?", pöbelte Max' Mitbewohner Hannes von hinten. Er hatte sein Kinn auf Max' Schulter aufgestützt und schlang eine Hand von hinten um dessen Taille.

„Was geht's dich an? Hast du nichts Besseres zu tun, Kloputzen oder sowas?", konterte Cosimo schlecht gelaunt. Die Wut ließ ihn nicht mehr klar denken.

„Komm schon, Cosimo." Max winkte ihm nochmal mit der Bierflasche, die er widerwillig entgegennahm. „Hannes gehört die Wohnung und er lässt dich hier pennen. Also fang keinen Stress an."

Cosimo blickte immer noch wütend auf die falsche Tasche.

„Und wegen der Klamotten finden wir eine Lösung. Ich bin zwar kleiner als du, aber vielleicht kann dir Hannes…".

„Nein, danke", brach es aus Cosimo heraus. „Keine

weiteren Unannehmlichkeiten für den heiligen Hannes, der mir armem Sünder Obdach gewährt."

Hannes zog die Augenbrauen hoch und verschwand mit einem lauten „Zzzzh" um die Ecke.

Max kam ins Zimmer und zog die Tür hinter sich zu.

„Cosimo, wo liegt eigentlich das Problem?"

„Problem? Ich habe kein Problem."

„Also gut. Dann lass uns einen geilen Abend verbringen. Nachher kommen noch zwei Freunde von der Uni vorbei und dann geht's ab aufs Konzert. Du wirst sehen, dann beginnt der Spaß erst richtig."

„Was? Da kommen noch mehr mit? Ich dachte, das wäre unser Abend. Immerhin hab ich dich ein ganzes Jahr nicht mehr gesehen."

Max blickte ärgerlich drein. „Stimmt. Du warst ein ganzes Jahr nicht da. Hamburg, die Weltstadt. Toll!" Er drehte seinen Kopf weg und starrte auf die vom Zigarettenrauch vergilbte Wand. „Und du erwartest, dass ich in der Zwischenzeit brav zu Hause sitze und warte, ob der smarte Cosimo sich auf Skype bei mir meldet?"

Cosimo sprang auf und stellte das herbe Bier ab.

„Verarsch mich nicht auch noch! Dass du dir eine Wohnung mit deinem neuen Lover suchst, ist schon dreist. Und dann soll ich ernsthaft heute mit euch gemeinsam hier pennen?" Er packte seine Jacke, die auf dem durchwühlten Bett gelegen hatte und ging mit forschen Schritten zur Zimmertür.

„Spinnst du eigentlich?", rief ihm Max nach. „Geh nur, Babyface! Du tickst eh nicht richtig. Die Seeluft hat dir wohl das Gehirn verblasen."

Cosimo schossen die Tränen ins Gesicht. Er spurtete zur Haustüre. Unterwegs trat ihm ein grinsender Hannes in den Weg.

„Angst vor der Entjungferung heute Nacht? Oder wohin musst du so dringend?"

„Lass mich vorbei", forderte Cosimo.

Hannes grinste noch bösartiger, ging aber nicht zur Seite.

Nachdem er Cosimos Knie kennengelernt hatte, war ein Zur-Seite-Gehen nicht mehr notwendig - schließlich lag er nun vor Schmerz jaulend auf dem pappigen WG-Teppich. Cosimo stieg einfach über ihn drüber und lief ins Treppenhaus hinaus. Hier flossen seine Tränen ungehindert die hübschen Wangen hinab.

Zuerst spurtete Cosimo durch den dichten Regen zum Busbahnhof, der nicht allzu weit von der Wohnung entfernt lag. Vielleicht konnte er zurück nach Hamburg. Auf alle Fälle musste er weg von hier. Plötzlich interessierte es ihn nicht mehr, dass heute Abend das Konzert stattfand, auf das er bereits seit Monaten hingefieberte hatte. Vermutlich hatte er sich mehr darauf gefreut, bei dieser Gelegenheit endlich wieder bei Max zu sein.

Er wischte mit dem Ärmel seines nassen Parkas über seine Augen, doch die Tränen liefen weiter.

Als er am Busbahnhof vor dem Ticketschalter stand und kapierte, dass er sowohl sein Handy als auch seine Geldbörse bei Max vergessen hatte, wurde ihm speiübel.

In seinem Kopf ratterte es, doch ihm wollte keine gute

Lösung einfallen. Zurück in die Wohnung kam nicht in Frage.

„Jung, hast du es dann bald?“, blaffte ihn ein bierbäuchiger Kerl mit schmuddeliger Reisetasche an, der in der Schlange direkt hinter ihm stand.

„Sorry, Geld vergessen“, hauchte Cosimo der Frau am Schalter zu und drehte sich weg.

Er ging nur wenige Schritte. Dann sprach ihn ein verknitterter Anzugträger mit Gelfrisur an.

„Sag mal, du kommst mir so bekannt vor?“

„Wenn Sie meinen.“ Cosimo hatte keine Lust zu reden, doch der Alte packte ihn an der Schulter und lächelte ihm mit einem breiten Grinsen ins Gesicht. Dabei gab er den Blick auf eine gelbbraune Zahnreihe frei.

„Hast du nicht mal in der Show von dieser Fantastica Irgendwas mitgekocht? Du weißt schon, diese Italienerin?“

„Kann sein. Wen interessiert das schon?“

„Bub, ich bin ihr größter Fan. Kann ich dir einen ausgeben?“ Voll Ungeduld schlenkerte er dabei mit der fleckigen Ledertasche in seiner Hand.

„Nein, danke. Ich muss los.“

„Na dann.“ Der Typ gab nicht auf. „Ich fahr dich ein Stück. Dann können wir uns unterwegs unterhalten.“

Bei Cosimo schrillten die Alarmglocken. Besser gesagt, die mütterlichen Alarmglocken. Francesca predigte ihm seit ein paar Jahren ständig, dass ihre Bekanntheit eine Gefahr für Cosimo und seine Schwester Clara sein konnte. Sie hatte dabei immer etwas von Entführung geschwafelt, und Cosimo hatte sie jedes Mal dafür ausgelacht und ihr scherzhaft verboten, noch einmal Aktenzeichen XY anzuschauen.

„Worauf wartest du denn?“ Der zerknüllte Anzugträger war schon einige Schritte vorausgegangen und drehte sich nun nach dem Jungen um.

Cosimos Kopfkino sprang wieder an. Diesmal schoss ihm Max‘ Gesicht in den Kopf. Und dann das Bild, wie dieser schleimige Hannes von hinten seinen Arm um Max geschlungen hatte. Cosimo musste weg von hier. Wenn nicht mit dem Bus, dann eben mit diesem schmuddeligen Gelbzahntiger. Vielleicht konnte er das mit seiner Mutter ausnutzen und ihrem Fan diktieren, wohin er gebracht werden wollte? Er blendete alle Warnungen von Fantastica Francesca, wie sie sich in ihren Kochshows nannte, aus und ging ein paar Schritte auf den Mann mit den abgewetzten Lederschuhen zu.

„Jetzt fällt es mir wieder ein. Du bist der Sohn, nicht wahr?“ Die gelbe Zahnreihe grinste ihm aus dem Dunkeln des Parkplatzes entgegen. Cosimo zuckte zusammen. Doch gleich darauf straffte er seine Schultern wieder. Vielleicht war das ja seine Chance.

„Genau. Wohin fahren Sie eigentlich?“

„Sag doch du zu mir. Ich bin Hans-Jürgen.“

Die beiden gingen schweigend ein Stück durch die Nacht, bis sie Hans-Jürgens altersschwachen Peugeot erreicht hatten. Als Cosimo die Beifahrertür öffnete, schlug ihm ein beißender Geruch entgegen. Eine Mischung aus nassem Fell und Zitronenwunderbaum. Er atmete flach und ließ sich auf dem durchgesessenen Beifahrersitz nieder.

Der zerknitterte Hans-Jürgen schwang sich auf den Fahrersitz und hauchte in seine Hände. Mit zitternden Fingern drehte er den Zündschlüssel und der Wagen sprang an. Dann verschloss Hans-Jürgen mit einem Knopfdruck sämtliche Autotüren. Cosimo schluckte und versuchte, seine Beifahrertür noch einmal zu öffnen. Vergebens. Er saß fest.

Augenblicke später rollte das in die Jahre gekommene Franzosenauto mit dem jüngsten Sprössling Francescas und seinem unbekannten Fahrer in die Münchner Nacht hinaus.

Kapitel 4

Ein gepflasterter Fußweg führte vom Unfallparkplatz zur Lobby des Alpenhotels. Das Hauptgebäude war mit Naturholzschindeln verkleidet. Im Erdgeschoss lud der warm erleuchtete Hotelshop zum Geldausgeben ein. Die Schaufenster wurden eingerahmt von einladenden Holzsitzmöbeln, mal in normaler Größe, ein andermal hoch wie die Tresen einer Bar, immer aber gefertigt aus soliden Holzstämmen und aufgepolstert mit Filz- oder Fellkissen. Nostalgische alte Holzschlitten mit Karostoffbezügen lehnten genauso an der Hotelwand wie zu kleinen Mauern aufgetürmte Holzscheite, und rundeten alles so ab, dass Francesca sich trotz der Umstände wohlfühlen wollte. Hätte sie passende Kleidung an ihrem Körper getragen und wäre die Situation nicht so unangenehm gewesen, mit ihrem Ex-Mann, dessen weiblicher Begleitung und einem alten Bekannten im Schlepptau, Francesca hätte gerne erst einmal vor dem Hotel Platz genommen und alles genauer betrachtet. So blieb ihr nur noch der kurze Blick auf das hell erleuchtete Alpenhotellogo, das am Naturholzbalkon der ersten Etage befestigt war und die noble Herberge als „Alpin Lodge & Spa“ adelte.

Als Francesca die gläserne Drehtür zur Hotellobby passiert hatte, blickte sie sich im Inneren des Gebäudes um. Auch hier hatten die Dekorateure zumeist mit unbehandeltem Holz gearbeitet. Die Filzsofas luden mit Fell- und Lederkissen zum Ausruhen ein. Im offenen Kamin loderte ein kleines Feuer. Doch Francescas heimeliges Gefühl hielt nicht lange an. Die Drehtür in ihrem Rücken bewegte sich weiter und spuckte ihre drei ungeplanten Begleiter aus.

Francesca atmete tief durch und schritt vor zum Rezeptionstresen.

„Guten Tag, die Herrschaften. Herzlich Willkommen im Hotel Alpenblick. Mein Name ist Annemarie.“ Die aufgedirndelte Dame hinterm Rezeptionspult streckte allen Neuankömmlingen die Hand zur Begrüßung entgegen. „Ich freue mich, dass sie trotz dieses schrecklichen Wetters den Weg in mein Hotel gefunden haben.“ Die Frau lächelte aufmunternd in die Runde, doch keiner der Gäste sagte etwas.

„Würden Sie mir bitte Ihre Namen verraten?“

Stefano drängelte sich vor und deponierte erst einmal die Weinkiste auf dem Rezeptionstresen, die er wie ein Baby ins Hotel getragen hatte.

„Mein Name ist Stefano D'Agostino."

Die Hotelchefin schaute auf.

„Ja, ich bin es", flüsterte Stefano über den Empfangstisch gebeugt. „Aber bitte kein Aufsehen. Immerhin habe ich schon vor fünfzehn Jahren meine Karriere beendet. Jetzt baue ich Wein an", er klopfte auf die mitgebrachte Kiste. „Ist auch spannend und ich bin ziemlich erfolgreich damit." Annemarie mit dem perfekten Make-Up lächelte professionell, und fuhr dann mit dem Einchecken fort.

Nein, er sei nicht zusammen mit einer der Damen angereist, versicherte Stefano auf Nachfrage. Aber er brauche dringend Hilfe für seinen Lamborghini. Als der örtliche Kfz-Meister informiert war, schnappte er sich seinen Schlüssel und verabschiedete sich schnellstmöglich auf sein Zimmer. Die Holzkiste trug er dabei wie seinen jüngsten Sprössling vor der Brust. „Wir sprechen später wegen des Schadens", raunte er Gianluca noch zu, ehe er in den Aufzug stieg.

Dieses Ignorieren ihrer Person kotzte Francesca an. Italienische Männer kotzten Francesca an. Fußballspieler sowieso. Viel zu viele Jahre hatte sie an Gianlucas Seite miterlebt, wie manche Profis ihre Ehefrauen nur noch als schlecht bezahlte Kindermädchen geduldet hatten und sich mit irgendwelchen jüngeren und blonderen Modepüppchen in der Öffentlichkeit zeigten. Emanzipation: Fehlanzeige! Sie wollte nur noch weg von diesem Machogehabe.

„Wer von den Herrschaften möchte als nächstes sein Zimmer?", fragte die Hotelchefin. Und die Blondine zögerte keinen Augenblick.

„Jetzt sind wir dran, Darling. Hast du deinen Pass selbst eingesteckt oder habe ich ihn?“

Gianluca schaute verschämt zu Francesca, tat aber dann, wie seine neue Flamme, also Sekretärin, ihm geheißen hatte. Er legte sein italienisches Passdokument auf den Tresen.

„Ah, Herr und Frau Carlotti.“ Annemarie an der Rezeption tippte auf der Tastatur ihres PCs herum.

„Nein“, berichtigte die Blonde. „Mein Name ist Wagner. Und das ist Herr Carlotti.“

„Und wir haben zwei Zimmer gebucht, nicht wahr?“, schaltete sich Gianluca ein.

„Einen Moment bitte.“ Die Hotelchefin tippte immer eifriger auf ihrem Computer herum. „Da muss ein Fehler vorliegen. Ich habe nämlich eine Frau Carlotti im System. Das muss ich schnell abändern. Es dauert nicht lange.“

„Nein, tun Sie das nicht. Ich bin Francesca Carlotti. Ich habe auch ein Zimmer reserviert“, meldete sich Francesca von hinten.

Die Rezeptionistin schaute auf. „Ah, verstehe. Sie sind verwandt.“

„Nein, um genau zu sein, sind wir verheiratet. Nicht wahr, Gianluca?“ Francesca streifte ihren Ex mit einem kühlen Blick. „Aber der Herr teilt sein Zimmer nicht mehr mit mir.“

„Ach, Frau Carlotti“, versuchte die Hotelchefin die Situation zu retten. „Wir haben eine Nachricht für Sie bekommen. Darf ich Ihnen das Fax gleich mal aushändigen.“ Sie übergab Francesca einen Din-A4-Zettel und wandte sich an die blonde Wagner. „Und für Sie finden wir noch ein zweites nettes Einzelzimmer. Bei der Buchung muss sich ein Fehler eingeschlichen haben."

Francesca trat ein paar Schritte zur Seite und begann zu lesen.

Francesca,
schlechte Nachrichten! Becker ist bei einem der Tests durchgefallen. Deshalb fahre ich jetzt nach Oslo. Sachlage könnte sich aber stündlich ändern. Halt dich bereit.

Francesca musste sich erst einmal setzen. Sie wartete, bis Gianluca mit seiner kichernden Blondine abgezogen war. Dann holte sie sich an der Rezeption ihren Schlüssel und ein Päckchen ab, das augenscheinlich von Benita geschickt worden war, und verzog sich auf ihr Hotelzimmer. Im Lift riss sie das Packpapier auf und vergaß beinahe, weiter zu atmen.

Benita hatte ihr tatsächlich das Kochbuch dieser Jacqueline geschickt, die sie nun vom Cover des Schmökers angrinste. Blond, süß, Mitte 20: der fleischgewordene Teufel alias Sekretärin Wagner.

Kapitel 5

Francesca lag im Bademantel bäuchlings auf ihrem Hotelbett und kauerte auf einem mit Kuhfell bezogenen Kissen.

Das Zimmer strahlte Geborgenheit aus. An den Wänden wechselte sich urige Holzvertäfelung mit trendiger Mustertapete ab. Das Bett umgab ein durchscheinender Vorhang aus champagnerfarbenen Fäden. Die Ledercouch war mit Samt- und Fellkissen dekoriert. Besonders gut hätte Francesca normalerweise die pastellrosa lackierte Kuckucksuhr gefallen, doch momentan nahm die Fernsehköchin um sich herum nichts wahr. Auch die verregnete Aussicht hinüber zu den Bergwäldern interessierte sie nicht.

Vor ihr flimmerte der Cursor auf ihrem Laptop, der nach Arbeit verlangte. Doch Francesca war nicht danach zumute, weiter an dem Konzept für ihre neueste Kochshow zu arbeiten.

Darin ging es darum, die essbaren Früchte des heimischen Waldes und der Wiesen zu sammeln und schließlich damit gesundes deutsches Superfood herzustellen. Weg von der Gojibeere, hin zum lokalen Holunder, oder so ähnlich. Doch gerade ging gar nichts. Außerdem hatte Benita sie als Managerin darauf hingewiesen, dass ihre bisherigen Ideen etwas zu lahm seien. Ja, „lahm" hatte sie gesagt. Weil es in Francesca sowieso schon brodelte, hielt sie auch nichts davon ab, diese Unstimmigkeit mit Benita sofort zu klären. Francesca klappte ihren Laptop zu und angelte sich ihr Smartphone.

Es tutete nur ein einziges Mal, dann hob ihre langjährige Freundin schon ab.

„Francesca, Süße, so bald hatte ich nicht mit einem Anruf von dir gerechnet."

„Hi, Benita. Bin gerade noch mal an dem lahmen

Showkonzept dran, wie du es genannt hast."

„Welche saure Gurke hat dir denn den Tag vermiest? Gefällt dir das Hotel nicht? Oder bist du noch gar nicht angekommen?"

„Ich bin da, mein Auto ist zerbeult und meine Klamotten hat Cosimo mit seiner Schmuddeltasche verwechselt."

„Verstehe!"

„Mir geht es aber trotzdem um die Show. Ich habe neue, spektakuläre Ideen."

„Und die haben so richtig Pep?"

„Es geht immer noch um lokale Zutaten. Du weißt, dass ich es hasse, wenn die Leute heutzutage unbedingt den Menschen in den Anden ihren Amaranth und Quinoa wegfuttern müssen, wenn sie auch unseren guten Dinkel oder von mir aus die Allergiker auch Buchweizen hernehmen könnten."

„Aber du musst doch ein bisschen mit der Zeit gehen, Süße. Wenn die Leute Quinoa wollen, dann musst du ihnen dazu Rezepte liefern und dabei überzeugend grinsen. So ist das Business. So machen es die anderen auch."

„Benita, ich bin nicht die anderen. Und bei mir kommen lokale Produkte auf den Teller."

„Na gut, ich gebe auf. Erklär mir einfach mal, was du vorhin mit Pep gemeint hast."

„Gut. Ich will, dass meine deutschen Zuschauer sich wieder in ihrer eigenen Umgebung umsehen. Da gibt es Superfood, das nennt nur niemand so. Holunder ist lokal und kann es in Sachen Gesundheit locker mit Aroniabeeren oder diesen Goji-Dingern aus China aufnehmen. Nur, dass wir beim Holunder wissen, wo er herkommt und ob er gespritzt wurde.“

„Verstehe. Aber wo ist der Pep?“, fragte Benita nach.

„Beim Holunder ist mir noch nichts eingefallen. Aber sagen wir Sanddorn. Der wächst an der Ostsee. Wir könnten Competitions im Sanddornstrauchmelken veranstalten.“

„Und wo ist da der Clou?“

Francesca schüttelte ihre braunen Locken und hievte sich vom Hotelbett.

„Na, Sanddorn hat Dornen. Fiese Stacheln, um genau zu sein. Es wird wehtun, an die orangen Beeren zu kommen.“

„Was hast du noch?“, fragte Benita, und Francesca glaubte, eine leichte Verzweiflung aus ihrer Stimme herauszuhören.

„Wir könnten mich und einige Showteilnehmer auf ein Survivalwochenende in irgendeinem deutschen Wald aussetzen, wo wir nach Wildkräutern suchen müssen. Oder wir pflücken Brennnesseln für ein supergesundes Risotto. Ich glaube, man kann auch aus jungen Tannennadeln was machen.“

„Stopp. Francesca. Ist das dein Ernst?“

Francesca tigerte vor ihrem Hotelzimmerfenster auf und ab, das Handy dicht ans Ohr gepresst.

„Selbstverständlich. Ist dir das etwa immer noch zu lahm?“

„Gut, dass ich dich schon dein Leben lang kenne. Sonst würde ich dich glatt für verrückt halten. Was ist denn eigentlich los bei dir?“

„Was soll denn los sein?“

„Du willst mir gerade tatsächlich erzählen, dass in deiner neuen Kochshow, deinem neuen Baby, Sado-Maso-Aufgaben mit Dornen und Brennnesseln und Hänsel-und-Gretel-Spaziergängen eingebaut werden sollen?“

Francesca stöhnte und ließ sich auf die Ledercouch in ihrem Zimmer plumpsen.

„Diese vegane Köchin da, die du mir aufs Auge drücken willst. Das geht gar nicht.“

„Gib ihr doch erst mal eine Chance. Bitte, Francesca.“

Francescas Blick fiel auf das aufgeschlagene Kochbuch auf ihrem Hotelbett.

„Die macht Eiersalat“, stöhnte sie ins Telefon.

„Komisch. Darf man das denn? Ich meine, so Eier sind doch vom Huhn?“

„Benita, da ist gar nichts vom Huhn. Nur Ersatz vom Ersatz. Ich sehe überall nur Soja und irgendwelche Chemie. Damit ihr Gebräu nach Ei schmeckt, gibt sie Schwefelsalz in die Matsche, die sie zusammenrührt.“

„Das ist widerlich“, gestand Benita. „Aber lerne sie doch erst mal kennen. Du kannst doch immer so gut mit allen möglichen Leuten.“

„Ich habe sie schon gesehen“, grätschte Francesca ihrer Freundin ins Wort.

„Und?“

„Sie hat ihren Freund mitgebracht.“

„Das ist doch nett. Dann iss doch heute Abend was Schönes mit den beiden – vielleicht nicht unbedingt Eiersalat. Und dann versteht ihr euch bestimmt am Ende. Könnte doch sein, dass ihr Freund noch nicht mal Veganer ist.“

„Ist er bestimmt nicht!“

„Wie kannst du dir so sicher sein?“

Francesca schnäuzte sich kurz geräuschvoll.

„Was ist los?“, fragte Benita. „Antwortest du mir jetzt auch nicht mehr?“

„Sie ist mit Gianluca da“, hauchte Francesca ins Telefon.

Benita schluckte hörbar, dann fing sie sich.

„Das habe ich nicht gewusst. Echt, Süße, das musst du mir glauben.“

„Jetzt verstehst du, warum ich gerade etwas militantere Ideen habe, oder?“

„Vielleicht solltest du im Moment gar nicht an deiner neuen Show arbeiten. Die soll doch positive Gefühle in dir wecken.“ Benita überlegte kurz. „Geh doch schwimmen. Oder wandern. Du musst deine Wut rauslassen.“

„Ich habe weder einen Badeanzug noch Wanderschuhe bei mir. So etwas gibt es in Cosimos Tasche nicht, oder hast du mein eingangs erwähntes Problem schon vergessen?“

„Stimmt. Und wegfahren geht dann auch nicht.“

„Exakt. Mein Wagen ist Schrott.“

„Sieht sie in echt wenigstens fett und hässlich aus, diese vegane Wagner?“

„Ich würde sagen, eher noch schlanker als auf dem Buchcover. Außerdem wächst da kein einziger Pickel in ihrem Gesicht.“

„Aber Süße, dann haben wir es doch. Geh ins Spa! Lass dich verwöhnen. Vielleicht spritzen die dir irgendwas auf die Schnelle, Hyaluron oder so was. Da bist du bis heute

Abend glatt wie ein Entenpopo."

„Babypopo meinst du hoffentlich!" Francesca zögerte. „Aber grundsätzlich ist die Idee nicht schlecht."

Ihr Blick fiel auf ein Hotelprospekt, das die Anwendungen im Spa bewarb. „Vergiss den Sanddornwettstreit. Ich denke nochmal drüber nach."

„Besser so. Mach's gut, Süße. Und Kopf hoch. Spar nicht unnötig, nimm einfach die teuerste Behandlung, die du auf die Schnelle kriegen kannst."

„Benita! Für Mitte 40 sehe ich noch sehr ordentlich aus, also mach mich hier nicht so runter."

„Du hast ja Recht. Ciao, ciao, Francesca."

„Ciao, Benita."

Francesca presste den Knopf zum Beenden des Gesprächs und angelte sich sofort das Hoteltelefon.

Vor ihr auf dem Bett lag das Buch mit dem Engelsgesicht von Jacqueline Wagner, daneben das Fax. Francesca fixierte hypnotisch die Flasche Sekt, die in etwas Entfernung auf dem Couchtisch auf sie zu warten schien. Langsam perlten Tautropfen vom grünen Flaschenglas hinab in den beschlagenen Kühler. Francesca folgte ihnen mit den Augen. Ohne groß darüber nachzudenken, schob sie sich bereits das zweite schokoladene Betthupferl von ihrem Kopfkissen in den Mund.

„Hier ist das Spa. Sie sprechen mit Melanie. Wie kann ich Ihnen helfen?"

„Hallo, hier ist Francesca Carlotti aus Zimmer 210. Melanie, ich brauche eine Schönheitsbehandlung, egal was. Aber unbedingt sofort. Bitte sagen Sie, dass das kein Problem ist."

„Oh, Frau Carlotti. Guten Tag. Natürlich mache ich Ihnen gerne einen Termin. Doch im Moment muss ich Sie leider enttäuschen. Unsere einzig verbliebene Spa-Mitarbeiterin kommt erst gegen 17 Uhr ins Haus."

Francesca überlegte. Es klang seltsam, dass ein Wellnesshotel dieser Kategorie nur eine Spa-Mitarbeiterin haben sollte.

„Melanie, es ist wirklich dringend. Ich muss unbedingt etwas mit meinem Gesicht anstellen, so ungefähr zehn Jahre auf der Uhr zurückdrehen und das bis spätestens heute Abend. Ich verspreche Ihnen dafür ein handsigniertes Kochbuch ihrer Wahl."

„Frau Carlotti, das klingt toll. Aber ich kann leider momentan nichts machen. Wie wäre es, wenn Sie jetzt unsere wirklich spektakuläre Saunawelt besuchen, und sobald Susanne ins Haus kommt, lasse ich Sie sofort von dort holen. Dann wäre die Haut durch den Dampf und die Wärme bereits bestens vorbereitet."

„Na gut. Aber vergessen sie mich nicht da drin. Ich bin kein Freund von so viel nackter Haut."

„Oh."

„Denken Sie nur an all die Bierbäuche, die man sich da anschauen muss."

Melanie lachte. „Ich tue mein Bestes für Sie."

„Danke." Francesca legte auf und schlüpfte in die bereitliegenden Hotelpuschen.

In rosa Frottee gehüllt und mit einem weißen Handtuch zur Tarnung um den Kopf gebunden, hastete Francesca durch den Hotelflur. Am liebsten hätte sie einen

Geheimgang gewählt, um nur keinem anderen Gast zu begegnen. Doch zu ihrem Erstaunen traf sie tatsächlich auf niemanden.

Seit der Sache vor drei Jahren hatte sie sich beim Leben ihres Wellensittichs geschworen, sich nie mehr nackt in der Öffentlichkeit zu zeigen.

Nun, da Civetta, der Wellensittich, letzten Sommer das Zeitliche gesegnet hatte, wog der Verstoß zwar nicht mehr so schwer. Aber Francesca graute immer noch vor einem zweiten Nacktfoto-Gate.

Vor drei Jahren hatte tatsächlich ein dreister Saunabesucher mit seinem Handy ein auch noch unvorteilhaftes Bild von Francesca im Eva-Kostüm gemacht und es an die auflagenstärkste Zeitung in Deutschland verkauft. Am Tag danach glotzte Francesca gemeinsam mit vermutlich halb Deutschland auf ihre ungeliebten Speckröllchen, und das frühmorgens am Kiosk! Peinlicher ging wohl nicht mehr. Die anschließende Häme-Welle ließ Francesca kommentarlos über sich ergehen. Doch für eine Wiederholung stand die Fernsehköchin nicht zur Verfügung. So hatte sie tatsächlich einen sechsstelligen Betrag ausgeschlagen, den ihr der Playboy für das Entblößen ihres eigentlich top gepflegten Körpers bot. Was hätte man dafür an schicken Ferienwohnungen in ganz Südeuropa erstehen können? Francesca war trotzdem froh, bei ihrem Kernbusiness, dem Kochen, geblieben zu sein.

Am Eingang der Sauna nahm sich die Köchin eines der bereitliegenden Handtücher und verschwand damit in der Umkleide. Das Tuch erwies sich als ausgesprochen lang, aber leider auch als besonders schmal. Francesca versuchte, das Stück Frottee um ihren Körper zu binden. Dabei musste sie das Tuch in zwei dicken Lagen um ihren Oberkörper wickeln. Die wichtige Partie um ihre Körpermitte blieb jedoch gut einsehbar. Also schlüpfte sie wieder in ihren Bademantel und holte ein zweites Saunatuch aus dem Wandregal. Danach zurück in die Umkleide. Obwohl sie bereits zu schwitzen begann, wickelte Francesca das zweite Tuch zusätzlich um ihre Hüften. Im Spiegel sah das Endergebnis wenig ansprechend, jedoch ziemlich bedeckt aus. Eine dicke Handtuchwurst als Top und eine zweite Handtuchwurst als Minirockersatz, dazu auf dem Kopf ein Turban aus einem weiteren Handtuch. Sie war kaum noch zu erkennen. Den Restbestand an nackter Haut hätte selbst eine Amish-Frau bei einem Besuch in der Sauna durchgehen lassen. Doch Francesca entschied sich nach einem Blick in den Spiegel für eine weitere Lage Stoff - zur Sicherheit. Schnell zog sie den mitgebrachten Bademantel zusätzlich über das Ensemble und ging erst einmal zur Teebar. Im Spiegel blickte sie in ihr stark gerötetes Gesicht und verzichtete auf die Tasse dampfenden Tee, den sie eigentlich trinken wollte.

Wieder wunderte sie sich, weil auch die Saunalandschaft so ruhig und leer wirkte. Wo waren die anderen Hotelgäste hinverschwunden?

Plötzlich öffnete sich am anderen Ende des Raumes die Eingangstür zum Saunabereich und zwei dunkle Männerstimmen drangen an Francescas Ohr. Die beiden Neuankömmlinge unterhielten sich auf Italienisch. Kamen da etwa Stefano und Gianluca? Reflexartig blickte Francesca sich nach einem Versteck um und flüchtete in die nächstgelegene Blocksauna. Eine Hitzewand schlug der wandelnden Handtuchkugel entgegen. Doch schon war es zu spät, um noch einen Rückzieher zu machen. Die beiden Gestalten kamen auf die Teebar zugesteuert, so dass Francesca sich ihrem Schicksal ergab und die Tür zur Hitzehölle von innen schloss. Augenblicklich rang sie nach Luft. Und erkannte, dass ihr Aufzug gegen jede Vernunft sprach. Also entledigte sie sich des Bademantels und kauerte sich auf die unterste Holzliege in der Saunaecke, die von außen nicht einsehbar war.

Draußen wurden die Männerstimmen lauter. Francesca glaubte nun nicht mehr, Stefano oder Gianluca zu erkennen. Trotzdem blieb sie in ihrem Versteck.

Wer zum Teufel war denn hier noch gekommen? Und was hatte Stefano von einer Feier gefaselt?

Francesca lauschte nun offensiv.

Die jüngere der beiden Männerstimmen sagte: „Die Sache in München ist schiefgelaufen. Verdammte Scheiße! Da müssen wir nochmal ran.“

Lange würde sie diese schneidende Hitze nicht mehr aushalten können. Francesca entschied sich dafür, den Handtuchturban abzunehmen und ärgerte sich kolossal über ihre eigene Dummheit, nicht vorher wenigstens unter die Dusche gegangen zu sein. Denn schnell begann ihr trockenes Haar, die Hitze zu stauen. Francesca fühlte sich wie ein Wüstenurlauber, der seine Wasserflasche im

Hotel vergessen hatte.

„Jetzt schon? Das war doch viel zu früh!“ Der Ältere seufzte. „Mir war gleich klar, dass man sich auf deinen sogenannten Freund nicht verlassen kann. Oder woher, glaubst du, kommt meine schlechte Laune? Heute Nachmittag habe ich im Hotel wieder Post bekommen.“ Die Stimme des Älteren wurde leiser, schneidender. „Marco, es geht um unsere Zukunft. Deine und meine.“

Hatte Francesca bislang noch die Möglichkeit in Betracht gezogen, aus der Sauna zu flüchten, so gab es diese Option nun nicht mehr: Irgendwie kam ihr die ältere Stimme nämlich bekannt vor. Und vor einem männlichen Bekannten wollte sie sich auf keinen Fall nackt zeigen.

Also war jetzt das obere Saunatuch fällig, um für Abkühlung zu sorgen.

Draußen sprach wieder der Ältere. „Jetzt ist wichtig, dass keiner die Sache zu uns zurückverfolgen kann. Bist du sicher, dass der Kerl aus München dicht hält, falls man ihn schnappt?“

Francesca dachte nun ernsthaft darüber nach, sich auf den Fliesenboden der Sauna zu kauern. Schließlich soll Hitze nach oben steigen, oder? Aus Ekelgründen entschied sie sich aber dagegen, ihren nackten Po auf den Fliesen zu platzieren. Aber sie zog das letzte Handtuch von ihrem Körper und knallte es in die Ecke. Komplett im Evakostüm, aber krebsrot vor Hitze vom großen Zeh bis zur Stirn, hörte sie auf einmal das, was sie unbedingt vermeiden wollte.

„Jetzt muss ich mir erst mal den Ärger aus den Poren schwitzen, damit ich nachher einen anständigen Gastgeber spielen kann."

Nach diesen Worten öffnete sich die Tür zu Francescas Hitzegefängnis und zwei Gestalten drängten herein.

Blitzschnell griff sich Francesca ein zerknülltes Handtuch und zog es in letzter Sekunde über die delikatesten Stellen, bevor die beiden Männer sie richtig zu Gesicht bekommen konnten.

Der ältere Mann mit der enormen Wampe, der sich als erster zur Tür hereinschob, glotzte ungläubig auf Francesca und Francesca glaubte, eine Fata Morgana zu sehen.

„Enzo? Bist du das?"

Nun schaute der jüngere der beiden Männer ebenso erstaunt, verstand aber nur Bahnhof.

„Francesca? Was machst du hier?"

„Urlaub natürlich. Aber das könnte ich dich genauso fragen."

„Ich feiere meinen Geburtstag heute Abend. Zusammen mit dem alten Mannschaftsrat. So wie früher, weißt du noch?"

„Wie könnte ich das vergessen? Und wer ist dein junger Begleiter?"

„Ich bin Marco, der Assistent und gleichzeitig Enzos Cousin." Der gutgebaute Kerl kam ungeniert auf die sitzende Francesca zu, die aufgrund des Höhenunterschieds nur ein nacktes Gemächt auf sich zudriften sah und deshalb reflexartig nach oben schnellte. Dabei verhakte sich ihr Handtuch zwischen ihren Füßen und Francesca stand nur noch durch ihre braunen Locken bedeckt vor dem schwitzenden Adonis Marco. Der konnte sich ein leichtes Grinsen und einen unangenehmen Rundumblick auf Francescas körperliche Vorzüge nicht verkneifen und gab ihr anschließend die Hand. Auch der alte Enzo glotze unverhohlen auf die nackte Francesca, die sich nun beeilte, ihr Handtuch zurück in Position zu bringen.

„Würdest du mir die Freude machen und heute Abend unser Gast sein? Ich meine, mein Gast."

Francesca dachte eigentlich nicht im Traum daran, den beiden Männern noch einmal unter die Augen zu treten. Außerdem hatte sie nichts anzuziehen.

„Oder macht es dir etwas aus, dass dein Gianluca in fremder Begleitung erscheint?", bohrte da der dicke Enzo nach.

„Ich werde da sein", schoss es aus Francesca heraus. Dann drehte sie sich um und verließ die Sauna. Ihren nackten Po streckte sie dabei fast absichtlich unter dem Handtuch hervor.

„Ach, und bevor ich es vergesse, von mir erfährt natürlich niemand etwas über das Dings in München." Sie machte ein Zeichen, dass ihre Lippen versiegelt seien und freute sich über die verdatterten Gesichter der ungleichen Cousins, als sie die Saunatüre schloss.

„Jetzt haben wir ein Problem mehr", raunte Enzo dem Jüngling an seiner Seite zu.

Kapitel 6

Als Francesca von der Sauna zurück in ihre Suite schlappte, gefiel ihr der Gedanke, neben Gianluca an der abendlichen Geburtstagstafel zu sitzen, immer mehr. In ihrem alten Leben hatte sie sich viel zu schnell von diesen blonden Girlies vertreiben und einschüchtern lassen. Jacqueline Wie-auch-Immer würde es heute bedeutend schwerer haben, denn Francescas Kampfgeist war geweckt worden.

Doch als sie ihr Zimmer betrat und auf den vertauschten Koffer ihres Sohnes blickte, schrumpfte der Mut schon wieder um einige Zentimeter. Mit der grauen Jogginghose, in der sie angereist war, konnte sie unmöglich zur Feier gehen. Und Schuhe? Hatte sie immer noch keine.

Dann fiel ihr Blick auf den Schreibtisch und die Hotelunterlagen. Eine Hochglanzbroschüre mit einem Bild vom Hotelshop grinste ihr ins Gesicht. Sofort griff Francesca zum Telefon.

„Hier ist die Rezeption. Mein Name ist Martina. Wie kann ich Ihnen weiterhelfen?“, fragte ein dünnes Stimmchen.

„Hallo. Francesca Carlotti hier. Ich habe einen Notfall und bräuchte noch dringend ein Geschenk aus dem Hotelshop.“

„Das tut mir leid, Frau Carlotti. Aber unser Laden öffnet erst wieder morgen um 10 Uhr.“ Die Stimme klang zunehmend brüchiger. Vermutlich hätte Francesca nichts von einem Notfall sagen sollen, denn das hatte die junge Frau vollends verschüchtert. „Ich kann Ihnen gerne einen Gutschein ausstellen."

„Das ist grundsätzlich eine gute Idee, Martina. Aber in meinem speziellen Fall wird es nicht gehen, denn ich brauche ein Geschenk für einen italienischen Mann um die 50, und die können mit Gutscheinen so rein gar nichts anfangen. Außerdem interessiere ich mich für ein Kleid, weil ich leider nicht den richtigen Koffer bei mir habe. Sie sehen also, dass es durchaus lukrativ wäre, noch einmal für mich zu öffnen. Es dauert nicht lange, das verspreche ich."

Francesca lauschte in den Hörer und vernahm erst einmal - nichts. Die junge Dame überlegte ganz eindeutig.

„Einen Moment bitte. Ich frage kurz nach, ob wir da noch etwas tun können."

Es knackte in der Leitung. Francesca wartete. Derweil drehte und wand sie das Telefonkabel immer wieder um ihren Zeigefinger. Es knackte erneut. Die Chefin des Hauses meldete sich.

„Frau Carlotti, guten Abend. Selbstverständlich helfen wir Ihnen gerne aus Ihrer Notlage und öffnen noch einmal unser kleines Geschäft. Wäre es für Sie recht, in einer Viertelstunde herunterzukommen?"

„Sehr gerne. Danke." Francesca legte den Hörer zurück auf die nicht vorhandene Gabel und ballte ihre Faust zum Zeichen des Sieges. Das wohlige Gefühl, die Geburtstagsrunde heute Abend zu beeindrucken, stellte sich allmählich wieder ein.

„Guten Abend. Danke, dass Sie sich noch etwas Zeit

für mich nehmen“, sagte Francesca, als ihr ein freudloses Gesicht die Tür zum Hotelshop öffnete.

„Sie brauchen ein Geschenk“, kürzte die zentimeterdick geschminkte Verkäuferin Francescas Begrüßungsfloskeln ab. „Was darf es denn sein?“

„Ich brauche mehrere Dinge. Ein Geschenk für einen etwa 50-jährigen Herren zum Geburtstag, ein Kleid und unbedingt passende Schuhe.“

„Wir sind hier aber keine Bekleidungsboutique, meine Dame. Ich hoffe, Sie haben mich nicht in falscher Annahme aus meinem Feierabend zurückholen lassen. Und das bei dem Unwetter.“

Francesca schaute verwirrt. Doch die Verkäuferin mit der blonden Hochsteckfrisur würdigte sie nicht mal eines Blickes.

Francesca beschloss, über die schnippische Bemerkung hinwegzuhören. Schließlich benötigte sie dringend die Hilfe dieses Verkäufermonsters.

„Allora, dann beginnen wir mit dem Geschenk. Das dürfte bei Ihrer Auswahl kein Problem sein.“ Francesca streifte durch die Regale. Postkarten, seidene Tücher, hölzerne Herzen, Tierfelle, Kerzen, sogar pastellfarben bemalte Rehgeweihe wurden hier feilgeboten. Vermutlich dauerte dieses Schlendern zu lange, denn die Verkäuferin griff wieder ein.

„Wie wäre es mit einer Flasche Wein?“, schlug sie lustlos vor.

„Das Geburtstagskind besitzt mehrere Weinberge.“

Aber Alkohol an sich wäre nicht schlecht, überlegte sie und blieb vor einem Regal mit silbernen Flachmännern stehen. Sie zog einen hervor.

„Gibt es dazu auch eine Füllung?“, fragte sie das strenge Fräulein, das ihr beständig folgte und deren Atem sie gelegentlich sogar im Nacken spüren konnte.

„Möchten sie Birne, Kirsche oder Zwetschge?“

„Das klingt aber ein bisschen langweilig“, entfuhr es Francesca, und bedauerte schon im selben Moment, dies gesagt zu haben. Denn das Verkäuferinnengesicht geriet nun endgültig aus allen Fugen.

„Wenn Sie unser Sortiment nicht zufrieden stellt, darf ich Sie gerne an die Souvenirläden im nächsten Dorf weiterempf…“

Plötzlich stoppte der Redefluss und die Lippen der Fräulein Rottenmaier ähnlichen Verkäuferin verschoben sich zu einem schiefen Lächeln.

Francesca drehte sich um. Annemarie, die Hotelchefin, hatte gerade den Laden betreten.

„Guten Abend, Frau Carlotti. Was genau hätten Sie denn benötigt, was wir nicht anbieten können?“

Francesca hielt den silbernen Flachmann nach oben. „Ich suche eine ausgefallene Füllung für den hier. Williams Christ erscheint mir selbst für einen Italiener zu einfallslos.“ Sie lächelte.

„Wie wäre es mit Vogelbeere?“, schlug die Hotelchefin vor.

„Bombastisch. Das machen wir. Das hat so einen Hauch von Gift“, schwärmte Francesca.

„Aber Sie wissen, dass es das nicht ist, nicht wahr?“

„Klar. Aber vielleicht Enzo nicht. Das wird ein Spaß. Können Sie noch irgendein Schild anbringen, damit er es auch mitbekommt?“

„Frau Röttinger wird das in die Wege leiten“, bestimmte die Hotelchefin. „Und danach können Sie wieder heimfahren. Ich behalte den Schlüssel einfach hier.“ Annemarie streckte die Hand nach dem Ladenschlüssel aus. „Vielen Dank fürs Umkehren, bei diesem scheußlichen Wetter.“

Die Rottenmaier-Röttinger lächelte ein elfenbeinfarbenes Lächeln, übergab den Schlüssel und verschwand dann in Richtung Weinkeller.

„Darf es sonst noch etwas sein?“, fragte die Hotelchefin zuvorkommend und Francesca nickte eifrig.

Vermutlich zum ersten Mal in ihrem Leben freute sich die Fernsehköchin an diesem Abend, dass ihr Sohn Cosimo etwas anders war als andere Jungs. Denn sie fand in seinem Kulturbeutel beinahe alles, was sie für ein dezentes Abend-Make-up benötigte. Kajal, Abdeckstift, schwarzer Nagellack. Aber Francesca war trotzdem froh, dass er keine Wimperntusche oder roten Lippenstift besaß. Außerdem befand sich im Koffer kein einziges Damenkleid oder etwa High Heels. Dass sie auf eine Packung Kondome stieß, beunruhigte sie kurz. Doch sie verstaute schnell alles wieder an Ort und Stelle. Dann goss sie sich ein Glas Mineralwasser ein, und versuchte, den Gedanken zu verdrängen, was ihr Teenagersohn wohl bei seinen „Kumpels“ in München gerade anstellte. Nun galt es, sich zu fokussieren. Auf den Zweikampf. Mit Jacqueline, der blonden Kröte in Prinzessinnengestalt. Möge die Bessere den Preis des Abends gewinnen – Gianluca.

Francesca saß gerade in einem nach Pfirsich duftenden Schaumbad, als es an ihrer Hotelzimmertür pochte. Sie öffnete ihre Augen und seufzte, zog sich dann aber doch aus der Wanne hoch und schlüpfte in den flauschigen Bademantel. Das Klopfen nahm kein Ende.

„Komme schon!"

Es pochte weiter.

Genervt riss Francesca die Tür so schwungvoll auf, dass ihr Besucher beinahe ins Zimmer gestürzt wäre. Ein großer Schritt nach vorne verhinderte zumindest seinen Aufprall.

Der lockige dunkle Hinterkopf, den Francesca vom hereingefallenen Besucher zu sehen bekam, ließ sie Momente lang denken, es wäre Gianluca. Doch die Camouflage-Hose und der durchnässte Parka passten nicht zum Style ihres gutaussehenden Verflossenen.

„Ich glaube es nicht. Cosimo. Was machst du hier?"

Der junge Mann richtete sich wieder zu seiner vollen Größe auf: „Hi, Mum. Überraschung."

„Komm rein." Francesca packte ihren Sohn am Arm und zog ihn hoch und in ihr Zimmer.

„Lange Geschichte", sagte der nur. „Kann ich hier pennen? Oder spendierst du mir ein eigenes Zimmer?", fragte er mit Hundeblick in Francescas Richtung.

„Eigenes Zimmer", entschied Francesca. „Schließlich bin ich hier, um auszuspannen."

„Super, Mama. Danke." Cosimo stürmte auf Francesca zu und drückte ihr einen Kuss auf die Wange. „Dann brauche ich nur schnell deine Kreditkarte. Den Rest habe ich mit der Frau an der Rezeption schon klar gemacht."

„Moment, junger Mann. Erst noch ein paar Fragen."

Cosimo stöhnte. „Mach's kurz, bitte."

„Wo ist mein Koffer?"

Cosimo kratzte sich verlegen hinter dem Ohr. „Sorry, der ist noch in München."

„Und warum bist du nicht mehr in München?"

„Hat halt nicht mehr so gepasst zwischen mir und Max."

„Ist das ein Grund, ohne meine Zustimmung einfach von München ins Nirgendwo abzuhauen? Ich wusste noch nicht einmal, dass du unterwegs bist. Und du bist noch nicht volljährig, mein Freund."

„War das schon die zweite Frage, Mum?", konterte Cosimo lässig.

„Werd nicht frech. Hier kommt Frage zwei. Wie bist du hierhergekommen?"

„War echt ein Horrortrip", stöhnte Cosimo wieder. „Zuerst per Anhalter mit deinem treuesten Fan Hans-Jürgen. Der besteht übrigens ausdrücklich darauf, dass du ihm dafür ein signiertes Kochbuch schickst."

„Das du mir bezahlst, zur Strafe", schimpfte Francesca. Doch Cosimo ließ sie nicht weiterreden.

„Und das letzte Scheißstück bin ich sogar gelaufen. Hier fährt ja kein Mensch hin, alle sind mir nur entgegengekommen. Volle Flucht, würde ich sagen. Eine Frau hat dann aber nochmal umgedreht und mich hierhergebracht. Echt nett. Die arbeitet im Hotelshop."

„Sieh an, Fräulein Rottenmaier hat auch ihre netten Seiten. Respekt", murmelte Francesca.

„War es das jetzt mit dem Verhör?", wollte Cosimo nun wissen.

„Von wegen Verhör. Jetzt kriegst du noch kurz die Leviten gelesen und dann kannst du gehen."

„Fang schon mal an", antwortete Cosimo cool.

„Du bist mein Sohn. Ich stehe in der Öffentlichkeit." Francesca fuchtelte wild mit ihrem Zeigefinger zwischen sich und dem Jungen hin und her. Dann streckte sie den Finger in Richtung Fenster. „Und dort draußen laufen haufenweise Verrückte herum."

Cosimo lachte kurz auf, weil ihm wieder der schmuddelige Hans-Jürgen einfiel. Und wie der ihm schließlich erzählt hatte, dass er sich vor Ampelräubern schützte und deswegen seine Autotüren von innen verriegelte. Und das in München. Echt schräg!

„Wenn dich einer kidnappt und mir meine letzten Kröten herauspresst, damit du freikommst, dann hat das Luxusleben ein Ende. Und das wird dir nicht gefallen", holte Francesca ihren Sohn wieder in die Gegenwart zurück.

„Mum, mach mal halblang. Ich bin 16 und mach Karate. Außerdem läuft in diesem Kaff nicht ein Verrückter rum, sondern nur Landwirte, und die sind harmlos. Vermutlich kennen die noch nicht mal deine Kochshow." Cosimo grinste.

„Lach du nur." Francesca streckte ihrem Sohn die geforderte Kreditkarte hin.

Als er sie nehmen wollte, hielt sie sie fest und blickte ihn noch einmal streng an.

„Ich bin zum Essen eingeladen. Du kannst dir was

auf's Zimmer bestellen. Aber dieses Zimmer muss sich zwingend hier rechts oder links neben meiner Behausung befinden. Hast du verstanden?“

Cosimo atmete schwer. „Sonst noch was?“

Francesca gab die Kreditkarte frei. „Ja. Dein Vater nächtigt ebenfalls in diesem Hotel.“

„Mein Erzeuger, meinst du. Scheiße. Das sind wirklich schlechte Nachrichten.“

Kapitel 7

Einige Minuten nach acht tänzelte Francesca die Hoteltreppe herunter und bog zum Weinkeller ab. Sie trug weder Bademantel noch Schlappen, sondern hatte im Hotelshop ein Kurzdirndl mit passender Bluse erstanden. Das Mieder des Kleides war aus blutrotem Samt geschneidert. Den Rock hatte die Designerin aus rotem Seidenstoff mit Jacquardmuster gearbeitet und mit einer champagner-goldfarbenen Schürze abgerundet.

An ihren Füßen trug die Wahlhamburgerin lederne Bergsteigerstiefel und gestrickte Strümpfe, die sie bis zu den Fußknöcheln heruntergeschoben hatte. Ihre kastanienbraune Lockenmähne wirbelte ungezähmt über die Schultern und ein knalliger Lippenstift, ebenfalls aus dem Hotelladen, griff die starken Rottöne des Dirndls wieder auf. Bella Figura schien gewahrt. So konnte sie sich auf der Feier eines Italieners durchaus blicken lassen.

Und da stand er schon, zusammen mit dem hochgewachsenen Marco, und wartete auf seine Gäste. Francesca betrat den gemütlichen Backsteinraum, der nur durch das Licht von unzähligen Kerzen illuminiert wurde, und begrüßte Enzo mit zwei Wangenküssen. Dass er nun bekleidet war, ließ sie den Körperkontakt leichter aushalten.

„Enzo, noch einmal herzlichen Dank für die spontane Einladung und alles Gute. Hier ist noch eine kleine Giftspritze für dich." Sie überreichte dem Geburtstagskind den silbernen Flachmann mit der Vogelbeerfüllung. Dann wandte sie sich an den jungen Cousin und begrüßte ihn ebenfalls mit gehauchten Küssen.

„Nimm dir ein Glas Champagner, Francesca. Ich freue mich, dass so eine Augenweide wie du auf meinem Geburtstag erscheint. Ein schöner Zufall." Dabei sah ihr Enzo tief in die Augen. Francesca hielt dem Blick stand.

„Wie geht es deiner Mamma?", fragte Francesca, um ein unverfängliches Thema anzuschneiden. „Ich habe sie lange nicht mehr gesehen."

Enzos Augen leuchteten. „Ihr geht es gut. Schön, dass du fragst. Vorletzten Monat haben wir ihren 90. Geburtstag gefeiert. Sie würde sich freuen, euch alle einmal wieder zu sehen."

„Warum habt ihr sie nicht mit hierhergebracht?"

„Weite Reisen macht ihr Kreuz nicht mehr mit. Aber wenn du mal wieder in der Gegend bist, freut sie sich bestimmt über deinen Besuch."

Ein Hüsteln drang von der Tür herein. Davor stand Gianluca in einem klassischen Smoking mit dünner Lederkrawatte und einem blütenweißen Hemd. An seinem Arm hatte sich die vegane Jacqueline untergehakt. Ihre wichtigsten Körperpartien bedeckte ein mangogelbes Schlauchkleid, das ihre ohnehin gut geratenen Proportionen verboten sexy zur Schau stellte. Und diese Schuhe. Francesca hätte ihr die Nieten besetzten Riemchenpumps am liebsten direkt vom Fuß weg abgekauft. Jacqueline trug nicht mehr erhältliche Valentino Rockstud Slings im identischen Gelbton ihres Kleides. Francesca konnte kaum noch ihren Blick abwenden. Plötzlich fühlten sich ihre Bergsteigerstiefel, die sie an den Füßen trug, viel zu klobig und männlich an.

Gianlucas stechend blaue Augen blickten für einen kurzen Moment verlegen zu Francesca. Dann wandte er sich Enzo zu und begrüßte ihn eine Spur zu laut.

„Darf ich dir meine Sekretärin Jacqueline vorstellen?"

„Spar dir den Quatsch, Gianluca", platzte es aus Francesca heraus. „Sie ist die vegane Köchin, die mir nächsten Montag bei einem Kochseminar assistieren soll."

„Genau", stotterte Gianluca. „Sie ist so vielseitig." Er errötete, als ihm die Bedeutung seiner Worte Sekunden später klar wurde. „Nein, ich meine, sie ist ein Kochass, aber auch meine Assistentin."

Jacqueline drehte sich demonstrativ so, dass ihr Gianluca ins Gesicht sehen musste und starrte ihn mit großen Augen an.

„Komm, lass gut sein. Wir kennen dich alle. Und ich für meinen Teil bin schon froh, dass du hier nicht einen ganzen Harem anschleppst. Eine einzige Blondine halte ich gerade noch aus", sagte Francesca und nahm einen tiefen Schluck aus ihrem Champagnerglas. „Aber erspar mit dein Geflirte, solange ich euch gegenübersitze. Und jetzt wollen wir Enzos Geburtstag feiern, nicht wahr?"

Enzo blinzelte Francesca zu und verteilte zwei Gläser zum Anstoßen an die Neuankömmlinge. Francescas leeres Glas tauschte er durch ein gefülltes aus.

Es klopfte erneut. Die massive Holztür öffnete sich langsam und gab den Blick auf einen weiteren Gast frei.

„Klaus. Komm rein. Schön, dass du es geschafft hast." Enzo umarmte den deutschen Blondschopf.

Der sah sich ein wenig verlegen in der Runde um.

***

Irgendwie hatte er sich immer noch nicht an diese Blicke gewöhnt.

Eigentlich liebte er ja das Glühen in den Augen der jungen Kerle, wenn sie ihm auf der Straße begegneten und um ein Selfie baten. Doch damit war jetzt Schluss, seit diese Millionärsgurkentruppe nichts mehr riss, als deren Trainer er gearbeitet hatte. Schließlich musste ein Kopf rollen, und man hatte ihn zur Guillotine geführt.

Das war erst wenige Wochen her und seitdem mied er die Öffentlichkeit, wo es nur ging. Die bewundernden Blicke waren in mitleidige umgeschlagen. Klaus schüttelte sein helles Haupthaar bei dem Gedanken und taxierte Enzo und seine Gäste. Der dicke Italiener grinste eine Spur zu spöttisch. Aber hatte er das nicht schon immer getan?

Und die anderen? Gianluca und er hatten sich noch nie richtig leiden können. Stürmer gegen Stürmer, wie sollten sie auch Freunde sein. Aber die gelbgekleidete Schnecke in dessen Armen gefiel ihm. Klaus beschloss, sich erst einmal im Hintergrund zu halten. Er musste sich jedoch sicher nicht schämen. Immerhin hatte er vor kurzem noch einen Job gehabt, was nicht unbedingt auf die anderen Ex-Fussballer um ihn herum zutraf.

***

Nun wandte sich Enzo einem neuen Gast zu. Stefano stand da und balancierte etwas ungeschickt seine Weinkiste.

„Hier habe ich einen ganz besonderen Tropfen für dich mitgebracht." Er warf einen Seitenblick auf Francesca. „Zum Glück sind die Flaschen nicht zerbrochen, als mich Gianlucas Holde mit dem Auto niedergemäht hat."

„Na, na, na, übertreib nicht." Francesca atmete tief ein. Doch der graumelierte Autoliebhaber hatte sich schon wieder Enzo zugewandt. Stefano fingerte eine der sechs Weinflaschen aus der Verpackung und übergab sie grinsend an das Geburtstagskind. Der warf einen kurzen Blick darauf und brach in schallendes Gelächter aus. Dann reichte er die Flasche an Gianluca weiter. Der stieß einen freudigen Protestschrei aus und versuchte, das Etikett der Flasche mit der flachen Hand zu verdecken, reichte die Flasche dann aber scherzend an Klaus weiter. Schließlich ging sie reihum unter Gejohle von einer Hand zur anderen, bis sie schließlich bei Francesca ankam.

Das Bild auf dem Etikett zeigte die anwesenden Männer in ihren besten Jahren nach dem Gewinn eines wichtigen Fußballpokals. Graue Vorzeit, mindestens. Und vor allem zeigte das Bild einige nackte Popos und ein Ermüdungsbecken in einer weißgekachelten Umkleidekabine, in der Sektflaschen und männliche Glieder Seite an Seite über den Beckenrand hingen. Francesca blickte kurz darauf, verzog das Gesicht und reichte dann die Flasche an den letzten Gast, der gerade erschienen war – Harald Pfeiffer. Der fiel sofort in das Gejohle der Männer mit ein und umarmte Enzo mit der Flasche in der Hand noch einmal.

„Schön, hier zu sein. Hab lange nichts mehr von euch gehört."

Schlagartig verstummte die aufgedrehte Fußballergruppe. Gianluca, Stefano und auch Klaus blickten verlegen zu Boden, als ob sie dort nach einer verlorengegangenen Kontaktlinse Ausschau halten wollten.

Francescas Blick blieb an Haralds ungepflegten Vorderzähnen hängen. Seine aufgedunsene Figur verriet, dass sich der ehemals so beinharte Verteidiger schon lange nichts mehr aus körperlicher Ertüchtigung machte.

„Gut, dass du da bist, Harald. War mir nicht sicher, ob du kommen würdest." Enzo klopfte seinem Gast auf die Schulter. Harald verzog das Gesicht.

„Ach, lass die ollen Kamellen. Ich hab einen Bärenhunger. Sollen wir uns nicht mal setzen?"

„Stimmt, das habe ich fast vergessen." Enzo schlug sich scherzhaft mit der Hand auf die Stirn. „Nach so vielen Jahren seid ihr eben wieder richtige Tedeschi. Und in

Deutschland isst man doch am Nachmittag zu Abend, oder?", grinste Enzo in die Runde. „Los, setzt euch."

Während die Gäste ihre Plätze an der langen Holztafel inmitten des Weinkellers einnahmen, posaunte der Klingelton eines Handys durch den Raum. Sofort tasteten sämtliche Italiener am Tisch nach ihren Geräten. Die deutsche Fraktion hatte vermutlich ihre Telefone auf Vibrationsalarm gestellt, um die Feier nicht zu stören.

Der Anruf galt Enzo, der ungeniert am Platz sein Gespräch annahm und zusätzlich dem Kellner zuwinkte, dass man nun mit dem Servieren starten könnte.

„Pronto. Ah, Matze. Wie schön, dass du dich meldest. Was, ja, wir sitzen beim Essen. Nein. Was? Ich soll was?" Enzo verdrehte die Augen. „Na gut."

Er zog das Handy vom Ohr und suchte nach dem Lautsprecherknopf. Dann legte er das Telefonino vor sich auf den Tisch.

„Bitte, leg los, oh großer Matze. Deine Zuhörerschaft ist jetzt bereit."

„Ja, gud'n Abend dann mal an alle. Hier ist euer Matze."

„Ciao, Matze", kam es artig im Chor zurück.

„Ich wolld noch a mal gurz erglären, warum ich ned da bin. Und des wär suber, wenn ihr des dene Reborter auch so sage könnd."

„Warum bist du eigentlich nicht da?", preschte Klaus vor.

„Na, sacha ma mal a so. Ich hab noch an Job momendan." Ein wieherndes Lachen drang aus dem Mobiltelefon.

Klaus Neumanns Wangen röteten sich. Da war er schon, der erste Seitenhieb wegen seiner kürzlichen Entlassung als Trainer. „Wenn es dir reicht, dass du nur im Fernsehen deinen Senf dazu gibst, dann werd glücklich damit“, motzte er.

„Genau, steig mal nicht dem Klaus auf die Füße, Matze“, kam es von Harald. „So ein Rausschmiss ist im Fußball wahrlich nichts Besonderes.“

„Da red ja genau der Richtiche, Harry, oder?“, dröhnte es aus dem Telefon. „Wie läuft's denn so mit deinem Buissiness, also des mit dem Häuser bauen, mein ich. Weil ich grieg noch an Haufen Geld von dir, wennst wieda flüssich bist.“

„Enzo, drück den Schwachmaten endlich weg“, flehte Harald. Und noch lauter knurrte er in Richtung Telefon. „Wer nicht da ist, braucht hier keine Reden schwingen, oder was sagt ihr anderen?“ Ein Kichern machte die Runde, bis Enzo einschritt.

„Also Matze, schön, dass du angerufen hast. Aber bevor hier die Stimmung in den Keller geht, denke ich, dass wir jetzt besser das Gespräch beenden.“

„Jetzt ward a mal“, protestierte Matze aus dem Hörer. „Jetzat sacht ihr wenichstens dene Broleten von der Zeitung, dass ich ned da sein kann, weil mir vorhin im Sender a Scheinwerfer aufs Hirn gfallen is, verstehts ihr?“

„Warum, wärst du sonst gekommen?“, fragte Gianluca.

„Neh, alder Sonnyboy, des nadürlich ned, aber des mussd du doch wohl verstehen, oder Gianni? Die Mädels brauchen mich hald hier und den Job kann ich auch ned einfach schmeißen, bloß weil der gude alde Enzo a Jahr älder wird."

„Ja, ja. Das haben wir jetzt schon verstanden, Matze. Also danke für deinen Anruf und gute Besserung. Vielleicht funktioniert das Hirn ja ein bisschen besser, wenn du dich von deinem unfreiwilligen Kopfball mit dem Scheinwerfer erholt hast", murmelte Enzo. Die Geburtstagsrunde grunzte vor Lachen.

„Ja, genau und dann", dröhnte es wieder aus dem Telefon.

„Und dann ciao", schloss Enzo das Gespräch und drückte grinsend den roten Knopf auf seinem Smartphone.

„Der gute alte Matze. Ich fürchte, da müssen noch ein paar mehr Scheinwerfer oder komplette Schienensysteme auf seinen Kopf herunterregnen, bis der mal seine Klappe hält." Dann wandte er sich an die beiden Kellner, die im Türrahmen gewartet hatten. „Und jetzt könnt ihr den ersten Gang auftragen. Meine Gäste haben Hunger."

Die Kellner trugen eine dampfende Suppe in weißen Porzellantellern auf. Als der Ober eine Brühe vor Jacqueline abstellen wollte, drehte sich diese um und streckte ihm eine abwehrende Hand entgegen.

„Sagen Sie, guter Mann, das ist doch nicht die Miso-Suppe, wie ich es vorhin mit ihrer Chefin besprochen habe, oder?" Sie schnüffelte in Richtung des Tellers und legte dann die Nase in krause Falten.

„Ich würde fast meinen, dass das nach Fleischbrühe riecht. Also die können Sie gleich wieder mitnehmen."

Erneut fuchtelte sie mit ihrer Hand vor dem Suppenteller herum. „Zweimal Miso, für mich und Gianluca hier. Und es wäre toll, wenn Sie uns zum Brot etwas Olivenöl geben könnten. Butter ist alles andere als vegan. Also, los, los!“

Der Kellner schaute zwar etwas verwirrt drein, packte dann aber die beiden Suppenteller und trug sie zurück in die Küche. Beim Vorbeigehen an seinem Kollegen zog er noch die Augenbrauen hoch, was Francesca zu einem spontanen Gelächter animierte. Jacqueline warf ihr einen bösen Blick zu und drehte sich dann zu Gianluca.

„Eine ziemliche Frechheit, nicht wahr, Schatz? Will man uns Fleischbrühe vorsetzen, ich glaube es nicht.“

Francesca hatte sich inzwischen eine Scheibe vom herrlich frischen Walnussbrot genommen und bestrich eine Ecke davon mit der cremigen Butter, die in der Tischmitte stand.

„Soll das heißen, Schatz isst jetzt kein Fleisch mehr?“, fragte sie dabei und blickte Gianluca mit einem Schmunzeln um den Mund an. Doch der reagierte nicht. Da wandte sie sich an Jacqueline.

„Haben Sie Schatzilein dann auch gesagt, dass er keine Steaks mehr essen darf oder rohes Carpaccio? Das liebst du doch, nicht wahr, Mäusebärchen?“

„Hören Sie auf. Gianluca ist seit kurzem überzeugter Veganer. Seit ich ihm erklärt habe, was es für die Umwelt und die Tiere bedeutet, ein gewissenloser Fleischvertilger zu sein.“

„Was, du isst kein Steak mehr, Gianluca?“, fragte Stefano besorgt und schob sich gleich darauf einen Löffel Brätspätzlesuppe in den Mund. „Da wird man ja krank davon“, schmatzte er hinterher.

„Krank, dass ich nicht lache. Immer diese ausgelutschten Klischees“, giftete der falsche Rauschgoldengel zurück. „Wenn an diesem Tisch jemand krank aussieht, dann bin das mit Sicherheit nicht ich.“ Dabei glotzte sie unverhohlen in Richtung Harald. Francesca musste Jacqueline insgeheim Recht geben. Mit seinem schütteren Haar, dem birnenförmigen Bierbauch und seinen faulen Zähnen sah der Mann tatsächlich alles andere als fit aus. Doch dieser Frechheit hätte Francesca selbstverständlich niemals laut zugestimmt. Wobei, wenn man sich dann noch Enzos Taille ansah. Wie ein Braunbär, der einen Medizinball verschluckt hatte.

Doch Jacqueline holte weiter aus. Und Francesca fühlte sich sofort schuldig dafür, dass sie insgeheim ihren Worten zugestimmt hatte.

„Ihr Fleischvertilger seid es doch, die die Erde krank machen. Dass ihr Unmengen von Wasser verschwendet, ist euch egal, Hauptsache der Braten Sonntagmittag schmeckt. Und dass sämtliche Tropenwälder für das Futter dieser armen Tiere gerodet werden, kümmert euch nicht. Und das CO2 der Weidetiere….“, redete sich Jacqueline in Rage. Gianluca legte ihr eine Hand auf den Arm, um sie zu stoppen.

„Lass gut sein. Ist eine Geburtstagsfeier, Häschen, äh, Jacqueline, meine ich.“

„In der Tat“, ergriff Enzo vom Kopfende des Tisches das Wort. „Und wir wollen unser Wiedersehen feiern, nach all den Jahren.“ Er hob sein Weinglas und seine Gäste folgten seinem Beispiel. „Auf uns, die wir zusammen so Großes erlebt haben. Lasst uns heute fröhlich sein! Salute!“

„Salute und tanti auguri“, schallte es aus allen Kehlen zurück. Dann wurden die Weingläser kreuz und quer mit großem Hallo zusammengestoßen.

„Ach, und Gianluca“, setzte Enzo noch einmal an. „Du Zuckerschnute, wenn du schon vorhast, den Hasen ihr Abendbrot wegzufuttern, dann betrink dich wenigstens ordentlich, hörst du?“

Ein schallendes Gelächter setzte ein und Gianluca ließ es heroisch über sich ergehen, hob nochmals sein Weinglas und kippte den roten Saft bis zur Neige in seinen Schlund.

„Auf dein Wohl, Enzo, meine italienische Sexbombe.“

Enzo klopfte sich auf seinen kugelrunden Bauch. „So ist's recht.“

Nachdem alle ihre Fleisch- oder Misosuppen ausgelöffelt hatten, trugen die Kellner das leere Geschirr ab. Marco erhob sich, dimmte das Licht und ergriff das Wort.

„Lieber Enzo. Deinen diesjährigen Geburtstag hast du mal wieder dazu genutzt, das zu tun, was du am liebsten tust. In geselliger Runde zu essen und zu trinken.“

Die Gäste lachten laut auf und Enzo strich sich zufrieden über seinen essensschwangeren Bauch.

„Heute möchte ich die Gelegenheit nutzen und dir einmal Danke sagen. Es macht mir jeden Tag Freude, mit dir zu arbeiten.“ Dabei schaute er Enzo mit einem treuen Kamelblick in die Augen. „Du warst und bist mein großes Vorbild, auch wenn du früher in Kleiderfragen weniger gut beraten warst.“

Marco klickte auf eine Fernbedienung, und ein Dia-Projektor warf ein Bild von Enzo an die Weinkellerwand, auf dem er einen langen Ledermantel mit zotteligem Fellkragen zu karierten Golfhosen trug.

Die Runde der Altfußballer wieherte auf vor Lachen.

Marco klickte weiter. Das nächste Bild zeigte Enzo in schrecklich knappen Fußballhosen und einem schmutzigen Fußballtrikot, wie er bei strömendem Regen über den heiligen Fußballrasen joggte.

„Du warst schon damals mein Held. Und euch andere fand ich auch nicht schlecht. Also lehnt euch zurück und genießt den Rückblick auf Enzos große Karriere, die noch lange nicht vorbei ist, sondern bald noch größer und besser sein wird als damals."

Marco klickte weiter. Bild um Bild zeigte er Dias aus der guten, alten Zeit Anfang der 90er Jahre, als die ergrauten Herren am Tisch noch zu den knackigsten und angesagtesten Fußballspielern der italienischen Profiliga zählten. Vokuhilafrisuren, peinlich kurze Fußballhosen, intime Bilder aus der Spielerkabine, wie sie auch auf den Weinetiketten auf Stefanos Geschenkflaschen verewigt waren.

Die Gäste amüsierten sich prächtig und Francesca beobachtete Enzo sogar dabei, wie er sich eine Freudenträne aus dem Augenwinkel wischte.

Francesca blickte weiter zu Gianluca, der herzlich lachte. Und dann zu Jacqueline. Für das junge Ding schienen die Zeiten von damals kaum nachvollziehbar. Wie alt mochte sie sein, fragte sich Francesca? So alt wie Clara, ihre Erstgeborene, also Anfang Zwanzig? Als sie Jacqueline näher betrachtete und dabei sah, wie sie Gianlucas Hand in ihrer hielt, stieg in Francesca eine lange nicht mehr gekannte Übelkeit auf.

Sie schloss die Augen und plötzlich sah sie ihn vor sich. Jung, kraftvoll und mit diesem breiten Grinsen, das sie von der ersten Sekunde an so geliebt hatte. Sie war jünger gewesen als es ihre Kontrahentin heute war. Damals im Münchner In-Club war sie ihm begegnet, als sie nach der Schule mit Benita zusammen das öde Landleben sattgehabt hatte und in die große Stadt gezogen war. Benita hatte wie immer strebsam studiert. Francesca lebte nur in den Nächten und verdiente sich ihre WG-Kosten und das Geld für die Klamotten in einer Bar. Die heißbegehrte Stelle als Kellnerin im Sugar Shack hatte sie so einfach bekommen, dass sie gar nicht verstand, woran so viele ihrer Bekannten gescheitert waren. Sicher hatten ihre langen Haare, die noch längeren Beine und ihre Unbeschwertheit dabei geholfen.

Und dann hatte ihr Leben begonnen. Nacht für Nacht traf sie die angesagtesten Menschen und ließ sich ab und zu - nicht zu oft, um geheimnisvoll zu bleiben - einen Drink von einer der männlichen Berühmtheiten ausgeben. Doch als Gianluca sie dort nach einem Spiel seiner Mannschaft in Siegerlaune anlächelte, war es um die Gelassenheit von Francesca geschehen. Noch heute durchströmte sie diese plötzliche Hitze, wenn ihr Gianluca zulächelte. Warum nur drückte er nun die Hand einer jungen Blondine und saß nicht mehr auf ihrer Seite des Tisches, wo er eigentlich hingehörte? Francesca merkte, wie sich ihre Augen mit Tränen füllten. Sie musste den

Raum verlassen, schnell. Leise schob sie ihren Stuhl zurück und tapste zur Fensterfront. Dort versuchte sie, eine Glasschiebetür zum Garten zu öffnen. Mit viel Kraft gelang es ihr zwar, doch heftiger Regen prasselte hinter dem Dachvorsprung herunter. Die Köchin wagte keinen Schritt nach draußen zu setzen. Der heulende Wind zog die Aufmerksamkeit der übrigen Gäste auf die am Fenster stehende Francesca, so dass sie schnell die Schiebetüre zurück in ihre Angeln schob und mit gesenktem Kopf zum Tisch zurückkehrte.

Der Bildervortrag ging zu Ende und die alten Fußballherren in ihren hoffentlich besten Jahren johlten und applaudierten ausgelassen. Francesca klatschte traurig mit ihnen.

Dann wurde der nächste Gang aufgetragen, Spaghetti an einer tomatigen Sardinensoße.

„Und jetzt die Pasta, meine Freunde", verkündete Enzo und hob dabei die Arme gen Himmel, als predigte er zu einer Gruppe seiner Jünger.

„Spaghetti mit Fisch?", Klaus zog die Augenbrauen hoch.

„Na, ist er dir auch zu tot, so wie Gianluca und seiner neuen Flamme?", scherzte Enzo.

„Nein, Schatz", konterte Klaus zurück. „Aber Fisch esse ich nur noch, wenn Francesca mindestens 10.000 Meilen weit weg von mir ist." Er grinste.

Francesca verzog ihr Gesicht, dann fiel sie in das Gelächter ein. „Ich schwöre", sie streckte ihre drei Finger demonstrativ in die Luft, „ich schwöre sogar feierlich, dass ich in diesem Hotel bislang nicht die Küche betreten habe, noch dass ich jemals absichtlich dich, lieber Klaus, vergiften wollte, weder mit dem Fisch von damals, noch mit irgendetwas sonst."

„Warum, was ist damals passiert?", schaltete sich Jacqueline mit einer großen Portion Neugierde in das Gespräch ein.

Klaus räusperte sich.

„Damals, vor dem Pokalfinale, vor dem wichtigsten Spiel meiner Karriere, feierte Gianluca mit einem Grillfest seinen Geburtstag. Als Mitglieder des Mannschaftsrats waren wir alle eingeladen. Es gab Steak und es gab Fisch. Und leider war ich der einzige, der den Fisch vorzog, den Francesca irgendwie versaubeutelt hatte."

„Es tut mir für immer und alle Zeit leid, mein liebster Klaus. Aber warum hast du auch unbedingt was anderes zu Essen gebraucht? Der Fisch war alt, aber ich wollte dich nicht verhungern lassen auf unserer Feier. Hättest du Fleisch gegessen, wie alle anderen, dann wäre dir nichts passiert. Basta."

„Ja, basta. Und jetzt essen wir. Buon appetito", beendete Enzo die Diskussion.

Jacqueline grinste in Francescas Richtung.

„Die ach so beliebte Fantastica Francesca hat schon mal nen Profifußballer ausgeknockt. Nicht schlecht. Vielleicht ist das ja mal eine Anekdote, die ich der Presse servieren kann."

„Apropos Presse", schaltete sich Stefano ein. „Ich hatte gerade mein erstes Interview seit langem. Die ‚Sport im Bild' hat eine süße kleine Journalistenmaus hierhergeschickt, um ein paar Interviews mit uns Altstars zu machen. Ihr dürft euch freuen. Echt eine Augenweide, die Kleine."

„Na, mach mal halblang", beruhigte ihn Gianluca. „Sie ist für Interviews da und nicht wegen euch alten Knackern."

„Selber alter Knacker. Bist ja nur eifersüchtig, weil ich als Nächster dran bin", ätzte Klaus. „Gewöhn dich einfach daran, dass der Kreis deiner weiblichen Fans irgendwann kleiner wird, Gianluca."

„Mit dir möchte ich jedenfalls nicht tauschen, Herr Ex-Nationalcoach. Hast du nicht manchmal Angst, dass dir ein paar enttäuschte Fans irgendwo auflauern?"

Gianluca drehte sich an seinem Tellerrand eine kleine Spaghettischnecke auf die Gabel und grinste.

„Ich habe selten eine Truppe so miserabel spielen sehen wie deine Jungs, kurz bevor sie dich hochkant gefeuert haben." Klaus rang nach Luft. Sein Gesicht verfärbte sich tomatenrot.

„Vaffanculo!", presste er zwischen schmalen Lippen hervor. „Einmal Arschloch, immer Arschloch." Dann ergänzte er laut. „Mit der Gurkentruppe hätte so ein Fußballrentner wie du noch nicht einmal ne Meisterschaft bei der U-14 gewonnen. Also spar dir deinen Kommentar, du Nichtsnutz. Ich arbeite wenigstens, im Vergleich zu dir."

„Klaus und Gianluca, jetzt beruhigt euch mal", schaltete sich Enzo ein. „Kein Grund, die alte Rivalität aufleben zu lassen."

„Der Trainer wird euch nicht mehr als Stürmerstar Nummer 1 präsentieren. Keinen von euch. Die Zeiten sind vorbei“, stimmte ihm Stefano zu.

Enzo nickte. „Ihr seid jetzt beide alte Säcke, also gebt Ruhe!“

Gianluca ließ seinen Konkurrenten Klaus nicht aus den Augen. Ohne seine Lippen groß zu bewegen, murmelte er vor sich hin. „Dieses Käsegesicht nennt mich nicht ungestraft einen Nichtsnutz.“ Dabei ballte er seine Hände zu zwei Fäusten, bis seine Knöchel unter dem Druck weiß hervortraten.

Kapitel 8

Die angehende Journalistin Clara saß auf ihrem Hotelbett mit dem Laptop auf dem Schoß und beendete ihren ersten Bericht über den Ex-Fußballer Stefano D’Agostino.

Freundlich und zuvorkommend war er gewesen. Genau das Richtige für den Einstieg, dachte Clara. Er hatte ihr von den alten Zeiten erzählt, aber ohne Wehmut. Genauso brannte er offensichtlich für seine aktuelle Leidenschaft, den Weinbau. Außerdem sprach er viel über seine Autosammlung. Um ihn musste man sich keine Sorgen machen. Stefano schien zufrieden mit seinem Leben nach der großen Karriere.

Leider war der Mann seit Ewigkeiten aus dem aktiven Geschäft, aber für die Rubrik „Was macht eigentlich?“ konnte es dennoch reichen.

Viel interessanter würde es in den kommenden Tagen

werden. Morgen hatte sie einen Termin mit Klaus Neumann, der erst vor wenigen Wochen einen Top-Trainerjob im Ausland verloren hatte. Na ja, nicht wirklich verloren. Sie hatten ihn vom Hof gejagt, wegen Erfolglosigkeit. Und sein Ruf in Deutschland war von ehemaligen Spielern, die er trainiert hatte, dermaßen ramponiert, dass Clara ihm keinen Job mehr in der Bundesliga zutraute. Eigentlich konnte er ihr leidtun. Aber schließlich lebte sie davon. Und je mehr sie aus ihm herausquetschen konnte, böse Bemerkungen, Wut, Resignation, umso besser für ihren Verbleib in der Redaktion der Sport im Bild. Momentan verdingte sie sich im Rahmen ihrer Journalistenausbildung dort nur als Volontärin. Aber sie konnte gut den Wadelbeißer geben. Morgen würde sie nicht locker lassen.

Von ihrem schleimigen Chefredakteur hatte sie das Gerücht gesteckt bekommen, dass Klaus Neumann und der ebenfalls anwesende Enzo um ein und denselben Trainerjob konkurrierten. Da stand der Benzinkanister quasi schon bereit. Sie musste ihn nur noch umkippen und im Gespräch mit diesem Klaus geschickt einen Zündfunken setzen.

Aber für heute machte sie erst einmal Schluss, denn der Blick auf die teure Armbanduhr, die ihr ihr Vater geschenkt hatte, verriet, dass es Zeit war, sich fertig zu machen. Sie sendete den fertigen Bericht an die Redaktion und loggte sich noch einmal auf dem Portal ein, wo sie ihn kennengelernt hatte.

Ein wenig verkrampfte sich ihr Bauch bei dem Gedanken, bald diesem Wildfremden gegenüber zu stehen.

Konnte es wirklich mit rechten Dingen zugehen? Wenige Tage, nachdem ihr ihr Chef die Freigabe für die Interviews hier im Berghotel gegeben hatte, war es passiert. Da schrieb dieser Typ aus genau jenem abgelegenen Kaff, wo sie nun hingereist war.

Sie öffnete sein Profilbild und musterte es ein weiteres Mal eindringlich. Er lachte nicht. Er schaute entschlossen drein. Schwarzes Haar, braungebrannter Teint, irgendwie sexy.

Was hatte er noch geschrieben? „… wenn es dich tatsächlich in unser Tal verschlägt, dann muss es wohl Schicksal sein und du solltest mich besuchen. Bei unserem gemeinsamen Abend werde ich dir zeigen, was man hier so isst und trinkt und wie wir uns sonst so die Zeit vertreiben… Du wirst nicht enttäuscht sein."

Es klang fast abstoßend direkt, aber dennoch machte es Clara neugierig. Der Typ schien wirklich 100% von sich selbst überzeugt zu sein.

Und dann diese Einladung zu ihm nach Hause? Gut, hier gab es wirklich keine Kneipe, wo man sich mal schnell und unverbindlich treffen konnte. Und ein Kennenlernen im Hotel wollte Clara auch nicht vorschlagen. Schließlich gedachte sie, mit einigen der anwesenden Gäste noch harte Interviews zu führen. Da war es nicht hilfreich, wenn die Herren sie zuvor beim Flirt mit einem jungen Typen beobachtet hatten.

Aber sollte sie wirklich zu ihm gehen? Schließlich war sie ein großes Mädchen und ein Pfefferspray in ihrer Handtasche führte sie mit sich, seit sie 14 war.

Sie lauschte. Der Regen prasselte heftig gegen das Glas

ihrer Zimmerscheibe.

Vor so einer Situation hatte ihre Mutter sie wieder und wieder gewarnt. Ein Grund abzusagen?

Bei diesem Gedanken entschied sie sich plötzlich, fuhr eilig den Laptop herunter und schälte sich aus ihrem Bett.

So weit würde es noch kommen, dass sie das täte, was ihre Mutter wollte! Clara schnaubte hörbar. „Auf geht's! Nach der Arbeit ein wenig Spaß", sagte sie mit kräftiger Stimme zu sich selbst. Dann warf sie sich in das Oberteil mit dem weiten V-Ausschnitt und zog sich den Lidstrich nach. Schließlich verließ sie das Hotel, ohne noch einmal einem Menschen zu begegnen.

Kapitel 9

Am langen Tisch im Weinkeller war das Gespräch nach Gianlucas und Klaus' Gerangel verstummt. Nun brach Harald das Schweigen.

„Also, ich bin noch nicht angefragt worden wegen eines Interviews", wunderte er sich.

„Aber Harry, das kommt sicher noch. Und dann wissen wir sowieso alle, was sie dich fragen wird", grinste Stefano.

„Euch geht's auch immer nur ums Geld, oder?", gab ein beleidigter Harald zurück. „Aber Schwamm drüber. Ich habe da so ein neues Projekt. Total sichere Sache. Immobilien in bester Innenstadtlage. Todsichere Angelegenheit sogar." Harald verschränkte die Arme hinter seinem

Kopf und gab den Blick auf seine ungesunde Zahnreihe frei.

„Wenn ihr da dabei wärt, dann könnte ich euch sicher in den nächsten ein bis zwei Jahren alle Außenstände zurückzahlen. Garantiert."

„Und mit wieviel sollen wir diesmal rüberwachsen, Herr Immobilienhai?", fragte Stefano zurück.

„Na, sagen wir mal, so ein bis zwei circa", druckste Harry Pfeiffer kleinlaut herum und legte seine Hände wieder zurück auf die Tischplatte.

„Wie, nur zweitausend Euro?"

„Eher zwei Millionen, würde ich sagen."

„Spinnst du, du Pfeife?" Stefano warf seine zusammengeknüllte Stoffserviette in Haralds Richtung. „Du glaubst doch nicht, dass dir nur ein einziger von uns jemals wieder einen Euro überweist."

„Da hat er recht", sagte nun Enzo. „Das Geldverdienen fällt uns allen nicht mehr so leicht wie früher, Harry. Und einige von uns hast du an den Rand des Ruins gebracht mit deinen fadenscheinigen Immobilien, damals. Also gib jetzt Ruhe und genieß den Abend. Heute reißen wir dir zwar nicht den Kopf ab, aber für morgen kann ich nicht garantieren. Also nerv uns nicht weiter mit diesem Thema, verstanden?"

Die nicht mehr ganz so fröhliche Geburtstagsrunde wurde durch das Auftragen des dritten Gangs erlöst. Der Duft des gegrillten Rinderfilets ließ die Herzen der Fleischvertilger, wie sie Jacqueline genannt hatte, wieder höher schlagen. Nur Gianluca blickte etwas gequält auf seine geröstete Aubergine an Gemüsesoße, was Francesca innerlich jubeln ließ.

Stefano war der Erste, der wieder den Versuch einer unverfänglichen Kommunikation wagte.

„Enzo, wie sieht es jetzt eigentlich mit deinem Engagement als russischer Nationaltrainer aus? Stimmt das, was die Zeitungen schreiben?"

Enzo schmunzelte in die Runde. „Meine Lippen sind versiegelt." Er hob erneut sein Weinglas. Ich sage nur so viel: „Sa sdorowje!"

Alle hoben ihre Gläser, nur Klaus nicht.

„Bist du dir da ganz sicher? Weil, wenn du noch nicht unterschrieben hast, dann sei dir gesagt, dass auch mit anderen verhandelt wird", sprach er vieldeutig in die Runde.

Daraufhin fielen Enzos Mundwinkel ein wenig nach unten.

„Wenn du es sagst, mein Lieber. Wir werden sehen. Der Bessere wird gewinnen." Dann nahm er einen großen Schluck vom schweren Rotwein. Und gleich noch einen hinterher.

Als das Dessert aufgetragen wurde, tobte vor den Glasschiebetüren ein heftiges Gewitter. Die beiden Ober wechselten besorgte Blicke. Ein lauter Knall nach dem anderen folgte auf Blitze, die so zahlreich abgingen, dass die Almwiesen draußen oft taghell beleuchtet waren. Der Regen hämmerte lautstark an die Scheiben, so dass Francesca beinahe schreien musste, um die Kellner zu fragen, was da draußen vor sich ging.

„Haben Sie hier öfter solche Unwetter?“

Der eine schüttelte den Kopf. „Nein, so was hab ich auch noch nie erlebt, und ich bin schon mein Lebtag hier im Tal.“

Plötzlich verschärfte sich der Lärm draußen zu einem beständigen Donnergrollen. Die Glocken der kleinen Pfarrkirche vis-à-vis setzten mit Dauergeläut ein.

Die elektrischen Kronleuchter über den Köpfen der Gäste erloschen. Nur die Wachskerzen flackerten weiter vor sich hin.

Ein Geburtstagsgast nach dem anderen erhob sich von seinem Platz.

Francesca sah, dass auch in den Nachbarhäusern kein Licht mehr brannte.

Allen voran öffnete einer der beiden Kellner eine der Türen zum Garten und trat hinaus in den hämmernden Regen. Gianluca wollte wissen, was da draußen vor sich ging und folgte dem Kellner nach. Francesca stürmte mit eingezogenem Kopf hinterher, genauso wie der Rest der Gäste und der zweite Kellner.

Binnen Sekunden klatschten die schweren Regentropfen auf Francescas Haut, Haare und Dirndl. Nur ihre Füße, die immer noch in den ledernen Bergstiefeln steckten, blieben ein wenig länger trocken. Blitze zuckten, Donner grollte.

Auf der Wiese mitten zwischen den Liegestühlen stand die Hotelchefin und um sie herum drei Männer in weißen Kochuniformen, das Lehrlingsmädel von der Rezeption sowie Cosimo und starrten ins Dunkel in Richtung eines nahegelegenen Berghangs. Und dann sah es auch

Francesca. Etwas weiter vorne rauschten beängstigende Geröllmassen, Holz und Wasser mit einer gewaltigen Urkraft und unter ohrenbetäubendem Lärm den Berghang hinab. Dort sammelte sich die Drecklawine ausgerechnet an der Verengung, die das abgelegene Tal mit dem Umland verband.

„Um Himmels Willen." Francesca hörte die Hotelchefin stöhnen.

Dann setzte der dröhnende Feueralarm vom Rathausdach ein und lieferte sich mit den Kirchenglocken der kleinen Dorfkapelle ein schauriges Duell um die höchste Dezibelzahl.

Francesca stapfte nach vorne und legte ihren Arm um Cosimos Schultern.

Die Köche und Kellner indes riss das Dröhnen des Alarms aus ihrer Lethargie. Sie beeilten sich, zurück ins Haus zu kommen.

„Meine Mitarbeiter helfen alle in der freiwilligen Feuerwehr", erklärte Annemarie, die Hotelchefin, die sich nun zu ihren wenigen Gästen umgedreht hatte. „Sie werden uns berichten, wenn sie vom Einsatz zurückkommen." Sie zuckte zusammen, weil ein Blitz nur wenige hundert Meter vom Hotel in eine alte Eiche einschlug.

„Wir müssen weg vom Gewitter. Los, gehen wir alle in den Weinkeller. Dort brennen wenigstens ein paar Kerzen."

Das nasse Grüppchen nickte artig, und wie eine Schafherde zog der ehemalige Mannschaftsrat samt Begleiterinnen hinter Hotelchefin und Azubine zurück in den Backsteinkeller. Jacqueline kämpfte dabei mit ihren teuren

Slingpumps, deren Absätze von Schritt zu Schritt tiefer im Morast versanken.

Gianluca musterte Francescas jungen Begleiter. Als er seinen eigenen Sohn erkannte, hob er nur kurz sein Kinn zur Begrüßung. Cosimo tat es ihm gleich. Keiner der beiden lächelte.

Kapitel 10

Nachdem alle Gäste zurück in den Weinkeller gekommen waren, zog die Chefin des Hauses unter großer Kraftanstrengung die Glastüren zu und schob die lichten Vorhänge davor, als ob sie so die Katastrophe draußen ein wenig ausblenden könnte.

„Meine Herrschaften, nehmen Sie bitte wieder Platz. Das Dessert ist ja noch beinahe unberührt. Martina und ich werden in der Zwischenzeit ein paar Decken organisieren, und vielleicht gelingt es mir, das Notstromgerät zum Laufen zu bringen." Sie packte eine gläserne Kerzenlaterne und bedeutete dem Lehrmädel, es ihr gleich zu tun. „Komm Martina, schick dich. Unsere Gäste friert es."

Martina zitterte zwar selbst wie ein Eiswürfel im Cocktailshaker, doch das junge Mädchen mit der aufwendigen Flechtfrisur jammerte nicht und wollte es ihrer Chefin gleichtun. Sie ging einige Schritte vorwärts zum Weinregal an der Wand und griff nach einer zweiten Laterne. Dabei geriet sie ins Schleudern und fiel über irgendetwas, das hinter dem schweren Esstisch lag. Martina konnte sich gerade noch mit den Händen abstützen. Ihr greller Schrei durchschnitt den Lärm und das Geläut der Kirchenglocken von draußen.

Die kleine Menschenansammlung setzte sich daraufhin in Bewegung. Jeder wollte dem jungen Mädchen helfen.

Francesca glaubte, dass sich das Lehrmädel am Fuß verletzt hatte. Dann aber sah sie mit eigenen Augen, warum Martina so entsetzlich schrie.

Ihr Fuß schien in Ordnung zu sein, denn die junge Frau saß schon in der Hocke, bereit, wieder hochzukommen. Doch eine Art Starre ließ sie weiter am Boden kauern. Sie konnte ihre Augen nicht von dem Ding abwenden, worüber sie gerade gestolpert war.

Niemand konnte den Blick davon lösen, zumal es sich um keine Sache, sondern um einen leblosen Körper handelte, dessen Kopf in einer braunen Lache aus zähen Flüssigkeiten lag. An der Stirn klaffte ein handtellergroßes Loch. Aus der zertrümmerten Schädeldecke quollen rote Körpersäfte, die sich mit Gewebeteilen vermischt hatten, auf die Holzdielen.

„Stefano", stammelte nun Francesca. Sie wollte sich gerade durch die bewegungslosen Männer vor ihr drängen und sich neben den verunstalteten Körper knien. Doch Marco, der junge Assistent von Enzo, drückte sie zurück und kniete sich stattdessen selbst neben die Blutlache.

Er befühlte den Puls an der schlaffen Hand, dann am Hals. Ohne zu zögern griff er zu, machte sich schmutzig. Francesca zollte ihm hierfür Respekt. Nun senkte sich auch der dicke Enzo zu dem Körper herab, legte sein Ohr an die Nase, lauschte, ob noch Atem aus Stefanos Körper drang.

Harald Pfeiffer trat genau den umgekehrten Weg an. Er drückte sich würgend durch die stummen Zuschauer und riss mit letzter Kraft die Tür zum Garten auf. Draußen hörte man ein Stöhnen, nachdem er sich lauthals übergeben hatte.

Die Hotelchefin fand schließlich in ihre Rolle zurück.

„Martina, Kind. Schnell. Du gehst und holst Adam und ich laufe zum Doktor. Beeilen wir uns." Dann wandte sie sich an Klaus, der neben ihr stand. „Bitte sorgen Sie dafür, dass ein Notruf abgesetzt wird. Jemand von Ihnen hat sicher ein Handy dabei." Dann eilte sie zur Gartentür und zog das Lehrmädel hinter sich her, die ihren Blick kaum von dem Toten lassen konnte.

Als die beiden Frauen vom Hotel weg waren, drängte sich Francesca nun doch neben Marco. „Atmet er noch? Hat er Puls?"

„Nein, aber wir versuchen es noch einmal. In Ordnung, Enzo?"

Enzo nickte nur stumm. Daraufhin begann Marco auf den Brustkorb von Stefano zu drücken. Dazu zählte er laut auf Italienisch bis 30. Dann atmete Enzo einmal in die verschmierten Nasenlöcher. Danach startete Marco wieder mit der Herz-Druck-Massage.

Als Klaus sah, wie Enzo die blutverschmierte Nase mit seinem Mund berührte, erwischte es auch ihn. Er presste sich eine Hand vor den Mund und stürmte nach draußen, um dem kotzenden Harald Gesellschaft zu leisten.

Francesca versuchte, sich einen Reim darauf zu machen, was Stefano passiert sein mochte. Neben seinem Körper sah sie kleinere und größere Bruchstücke einer dunklen Glasflasche. Sie schwammen am Boden in roter Flüssigkeit.

Es stank vergoren und metallisch. Ein Gemisch aus Rotwein und Blut. Francesca atmete flach, um nicht neben den sich übergebenden Ex-Fußballern Harald und Klaus zu landen.

Eine große Glasscherbe war weiter weg gefallen und befand sich fast vor Francescas Füßen. Sie stupste das scharfe Glas mit ihren Wildlederstiefeln an. Es drehte sich und ein Teilstück des Weinetiketts, über das sich die Geburtstagsgäste vor wenigen Stunden noch so amüsiert hatten, kam zum Vorschein. Stefano war also von einer Weinflasche erschlagen worden, mit einer Flasche aus seinem eigenen Weinkeller.

Mittlerweile hatte Marco das dynamische Reanimieren am leblosen Körper eingestellt. Zu Enzo gedreht meinte er: „Lass gut sein. Da lässt sich nichts mehr machen." Als die beiden Männer aufstanden, tropften ihre Anzugärmel. Hände und Gesichter schimmerten blutverschmiert. „Ich glaube, wir beide ziehen uns am besten etwas Frisches an, Enzo." Dann blickte er zu Gianluca. „Habt ihr schon den Notarzt verständigt?"

Gianluca sah den mit Körperflüssigkeiten verschmutzten jungen Mann entgeistert an, gab aber keine Antwort.

„Das machen wir jetzt", gab Francesca an Stelle ihres

geschockten Ehemanns zurück. Sie packte Gianlucas Handy aus dessen Jackentasche und wählte die 112. Dabei registrierte sie noch, wie Marco bei einer Rückwärtsbewegung auf etwas Hartes am Boden stieg und im Begriff war den Gegenstand aufzuheben. „Lass liegen“, befahl Francesca. Und auf Marcos irritierten Blick antwortete sie sanfter: „Denk an die Spurensicherung. Wir sollten nichts anfassen.“

Marco hob seine rotbraun-verschmierten Hände in ihre Richtung und spöttelte: „Dafür ist es wahrscheinlich ein bisschen spät, nicht wahr?“ Dann umfing er mit seinen Armen den sichtlich mitgenommenen Enzo und bugsierte ihn mit Hilfe der Taschenlampe auf seinem Mobiltelefon hinaus, dahin, wo die Gästezimmer lagen.

„Notrufzentrale hier. Guten Abend.“

„Hier spricht Francesca Carlotti. Ich möchte einen Unfall melden. Es handelt sich um einen circa 50-jährigen Mann. Ich glaube, er lebt nicht mehr. Sein Kopf wurde von einer Weinflasche getroffen.“

„Gut, Frau Carlotti. Sagen Sie mir doch zuerst einmal Ihre Adresse durch.“

Francesca nannte das Hotel und den Ort und gab an, die genaue Straße leider nicht zu kennen. Am anderen Ende der Leitung hörte sie ein leises Pfeifen.

„Die Zufahrt zu Ihrem Tal ist zurzeit verschüttet, wir haben gerade einen Großeinsatz wegen dieser Mure, die da abgeht.“

„Ja, aber vielleicht können Sie etwas aus der Luft machen?“, schlug Francesca ein wenig verzweifelt vor.

„Frau Carlotti. Die aktuellen Windbedingungen sind derart extrem, dass wir die Gesundheit unserer Kollegen nicht aufs Spiel setzen können. Ich gebe Ihnen jetzt detaillierte Anweisungen zur Reanimierung."

„Das haben wir schon versucht", entgegnete Francesca matt. „Außerdem sieht er nicht gut aus. Die Schädeldecke klafft auf."

„Das tut mir leid. Haben Sie bereits die Polizei vor Ort verständigt?"

„Die Hotelchefin ist unterwegs."

„Dann kann ich leider nichts mehr für Sie tun. Bitte bewahren Sie Ruhe. Wir versuchen unser Möglichstes, Sie und die anderen Gäste so schnell wir können aus dieser misslichen Lage zu befreien." Als Francesca schon auflegen wollte, fiel dem Mann von der Notrufzentrale noch etwas ein. „Es kann auch passieren, dass die Funkmasten, die für die Handyverbindung im Tal verantwortlich sind, in wenigen Minuten ihren Dienst aufgeben, weil die Notfallakkus zur Neige gehen. Bitte bleiben Sie trotzdem ruhig. Wir wissen, dass Sie hier raus wollen, aber das kann noch einige Stunden oder Tage dauern."

Francesca verabschiedete sich und beugte sich anschließend tief nach unten, um den Gegenstand genauer betrachten zu können, auf den Marco vorhin getreten war. Es handelte sich dabei um einen Autoschlüssel der Marke Lamborghini. Stefanos Lamborghini. Francesca schüttelte den Kopf. Er hatte sein Baby, seine Perla, retten wollen. Und nun konnte er nicht mehr gerettet werden. „Stefano!", seufzte sie traurig und schloss mit ihrer flachen Hand seine Augenlider.

Als sie sich wieder aufrichtete, blickte sie in das angespannte Gesicht von Gianluca.

„Weiß irgendwer, wo Clara abgeblieben ist?“, fragte er in die Runde.

„Wer soll das sein“, stöhnte Harald, der sich zurück in den Weinkeller getraut hatte, aber nur in die letzte Ecke, wo man Stefanos Leiche nicht sehen konnte.

„Clara ist die Journalistin“, erklärte Gianluca ihm.

„Unsere Clara ist die Journalistin? Und sie wohnt in diesem Hotel?“, schrie Francesca fassungslos. Sie trat noch einen Schritt näher an Gianluca. „Du hast unser Kind in dieses Scheißtal gebracht und jetzt weißt du nicht, wo sie ist?“ Ihre Augen funkelten bedrohlich. „Hier hat gerade jemand Stefano umgebracht und unser Baby läuft irgendwo da draußen rum. Kapierst du das?“

Kapitel 11

Stille war eingekehrt im Weinkeller. Klaus und Harald hatten sich das Gesicht gewaschen und waren zurückgekehrt. Marco und Enzo erschienen ebenfalls zurück, nun ohne Anzug, dafür in Jeans und Pulli. Francesca hatte sich neben den geschockten Cosimo gesetzt und streichelte seine Hand. In der anderen Ecke des Raums saß ein verstörter Gianluca neben einer sichtlich angeekelten Jacqueline und vermied den Blick auf die Leiche.

Plötzlich polterte eine Hand gegen die nunmehr geschlossene Glastür. Francesca erhob sich, streifte die Vorhänge zurück und öffnete die Tür. Ein forsch ausschreitender junger Mann trat an ihr vorbei in den Raum. Er hielt eine Taschenlampe in der Hand und richtete diese unverblümt auf sämtliche Personen, die sich im Weinkeller befanden. Zuletzt blendete er Francesca direkt ins Gesicht, so dass diese beide Arme nach oben riss, um ihre Augen vor dem grellen Licht zu schützen.

„Was soll denn das?", entfuhr es ihr.

„Haben Sie ein Problem mit mir?", kam es statt einer Antwort zurück.

Nun betrat die Hotelchefin den Weinkeller. „Adam, bitte. Das sind meine Gäste."

„Schöne Gäste hast du." Er drehte sich im Kreis und fixierte die matten Gestalten. „Können Sie etwa keinen Wetterbericht lesen, oder warum sind Sie überhaupt da? Die Meteoritologen warnen schon den ganzen Tag vor schweren Unwettern in unserem Tal. Aber das interessiert unsere feinen Urlauber nicht, nicht wahr?", ätzte Adam in die Runde.

„Meteorologen", verbesserte Cosimo. Zur Strafe blendete ihn die Stasitaschenlampe.

„Wer sind Sie eigentlich, dass Sie so mit uns sprechen?", fragte Francesca. Sie schnaufte schwer.

„Die Polizei, meine Dame. Ich bin die Polizei. Und weil wir uns gerade im Separatismus befinden, müssen Sie meinen Anweisungen folgen. Haben Sie das verstanden?", befahl der junge Mann, der vermutlich Francescas Sohn hätte sein können.

„Separation“, murmelte Cosimo.

„Wie?“

„Separatismus ist was Politisches“, erklärte Cosimo dem drahtigen, aber etwas klein geratenen Polizisten. „Sie meinen wohl eher so was wie Isolation, also, dass wir von der Außenwelt abgeschnitten sind.“

„Schluss jetzt. Mir reicht es mit den Unterbrechungen von dem Jungspund“, giftete Adam zurück.

Francesca wollte zu einer passenden Antwort ausholen, da öffnete sich noch einmal die Gartentür und eine junge sportliche Blondine drängte sich in den Raum.

„Clara!“, rief Cosimo erleichtert. „Wo treibst du dich denn rum, Schwesterherz?“

„Cosimo?“ Clara stürmte auf ihren jüngeren Bruder zu und umarmte ihn stürmisch. „Ich bin hier als Reporterin. Papa hat mich eingeladen.“

„Was, sie ist deine Tochter?“, rief Enzo entrüstet. Er war vorhin noch auf seinem Zimmer gewesen und hatte nur die Hälfte mitbekommen.

Gianluca zuckte mit den Achseln. „Na und? Sie brauchte einen guten Artikel und die meisten von uns haben nichts gegen ein bisschen Publicity einzuwenden, stimmt’s?“ Er blickte der Reihe nach zu seinen alten Fußballerkollegen, die nun zustimmend nickten. „Und du stehst doch wohl auch gerne in den Medien“, wandte er sich dann noch an Jacqueline.

„Aber sicher nicht, wenn es um alte Fußballer und eine Sportzeitung geht“, echauffierte sie sich. „Und dass über mich in Zusammenhang mit einem Toten berichtet wird, verbitte ich mir.“ Sie richtete sich an die beinahe gleichaltrige Clara. „Also hör mal, mein Name taucht in keinem deiner Berichte auf, Fräulein. Sonst streicht dir dein Papa das Taschengeld."

Gianluca wollte gerade etwas Besänftigendes sagen, da schnitt ihm Clara das Wort ab.

„Hast du schon einmal etwas von Pressefreiheit gehört? Aber selbst wenn, wer bist du schon?"

„Ich tippe auf Nummer fünf bis sieben", mischte sich Cosimo ein.

„Genau, Freundin fünf, sechs oder sieben. Was spielt es für eine Rolle." Sie schaute Jacqueline fest in die Augen. „Und wir sprechen nur von diesem Jahr, Blondie, damit das klar ist."

Jacqueline hielt jetzt nichts mehr auf ihrem Sitz. Sie stürmte auf Clara zu, bereit, ihr gesamtes Repertoire von Beißen über Kratzen bis hin zum High-Heel-Nahkampf anzuwenden. Doch dazu kam es nicht. Francesca und Gianluca schritten ein. Typische Rudelbildung, hätte ein Reporter kommentiert, wäre die Aktion auf dem Fußballrasen passiert. Immerhin konnten die beiden blonden Kontrahentinnen in zwei getrennte Ecken des Weinkellers gedrängt werden.

Dann ergriff Adam wieder das Wort. „Auseinander!" Er wandte sich an Clara. „Dieses Eifersuchtsdings um deinen Vater lässt du jetzt bleiben. Auch wenn ich es verstehen kann." Er zwinkerte peinlich in Jacquelines Richtung. „Der Mann hat wirklich eine bombige Begleiterin dabei." Dann wandte er sich an die Hotelchefin. „Wir sind hier, weil es einen Unfall gegeben hat. Oder, Annemarie?"

Clara schäumte vor Wut. „Spinnst du, oder was?

Wie redest du denn mit mir, du, du Dorfpolizist?“ Sie schnaubte. „Zu dir bin ich tatsächlich nach Hause gegangen? Ich glaube es nicht.“

Adam wandte seinen Blick Clara zu und legte seine Stirn in Falten.

„Ich glaub es gerade auch nicht. Nächstes Mal stellst du besser ein echtes Bild von dir ein. Dann konzepiere ich dich sicher nicht mehr.“

„Kontaktieren, meint er wohl“, verbesserte Cosimo sichtlich amüsiert.

„Und du schreibst besser, wie groß du wirklich bist, damit sich alle kleinwüchsigen Frauen da draußen auf dich freuen können“, konterte Clara.

Adam sog hörbar Luft ein. „Zu welch Boshaftigkeiten ihr Weibsleute fähig seid, bloß weil ich gesagt habe, dass du jetzt nicht ganz so mein Fall bist?“

Ein kehliges Lachen ertönte aus Jacquelines Ecke.

„Geht doch Kühe hüten. Alle beide“, schimpfte Clara und wollte gerade aus dem Zimmer stürzen.

„Hiergeblieben. Alle verdächtigen Personen bleiben so lange in diesem Raum, bis ich etwas anderes sage, verstanden?“, befahl der junge Adam.

„Was heißt denn hier verdächtig?“, schaltete sich nun Francesca ein. „Ich dachte, meine Tochter wäre gerade bei Ihnen gewesen. Wie soll sie dann verdächtig sein?“

Adam leuchtete Francesca nochmal mitten ins Gesicht.

„Jetzt ist aber Ruhe. Wer sind Sie eigentlich?“

„Ich heiße Francesca Carlotti.“ Sie legte ihre beiden Hände auf die Schultern von Cosimo und Clara. „Und Sie hören jetzt sofort auf, meine beiden Kinder anzupflaumen. Haben Sie verstanden?"

„Ja, jetzt verstehe ich." Adam wackelte abschätzig mit dem Kopf. „Ihr Mann geht fremd. Sie sind eifersüchtig. Die komplette Palette. Aber was gehen mich Ihre Familienprobleme an?"

Jetzt schäumte nicht nur Clara über, sondern auch Francesca. Und sogar Gianluca in der anderen Ecke des Boxrings murmelte, dass es nun aber gut sei. Adam war aber um keine Antwort verlegen. Er wandte sich an Gianluca.

„Seien Sie mal froh, dass nicht Sie hier liegen mit eingeschlagenem Schädel." Er hatte mittlerweile den Leichnam erreicht und beugte sich zum toten Stefano hinunter. „Bei der explosiven Weibermischung hätte es genauso gut Sie treffen können."

„Adam!", mahnte die Hotelchefin. „Tu deine Arbeit, aber lass meine Gäste in Ruhe. Die kannst du nicht so anreden wie droben bei euch auf der Alm."

„Annemarie, heute bin ich das Gesetz und ich red, wie es mir passt. Und jetzt schauen wir uns mal die eigentliche Bescherung an."

Mit diesen Worten griff der kleingeratene Jungpolizist nach der Flaschenscherbe, auf der Francesca vorhin das Weinetikett identifiziert hatte.

„Sollten Sie nicht wenigstens Handschuhe tragen?", mischte sich die Köchin ein.

Adams böser Blick traf sie und gleich darauf blendete sie wieder die Taschenlampe.

„Ruhe", knurrte der Dörfler. Dann griff er nach dem Lamborghinischlüssel und drehte ihn im Schein seiner Taschenlampe. Dabei pfiff er leise durch die Zähne. Schließlich suchte er im flackernden Lichtkegel nach weiteren Indizien.

Als Adam sich wieder aufgerichtet hatte, fragte er die Hotelchefin, was genau passiert sei. Die erschöpfte Frau erklärte ihm, dass sie nicht bei der Feier im Weinkeller dabei gewesen wäre, nur, dass zahlreiche Gäste beim Murenabgang nach draußen gekommen waren und man danach gemeinsam die Leiche entdeckt hatte.

„Waren Sie alle draußen?“, fragte er in die Runde.

„Ich denke schon“, antwortete Enzo.

„Nein“, schritt Francesca ein. „Stefano kann nicht draußen gewesen sein.“

Adams Kopf fuhr herum. „Woher wissen Sie das?“, fragte er scharf.

Francesca trat auf die Leiche zu und deutete auf dessen Schuhe. Der Polizist schien nicht zu verstehen.

„Seine Schuhe sind trocken. Sehen Sie uns andere an. Wir sind nass bis auf die Knochen. Wer draußen war, muss nass sein.“

Adam schaute in die Runde und ließ dabei die Verhörtaschenlampe kreisen. Bei Enzo und Marco hielt er an.

„Sie beide. Sie sind nicht nass.“

„Das ist richtig“, antwortete Marco kühl. „Wir haben versucht, den Toten zu reanimieren, aber es war zu spät. Danach haben wir uns umgezogen. Alles war voll Blut.“

„Sie haben Spuren am Tatort verwischt!“, schimpfte Adam.

„Sie ja auch“, konterte Francesca.

„Jetzt wird es mir aber zu bunt. Ab sofort antworten Sie alle nur, wenn ich Sie persönlich etwas gefragt habe, verstanden?“

„Ja, mein Führer“, flüsterte Cosimo, und er und Clara kicherten leise.

Adam stampfte mit dem Fuß auf, dass die Weinflaschen in den Regalen erzitterten.

„Wer sich nicht daran hält, der wird heute Nacht von mir in Gewahrsam genommen.“

„Gianluca, dann pass mal auf deine Blondine auf“, grinste Harald. „Die nimmt der Herr Wachtmeister bestimmt gerne mit aufs Revier, wenn du nicht Acht gibst.“

Gelächter brach los, bis die Hotelchefin einschritt.

„Meine Herrschaften. Ihr toter Freund liegt da hinten auf dem Boden.“ Das hatte gesessen. „Überhaupt, Adam. Können wir den Mann nicht mal wenigstens abdecken?“, fragte Annemarie weiter. „Wegen der Spuren scheint eh schon alles verwischt.“

„Was ist eigentlich mit dem Arzt?“, fragte Enzo.

„Der ist über das Wochenende weggefahren. Solange wir im Tal eingeschlossen sind, gibt es keinen Mediziner“, erklärte die Hotelchefin.

„Gut, Annemarie. Hast recht, hol ein Leintuch“, bat nun Adam. Dann wandte er sich an Jacqueline. „Und Sie. Sie scheinen mir hier die verlässlichste Quelle zu sein. Wie heißen Sie denn?“

„Ich bin Jacqueline, Adam“, flötete das Engelsgesicht in größter Flirtlaune.

„Jacqueline. Sehr schön. Wer hat Ihrer Meinung nach einen Grund für den Mord?“

„Warum Mord?“, platzte Enzo dazwischen. „Es könnte doch eine Flasche aus dem Regal gefallen sein und Stefano stand ungünstig darunter.“

„Aber dann würde Stefano andersherum daliegen“, antwortete ihm Francesca. „Und außerdem hat ihn die Flasche getroffen, die auf dem Tisch mit deinen Geburtstagsgeschenken gestanden war.“

Adam sendete sofort die grellen Strahlen seiner Taschenlampe in Francescas Richtung.

„Ruhe!“, schrie er.

„Jacqueline. Was haben Sie beobachtet?“, fragte er dann betont freundlich.

Jacqueline stand auf und kam nahe an den dunkelhaarigen Polizisten heran.

„Die da“, sie zeigte mit der ausgestreckten Judashand auf Francesca. „Die da hat das Auto des Toten gerammt, heute Nachmittag. Es ist ein Vermögen wert, ein Lamborghini. Und vermutlich kann sie den Schaden nicht bezahlen. Sie hat ein Motiv“, presste Jacqueline noch hervor und schaute nun durchdringend in die grünen Augen des Dörflers, von dessen Gesicht sie nur wenige Zentimeter entfernt stand. Der Polizist musste schlucken. Dann folgte er mit seinem Blick dem ausgestreckten Arm und nickte wohlwissend in Francescas Richtung.

„Hab ich es mir doch gedacht“, sagte er langsam.

Kapitel 12

„Maledizione!"

Was war das denn hier für eine Ausgeburt an Scheiße? Er fluchte, aber nicht so stimmgewaltig wie sonst, sondern so, dass ihn niemand hören konnte.

Reichte es nicht schon, dass er wegen dieser maledetta Naturkatastrophe da drüben am Berg hier festsaß?

Er duckte sich tief hinter die Hagebuttenhecke, die ein schlauer Kopf direkt neben den Ausgang des Weinkellers gepflanzt hatte.

Er musste einen Unterschlupf für die Nacht finden. In seinem Kopf ratterten die Eindrücke an ihm vorbei, die er vom Hotel bereits gesammelt hatte.

Die Garage? Ja, die Garage war gut. Wenn die Straße über den einzigen Pass heute Nacht nicht befahrbar war, würde auch keiner zu den Autos gehen.

Er spähte noch einmal in den Weinkeller und sah einen kreisenden Taschenlampenkegel. Es war höchste Zeit, hier zu verschwinden. Es stank nach Bullen, und darauf war er allergisch.

Er bahnte sich mit bloßen Händen einen Weg durch das dornige Hagebuttengestrüpp und trabte gebeugt den Hang hinunter zur Hotelgarage.

Dort angekommen, warf er einen ängstlichen Blick auf die Überwachungskamera. Eigentlich war der Strom eh gerade weg. Er blickte sich in der düsteren aber trockenen Behausung um und entdeckte eine kleine Trittleiter. Damit kletterte er zur Kamera hinauf und band sorgfältig ein mitgebrachtes Stofftaschentuch um die bewegungslose Linse. Dann räumte er die Leiter zurück an Ort und Stelle.

Sein tropfnasser Blouson klebte kalt an seinem Oberkörper. Er zitterte bereits. Vielleicht stand eine der noblen Karossen hier offen herum und er konnte sich darin aufwärmen? Einen Versuch war es wert. Also ging er von Fahrertür zu Fahrertür und zog an den Griffen trug er noch Handschuhe, doch er duckte sich nicht mehr. Er fühlte sich sicherer. Leider blieb seine Suche nach einem erstklassigen Unterschlupf lange erfolglos. Nur eine verbeulte blaue Spaghettischubkarre ließ sich öffnen. Er seufzte, stieg dann aber doch ein. Besser als nichts!

Sofort kramte er nach dem obligatorischen Verbandskasten im Handschuhfach und zerrte die glänzende Notfallfolie heraus. Auf dem Rücksitz entledigte er sich seines triefenden Anoraks und wickelte sich so gut wie möglich in die hauchdünne Decke. Dann fluchte er noch einmal.

Eigentlich hatte er gerade mit einem Rucksack voll Knete einen kurzen Stopp an seinem Lieblingspuff in Innsbruck einlegen wollen, bevor er weiter nach Hause getigert wäre.

Jetzt saß er hier fest. Er hatte immer noch kein Geld in der Tasche. Sein Wagen stand unerreichbar für ihn jenseits des Bergpasses im Nachbardorf geparkt und er wusste nicht, wann er hier wieder weg kommen würde. Und als hätte Fortuna ihm nicht schon genug in die Suppe gespuckt, lag da jetzt noch dieser Tote im Hotel.

Nun gut, immerhin hatte es nicht das Geldschwein getroffen, von dem er sich noch die halbe Million holen wollte. Aber scheiße, war nicht so schon alles schwierig genug?

Nicht, dass ihm dieser Mord etwas ausmachte. Ihm doch nicht.

Er zwang sich, ruhig zu bleiben. Noch war nichts verloren. Vielleicht klärte sich ja morgen alles auf, der alte Sack zahlte, die Straße öffnete sich und er konnte als reicher Mann zurück nach Italien spazieren? Er seufzte bei dem Gedanken, dann musste er wieder schlucken.

Ach was, so einen Toten steckte er locker weg!

Kapitel 13

Gianluca hatte mittlerweile die Seiten gewechselt. Nicht nur sprichwörtlich. Er war auch körperlich in die Weinkellerecke gewandert, wo der Rest seiner Familie versammelt stand.

„Dio mio! Jacqueline, hast du deinen Verstand verloren? Was erzählst du da?"

„Schluss jetzt", befahl Adam ein weiteres Mal. Er überlegte und marschierte dabei ein paar Schritte auf und ab. „Ich werde Sie alle morgen genauer befragen. Für heute reicht es mir, wenn ich Ihre Namen aufschreibe." Er überlegte. „Und jeder von Ihnen bringt mir seinen Ausweis." Er wandte sich an Francesca. „Wie ist Ihr Name?"

„Francesca Carlotti. Das habe ich schon einmal gesagt."

„Da Sie heute nicht flüchten können, will ich noch einmal gnädig sein. Sie dürfen mit den anderen im Hotel bleiben. Aber Sie sind meine Hauptverdächtige."

„Wie bitte?", stöhnte Francesca.

Adam antwortete nicht, sondern legte nur seinen Zeigefinger auf die Lippen. Mit der anderen Hand formte er ein Zeichen, das Cosimo vor Lachen fast vom Stuhl fallen ließ.

„Was soll das bedeuten?", fragte Francesca irritiert.

„Der zeigt uns den Leise-Fuchs", presste ihr Sohn zwischen zwei Lachsalven hervor.

„Ich glaub, der spinnt", flüsterte Clara in Richtung ihrer Mutter.

„Recht hast du, Kind", flüsterte Francesca. „Ich kann die Drähte förmlich riechen, die da oben durchgebrannt sind." Sie zeigte mit dem Kinn in Adams Richtung. „Und du gehst zu so einem nach Hause", tadelte sie nach einer kurzen Pause.

„Das ist typisch. Jetzt bin ich wieder schuld. Hätte sich dieser Stefano nicht niederschlagen lassen, dann hättest du den Dorfbullen überhaupt nicht zu Gesicht bekommen", ätzte sie in Richtung ihrer Mutter. „Lebt ja nicht jeder wie Nonne Francesca." Dann ließ Clara ihre Familie einfach stehen, knallte dem Dorfpolizisten ihren Ausweis auf den Tisch und verschwand mit ihrer Handytaschenlampe in den Hotelgang.

„Morgen um acht treffen wir uns hier zum Frühstück. Und zwar alle", rief ihr Adam noch hinterher. „Objektiv, verstanden?"

„Obligatorisch, wenn schon", korrigierte ihn ein grinsender Cosimo.

Adam ballte seine Fäuste, blieb aber an Ort und Stelle stehen.

Francesca und Gianluca verließen als letzte Gäste und unter den strengen Augen des Möchtegern-Detektivs Adam den Weinkeller.

„Komm noch kurz mit zu mir. Wir müssen uns unterhalten“, schlug Gianluca flüsternd vor. Als Francesca darauf nur den Kopf schüttelte, sagte er: „Irgendjemand hier muss derjenige sein, der Stefano die Pulle über den Schädel gezogen hat. Diese Lachnummer von Dorfpolizist hat keine Ahnung, und wir sind in diesem Tal gefangen. Lass uns überlegen, wie wir uns und die Kinder schützen können.“

Das leuchtete Francesca ein. Sie folgte Gianluca in sein Zimmer, welches unangenehmerweise Tür an Tür neben ihrer eigenen Bleibe lag.

Im Zimmer brannte bereits eine Kerzenlaterne auf dem Tisch, und die umsichtige Hotelchefin hatte Zündhölzer sowie Ersatzkerzen danebengelegt.

„Setz dich doch.“

Francesca ließ ihren Blick über den gesamten Raum schweifen. Nirgends konnte sie ein Zeichen von Jacqueline entdecken. Kein Koffer, keine Kosmetika, kein zerknülltes Bettlaken. Auch die Luft trug nur das feinwürzige Aroma Gianlucas Rasierwasser. Francesca atmete tief durch und plumpste schwungvoll auf das graue Sofa mit den Fellkissen.

„Magst du ein Glas Rotwein?“

„Bist du sicher, dass du mit der Verdächtigen Nummer eins Alkohol trinken magst? Zum Schluss murkse ich dich ab, wenn du es nicht mehr merkst.“

„Cabernet Sauvignon oder Chianti?“, kam statt einer Antwort zurück. „Ach, was frage ich?“ Gianluca öffnete ganz automatisch den Cabernet.

„Was trinken deine Betthäschen denn sonst immer so? Eine Coke?“

„Lass gut sein, Francesca. Dass ich Jacqueline mitgenommen habe, war ein Fehler. Machst du denn nie Dummheiten? Eine Frau wie du ist sicher heiß begehrt.“

„Ich arbeite, Gianluca. Das hilft als Ablenkung. Solltest du mal versuchen“, konterte Francesca.

Gianluca hatte nun fertig eingegossen. Die beiden stießen an und blickten sich dabei in die Augen.

Er setzte sich neben sie auf die Couch. Das würzige Aroma seines Herrendufts kitzelte Francesca in der Nase.

„Du fehlst mir, Francesca.“ Gianluca nahm nochmals einen großen Schluck Rotwein aus seinem Glas. Dann stellte er es auf dem Couchtisch ab und schnappte sich Francescas Füße. Er zog sie auf seine Oberschenkel, löste die Schnürung der Wildlederstiefel und streifte diese ab. Dann zog er die gestrickten Trachtenstrümpfe von ihren Füßen und begann, den linken zu massieren. Francesca ließ es sich gefallen. Als Gianluca sie mit großen Augen ansah, merkte sie, dass er eine Antwort von ihr erwartete.

„Ach, Jacqueline und Konsorten ersetzen mich offensichtlich prima. Sie kümmert sich sogar um deine Ernährung, Schatzilein. Und außerdem hat sie ein faltenfreies

Engelsgesicht. Was willst du mehr?“

„Hätte ich dich zurück, bräuchte ich das doch alles nicht.“ Er wechselte, massierte nun Francescas rechten Fuß. Er kannte die richtigen Stellen. Das war der Vorteil an einem Sportler, erinnerte sich Francesca. Sie seufzte leise. Gianluca wertete dies offensichtlich als gutes Zeichen. Denn nun begann er mit seinen Fingern, das Bein hinauf zu klettern. Francesca zog es reflexartig zurück und winkelte ihre Beine an. Gianluca hob entschuldigend die Hände. „Es tut mir leid, wenn ich dich so überfalle. Aber schau dir Stefano an. Gerade hat er noch am Tisch mit uns über Matze gelacht und kurze Zeit später liegt er am Boden. Mit zerschlagenem Schädel.“

„Und was hat das mit uns zu tun?“

„Für uns heißt das, dass das Leben nicht ewig so weitergeht. Irgendwann sind wir alt. Oder vorher schon tot. Keine Ahnung, hier läuft doch irgendein Kranker rum.“

„Also an einen Unfall glaube ich nicht. Hast du eine Ahnung, wer ein Problem mit Stefano hatte?“

„Du meinst, außer dir?“ Gianluca grinste, änderte dann aber schnell seine Miene, als er Francescas angesäuertes Gesicht sah.

„Fang du nicht auch noch damit an. Dieser Adam spinnt doch.“

„Vielleicht ist er geistesgestört und hat Stefano um die Ecke gebracht, damit er selbst einmal in einem echten Mordfall ermitteln darf.“

„Unter anderen Umständen würde ich dir sofort recht geben. Der tickt nicht richtig. Aber er war mit Clara zusammen, oder? Wann hätte er denn dann in den Weinkeller reinkommen sollen?“

„Stimmt. Aber zur Sicherheit frage ich morgen nochmal bei Clara nach.“

„Fällt dir kein anderer ein? Vielleicht ein illegales Geschäft? Das war doch schon früher eure Spezialität.“

Gianluca nahm einen tiefen Schluck. „Na, wenn Harald erschlagen dagelegen wäre, dann würde ich ja sagen. Aber Stefano hat nur noch für sein Weingut gelebt. Und für seine Autos. Und da bist eben nur du reingekracht.“

Francesca verdrehte die Augen. „Ihr seid alle Spieler gewesen und auch Spieler geblieben. Erzähl mir nicht, dass die fetten Schlitten, in denen ihr herumkurvt, durch ehrliche Arbeit verdient sind.“

Gianluca hob abwehrend die Hände.

Francesca seufzte. „Schon gut, du willst es mir nicht erzählen. Aber ich glaube, dass du dir ein paar Gedanken machen solltest. Weil da echt einer einen Mord begangen hat, heute Abend. Und es kommen nicht viele dafür in Frage. Pass auf dich auf, falls auch dir jemand an den Karren fahren möchte. Denn wer einmal mordet, hat nichts mehr zu verlieren.“ Damit stand Francesca von der Couch auf, packte ihre Socken und die Wanderstiefel und ging barfuß in Richtung Tür.

„Amore, bleib!“, rief ihr Gianluca nach. Als sich Francesca umdrehte, fügte er hinzu: „Ich passe auf dich auf. Dann passiert dir nichts. Wenigstens heute Nacht.“

„Der einzige, der mich wirklich verletzen könnte, wärst du. Mein Leben ist gut so wie es ist. Bring es nicht wieder durcheinander, Gianluca. Bitte.“

Dann ging Francesca und zog sich in ihr eigenes Zimmer zurück. Dort drückte sie die Tür ins Schloss und rutschte mit ihrem Rücken am Türblatt hinunter, bis sie auf dem Zimmerboden zum Sitzen kam. Ihr Körper bebte. Noch eine einzige gemeinsame Nacht, nach diesem Angebot hatte sie sich all die Jahre gesehnt. Und nun saß sie hier. Ganz allein.

Kapitel 14

Gerade hatte er seinen Pass bei dem unfähigen Polizeilehrling abgegeben. Nun betrat er sein Zimmer und ließ die Tür hinter sich in die Angeln fallen. Eine Kerzenlaterne stand auf seinem Tisch und erhellte den Raum. Müde ließ er sich auf sein Bett nieder. Der Tod war ihm nahegegangen.

Er blickte sich um im Raum. Irgendetwas störte ihn. Seine Lesebrille lag nicht mehr auf seinem Nachtkästchen. Er stand wieder auf, ging umher. Doch nichts Konkretes fiel ihm auf. Fast wollte er sich schon wieder hinlegen. Der Gedanke, dass die Hotelchefin es vermutlich gewesen war, die die Kerzen in den Zimmern verteilt hatte, entspannte ihn ein wenig. Dann fiel sein Blick auf die Lesebrille, die nun auf dem Couchtisch vor dem Sofa lag. Und unter ihr befand sich ein Briefkuvert. Blassrosa und ohne Absender. Er kannte das Papier, er kannte den Umschlag.

Er schlug mit der Faust auf die Tischplatte, dass das

zarte Brillengestell in der Luft tanzte, ehe es auf den Dielenfußboden fiel. Fluchend griff er nach seiner Lesehilfe und stellte fest, dass die Gläser noch in Ordnung waren. Wenigstens das, wenn schon der ganze Rest von diesem beschissenen Leben aus den Fugen geraten war.

Er setzte den Zwickel auf die Nase und öffnete den Brief. Seine Hände zitterten. Doch er las:

Pech gehabt! Da bin ich wieder.

Aber sorge dich nicht! Wenn du zahlst, kann ich deine Geheimnisse für mich behalten.

Pack das vereinbarte Geld in einen Hotelwäschesack. Er liegt in deinem Kleiderschrank.

Deponiere ihn im Mülleimer neben dem Garagenlift im ersten Untergeschoss, morgen 10 Uhr.

Dann bleibe ich weiterhin

Dein treuer Freund vom Mannschaftsrat

Er schluckte. Dann packte er den Brief in seine Hemdtasche und verließ sein Zimmer. Neue Pläne mussten geschmiedet werden. Sofort.

Er wollte nie mehr einen solch grässlich blassrosa Umschlag in den Händen halten.

Kapitel 15

Ein zartes Klopfen wollte so gar nicht zu Francescas wildem Traum von einem stürmischen Segeltörn passen. Als sich das Pochen wiederholte, dämmerte ihr, dass die unheimliche Nacht endlich vorbei war. Sie rollte sich langsam aus ihrem Bett, zog die dicken Vorhänge zurück und blinzelte hinaus in die neblige Suppe.

Ein weiteres Klopfen riss Francesca aus ihrer Lethargie. Sie ging zur Tür, um nachzusehen.

Die Hotelchefin Annemarie stand davor mit dick geschwollenen Augen und einer fahlen Gesichtsfarbe. Vom gestern so akkuraten Make-up war nichts mehr übrig.

„Guten Morgen", versuchte es Francesca deshalb besonders fröhlich.

„Guten Morgen, Frau Carlotti. Ich bitte Sie um Verzeihung, aber Sie sind meine letzte Rettung."

„Kommen Sie herein. Darf ich Annemarie sagen?"

Die Chefin zögerte zuerst, dann nutzte sie aber gerne Francescas Angebot und ließ sich auf deren Couch nieder. Ein zarter Lavendelduft lag in der Luft.

Francesca versuchte, die hoteleigene Nespressomaschine in Gang zu setzen, scheiterte aber. Der Strom war also immer noch ausgefallen, so dass die beiden Frauen nur ein Wasser statt eines Kaffees nehmen konnten.

Annemarie erzählte Francesca von ihren Bemühungen in der vergangenen Nacht, zuerst den Polizisten Adam zu besänftigen und – als dies fehlschlug – zumindest den Notstromgenerator zum Laufen zu bringen. Doch auch das hatte nicht geklappt. Und da ihre Köche und Kellner die komplette Nacht am Murenabgang gearbeitet hatten, würden die hiesigen Angestellten vermutlich in den nächsten Stunden nicht im Hotel auftauchen. Schließlich bräuchten die Männer Schlaf. Und es sei nicht ausgeschlossen, dass ihre Arbeitskraft erneut am Ort der Naturkatastrophe gebraucht werde.

„Was haben Sie denn mit Stefano gemacht?“, fragte Francesca.

„Es tut mir leid, das zu sagen. Aber er liegt immer noch im Weinkeller. Adam besteht darauf, dass der Tatort nicht verändert wird. Gottseidank ist es kalt.“ Annemarie schaute peinlich berührt. „Ich meine, wegen des Geruchs.“ Sie legte den Kopf mutlos in ihre Hände. „Der schöne Weinkeller. Ich weiß, Sie haben einen Freund verloren. Und das ist schrecklich. Aber wie soll es mit dem Hotel weitergehen? Wer will in einem Weinkeller feiern, wenn in den Zeitungen steht, dass da eine Leiche drin gelegen hat? Mehrere Tage lang.“

Francesca räusperte sich, um Augenkontakt mit der gebeutelten Hotelchefin aufzunehmen.

„Annemarie, nicht an morgen denken. Zuerst müssen wir den heutigen Tag gut herumbringen und hoffen, dass bald alles wieder normal wird oder wenigstens Hilfe von draußen kommt.“ Sie straffte ihre Schultern und hoffte, damit Annemarie ein deutliches Zeichen zu geben. „Kopf hoch. Sie dürfen jetzt nicht verzweifeln. Alle schauen auf Sie. Und Sie sind stark, das spüre ich.“

Annemarie überlegte kurz. Dann richtete auch sie ihren Rücken gerade auf.

„Sie haben Recht, Francesca. Als erstes brauchen wir alle ein ordentliches Frühstück. Und ich muss im Dorf jemanden ausfindig machen, der mir mit dem Notstromaggregat hilft."

„So ist es recht. Ich übernehme das Frühstück. Haben Sie einen Holzofen?"

Es gab einen Holzofen, und zusammen hatten die beiden Frauen schnell eine ordentliche Befeuerung hinbekommen. Jetzt stand Francesca alleine in der Nebenküche, in der sich der alte Ofen befand. Im Kühlraum und dem Vorratskeller waren ausreichend Lebensmittel für ein Dutzend hungriger Frühstücksgäste.

Nun stand sie vor dem provisorischen Posten, den sie sich aus den Gerätschaften der Hauptküche zusammengesammelt hatte, und begann, den ersten Teig anzurühren.

Ohne abzuwiegen schüttete Francesca Mehl und Milch in eine Schüssel. Dann wandte sie sich den Eiern zu. Mit einem genau dosierten Schlag an die Metallschüsselkante knackte sie die kalkige Schale der Eier und trennte sorgfältig das Eiweiß von den Dottern. Dabei wanderten ihre Gedanken zum gestrigen Abend und Stefano. Eigentlich hätte sie auch für ihn heute gerne die fluffigen Pfannkuchen zubereitet. Aber er würde nie mehr welche essen können. Gestern noch hatte er mit ihnen geschlemmt und seinen Wein genossen. Heute schon war es mit ihm vorbei.

Mit einer Prise Salz und einem Schneebesen bewaffnet, tauchte Francesca in das Eiklar und begann, mechanisch Schnee zu schlagen. Zuerst nutzte sie dabei die schnelle

Bewegung ihres Handgelenks, das wieder und wieder eine Acht nachzeichnete.

Ein Gedanke brannte sich in Francescas Gehirn. Nutzte sie wirklich jeden neuen Tag, wie sie es sich als junge Frau vorgenommen hatte, nachdem sie diesen Film von dem Club der toten Dichter gesehen hatte? Carpe diem! Nutze den Tag.

Als ihr Handgelenk zu erlahmen drohte, nahm Francesca den Unterarm zur Hilfe, um weiter Luft in das nun schon schaumige Eiklar zu schlagen.

Ihr frühes Einchecken hier im Hotel und der Plan, den sie eigentlich damit verfolgt hatte, das alles hätte sie sicher ein wenig mehr in einem ausgeglichenen Leben ankommen lassen. Aber statt ihr Freude zu bereiten, versank das Wochenende gerade im Chaos.

Neben Francesca blubberte es auf dem Holzofen in einer gewaltigen Espressokanne, einer achteckigen Bialetti. Das Pfeifen zeigte, dass das heiße Wasser gerade durch den Siebträger in das obere Kaffeegefäß gepresst wurde. Diese spezielle Kanne fasste tatsächlich 12 Tassen Mokka und weckte mit ihrer kantigen Form in Francesca die Erinnerung an ihre kleine Studentenküche. Ein beruhigender Kaffeeduft breitete sich aus. Und die wohlige Wärme des Holzofens tat der verspannten Köchin gut. Sie nahm sich vor, in Zukunft wieder bewusster in jeden neuen Tag zu starten. Nichts war selbstverständlich und sie hatte so vieles, für das sie dankbar sein konnte.

Um sich etwas aufzumuntern, hielt sich Francesca die fertig geschlagene Eischneeschüssel über den Kopf, wie sie es als Kind gern getan hatte. Als die weiße Wolkenmasse der Schwerkraft ein Schnippchen schlug und Francescas Lockenmähne verschont blieb, wandte sie sich wieder dem Pancake-Teig zu. Zur Verfeinerung gab sie die Eigelbe, das Weinsteinbackpulver, gemahlene Vanille und etwas braunen Zucker hinzu.

Nur beste und natürliche Zutaten, dafür stand Francesca immer ein, nicht nur im Fernsehen. Dabei gönnte sie sich auch gerne mal etwas – und so ließ Francesca zuletzt noch einen kräftigen Schluck geschmolzene Butter aus der kleinen Kasserolle auf dem Holzofen in ihren Teig tropfen.

Dann zog sie den luftigen Schnee unter die buttrig glänzende Teigmasse und briet die ersten dicken Pfannkuchen über dem Holzfeuer aus. Ein Hauch von Vanille erfüllte die Luft. Doch das Kaffeearoma setzte sich letztendlich durch.

Davon angelockt, steckte Cosimo seinen dunklen Wuschelkopf zur Tür herein. Nachdem er einen kleinen Espresso bei seiner Mutter stibitzt hatte, verdonnerte Francesca ihren ebenfalls kochbegeisterten Sohn an die Obstfront. Cosimo half gerne. Und noch lieber hielt er sich in der warmen Küche zusammen mit seiner Mutter auf, was er selbstverständlich nie freiwillig zugegeben hätte. Also machte er erst ein gelangweiltes Teenagergesicht. Doch Francesca konnte bei einem Seitenblick auf ihren Sohn sehen, dass sein Unmut nach der ersten Mango, die er geschält hatte, einer echten Konzentration auf seine Arbeit gewichen war.

So standen Mutter und Sohn einträchtig nebeneinander in der kleinen Beiküche und bereiteten Pfannkuchen,

Obst, eine sahnig-nussige Variante des sonst so faden Porridge sowie Omelette und eine Käseplatte für das Frühstück zu. Den Wurstwaren traute Francesca nach dem Ausfall der Kühlmöglichkeiten nicht mehr über den Weg. Sie wollte schließlich nicht riskieren, dass Klaus oder die anderen noch einmal den Tag über der Toilettenschüssel gebeugt verbringen müssten.

„Was gibst du eigentlich den Pflanzenfressern?", fragte Cosimo, als Francesca schon alle zum Frühstück zusammentrommeln wollte.

„Woher weißt du davon? Hat dich etwa Gianlucas Blondine auch schon bequatscht?"

„Jesus! Ich und vegan? Nein. Aber als ich mir gestern Abend meine Reisetasche aus deinem Zimmer geholt habe, ist ein Kochbuch herausgeflogen. Da habe ich mal genauer hingesehen und die blonde Grinsekatze alias Jacqueline erkannt."

„Eine gute Frage. Was geben wir den beiden? Ist noch ein Sojaschnitzel da?", fragte Francesca lachend.

„Oder wir ernten schnell etwas Kräuter und Klee von der saftigen Bergwiese nebenan." Cosimo grinste. Doch sein Lachen hörte schlagartig auf, als die Tür knarrte und eine dämonisch dreinblickende Jacqueline mit ihren manikürten Fingernägeln gegen seine Schulter tippte.

„Ich nehme an, Mutter und Sohn Fleischvertilger machen sich gerade über Gianluca und mich lustig? Aber das Lachen wird euch bald vergehen. Ich sage nur ‚Mordverdacht', nicht wahr, Francesca. Und vielleicht sollte ich Adam darauf hinweisen, dass Sie eventuell Hilfe durch Ihren Sohn hatten?" Sie grinste süßlich. „Ist schon ungewöhnlich, dass sich die komplette Familie hier trifft, und alles rein zufällig." Beim letzten Satz hob sie ihre Handflächen an wie ein Zauberer, der die mysteriösen Umstände seines Tricks verdeutlichen möchte. Dann klatschte sie Francesca und Cosimo auf die Schultern. „So, aber jetzt wollen wir uns erst einmal stärken. Nicht wahr? Wo steht denn hier die Mikrowelle? Ich möchte noch meinen Amaranthfrühstücksbrei erhitzen."

Aus ihrer überdimensionierten Ledertasche zog sie zwei hübsche Weckgläser. Darin befand sich eine dickflüssige Masse aus kleinen beigen Kugeln in einer Art gelbem Pudding.

„Ihr Frühstück müssen Sie wohl über dem Holz ofen warm machen", säuselte Francesca. „Sieht übrigens schmackhaft aus."

Jacqueline lächelte gönnerhaft. „Es muss nicht immer totes Tier sein, nicht wahr. Und dieses Amaranth ist ein ausgesprochenes Superfood. Die Azteken wussten das schon vor Jahrtausenden." Sie drehte sich zum Holzofen und ließ den Inhalt ihrer Weckgläser in einen Topf gleiten.

„Passen Sie auf, Jacqueline", warnte Francesca. „Das Holzfeuer ist tückisch." Dann packte sie die Käseplatte und ein großes Tablett voller Pancakes und machte sich auf zum Frühstücksraum.

Cosimo tat es seiner Mutter gleich und griff die Espressokanne sowie die Omelettes. Doch vor dem Verlassen der Küche konnte er nicht anders und beugte sich zu Jacquelines Ledertasche hinunter.

„Muuuhhh", machte er. Jacqueline schaute verdutzt zu Boden. „Ach, deine Muh-Tasche sagt mir nur gerade, dass sie ein schönes Leben hatte. Du weißt schon, damals, bevor man sie getötet hat, damit eine It-Bag aus ihr wird."

Er schaffte es gerade noch aus der Küche heraus, bevor Jacqueline ihm das Türblatt mit einem kräftigen Fußtritt in den Hintern rammen konnte.

Im Gehen raunte Francesca ihrem Sohn zu: „Ich hasse es, wenn diese Gesundheitsapostel den südamerikanischen Indios ihr Getreide vor der Nase wegkaufen. Weil Amaranth ja so supergesund ist", äffte Francesca Jacquelines Tonfall nach. „Wenn das mal nicht CO2-mäßiger Bullshit ist."

„Mum", Cosimo setzte sein schelmisches Grinsen auf. „Ich war selten so sehr deiner Meinung."

Der Frühstücksraum des Hotels wirkte etwas düster. Zwar brannten hier zahlreiche Kerzen, doch der Raum war mit dunklem Holz vertäfelt, und die kleinen Butzenfenster trugen kaum Licht ins Innere. Draußen regnete es noch immer und der Nebel schien sich den ganzen Vormittag lang nicht zu verziehen.

Die Frühstücksgesellschaft wirkte ähnlich düster wie der Raum. Enzo schaute zerknittert drein, Klaus' blondes Haar stand ein wenig störrisch in der Gegend herum und Haralds lichte Haarkrone hatte schon gestern wenig vital gewirkt. Auch der sonst so smarte Gianluca, der gerade hereinkam, konnte heute sein wahres Alter kaum verstecken. Stefanos plötzliches Dahinscheiden hatte beim restlichen Mannschaftsrat eindeutig für Schlafprobleme gesorgt.

Marco, Enzos Berater, wirkte weniger mitgenommen.

Er war es auch, der Francesca mit einem freundlichen „buon giorno" begrüßte und ihr zu Hilfe eilte, damit alle Speisen sicher auf dem großen Frühstückstisch landen konnten.

Schließlich schlich Clara herein und drückte sich auf einen Platz neben ihrem Vater. Der kraulte ihr den blonden Schopf. Francesca freute sich über dieses vertraute Bild. So war es früher schon gewesen. Clara, die unsterblich in ihren Papa verliebt war.

Die Eifersucht, die Francesca damals regelmäßig spürte, weil sie selbst so am Rande ihrer eigenen Familie stand, gab es heute nicht mehr. Leider gab es aber auch die Familie nicht mehr, für die sie früher so innig gekämpft hatte.

Geblieben waren Claras immerwährende Vorwürfe an ihre Mutter, dass sie ihr mit der Trennung damals die Heimat Italien und ihren Vater geraubt hatte. Umso mehr freute sich Francesca für ihre Tochter, dass sie einmal wieder ein paar Minuten an seiner Seite verbringen durfte.

Doch die Harmonie dauerte nicht lange an. Schon öffnete sich die Tür und ein Gestank nach Verbranntem erfüllte den Raum. Gefolgt von Jacqueline, die sich auf die andere Seite von Gianluca platzierte und nun bräunlichen Amaranthpudding in zwei Glasschalen abfüllte. Francesca vermutete, dass die schwarzen Stückchen des Breis nicht von Schokolade stammten. Tatsächlich setzte die Blondine Gianluca gerade Kohlestücke in Brei vor.

„Na, dann guten Appetit", grinste Cosimo und belegte sich ein saftiges Stück Bauernbrot mit Taleggiokäse. „Möchtest du mal, Gianluca?", fragte er frech in Richtung seines Vaters. Doch der griff sich eine Mango und lutschte lustlos daran.

Keiner der Frühstücksgäste brach das Schweigen. So aßen alle in angespannter Stille, aber mit großem Appetit.

Als der Espresso zur Neige ging, machte sich Francesca auf den Weg zur Küche, um für Nachschub zu sorgen. Doch sie kam nicht einmal bis zur Tür.

Adam betrat den Raum und befahl ihr, sich sofort wieder zu setzen. Zu ihrem eigenen Erstaunen gehorchte sie tatsächlich und setzte sich zurück an ihren Platz.

Draußen läuteten die Kirchenglocken achtmal.

„Respekt, Sie sind aber pünktlich“, sagte Gianluca.

„Deutsche Gene“, grinste Klaus. „Das wirst du Spaghetti nie verstehen.“

„Ruhe. Geht das heute wieder so los?“, bellte Adam. Er setzte sich nicht, sondern kommandierte im Stehen. „Die Zufahrt hinaus aus dem Tal ist immer noch verschüttet. Außerdem ist das Wetter immer noch zu schlecht, als dass wir über die Luft Hilfe bekommen könnten. Die wir freilich auch gar nicht brauchen“, fügte er noch selbstgefällig hinzu. „Also fahren wir normal fort. Das heißt, heute werde ich mit den Vernehmungen beginnen.“

„Ich rate mal, wer als erstes dran kommt“, scherzte Francesca ein wenig verzweifelt.

„Frau Carlotti, Schicksal würde ich das nennen.“ Adam fletschte die Zähne.

„Oder Prädestination“, klugscheißerte Cosimo.

„Was?“

„Prädestination – sowas wie göttliche Fügung. Sie stehen doch auf polizeiliche Überlegenheit durch Fremdwörter“, grinste Cosimo.

Adam verfiel in Schnappatmung, doch da öffnete sich glücklicherweise die Tür. Die Hotelchefin schaute herein.

„Guten Morgen, die Herrschaften.“ Sie blickte von einem Gesicht zum anderen. „Vielen Dank erst einmal, Frau Carlotti, dass Sie so ein köstliches Frühstück gezaubert haben.“

„Frau Jacqueline hat auch mitgekocht“, meldete sich Cosimo zu Wort. „Der leckere Amaranthbrei mit dem köstlichen Holzkohlearoma stammt von ihr. Ein Geheimrezept.“

Er und Clara lachten laut auf und klatschten sich ab. Jacqueline stieß Gianluca dermaßen stark in die Seite, dass er fast von seinem Stuhl fiel.

„Halte deine Bälger mal im Zaum. Sonst kannst du auch die nächste Nacht alleine in deinem großen Bett verbringen“, wisperte sie zu ihm hinüber und sog danach scharf Luft durch ihre Zähne.

Doch Adam schritt zuerst ein.

„So, weil sich die vorwitzige Familie Carlotti freiwillig meldet, dürfen alle vier Familienmitglieder zum Verhör antreten. Erscheint mir sowieso komisch, dass hier alle gleichzeitig urlauben.“

„Adam“, schritt die Hotelchefin ein. „Übertreib es nicht. Das sind meine Gäste und keine Mörder.“

„Noch ist nichts klar. Aber wer weiß, in welche Widersprüche sie sich gleich verstricken werden, die vier.“ Adams Augen leuchteten bei diesem Satz, aber Annemarie schnitt ihm wieder das Wort ab.

„Jetzt habe ich noch eine gute Nachricht für Sie.“ Statt

etwas zu sagen, ging sie zum Lichtschalter und legte ihn um. Augenblicklich sprang die elektrische Beleuchtung an. Der zuvor dunkle Raum wirkte nun mit dem gut akzentuierten Lichtkonzept einladend und stimmungsvoll. „Wir haben Strom. Zwar sollten wir Diesel sparen, aber ich habe beschlossen, dass wir jetzt erst einmal die nächsten zwei Stunden die vollständigen Wellnessangebote des Hotels für Sie betreiben werden. Sonst gibt's irgendwann Lagerkoller. Und den wollen wir doch vermeiden."

„Super", entfuhr es Klaus. „Machen Sie dann auch den Fitnessraum auf? Meine Beine brauchen dringend Bewegung."

„Wie wär es denn mit Treppensteigen", witzelte Harald.

„Ich mache gerade Steigerungsläufe", antwortete Klaus ernst. „Da kannst du mit Treppen wenig anfangen."

„Mach du nur", erwiderte Enzo. „Viel wichtiger ist aber, ob wir WLAN haben, damit wir mit der Geschäftswelt draußen in Kontakt treten können. Wie ist das, Annemarie?"

„Tut mir leid, Enzo. Die Akkus an den Sendemasten sind ausgefallen. Da hilft es auch nichts, wenn wir Strom haben. Aber eine analoge Telefonleitung und das Faxgerät an der Rezeption funktionieren. Für den Notfall."

„Lassen Sie es gut sein. Dann nutze ich lieber die Sauna."

„Ah, Enzo mag sich nicht in die Karten schauen lassen beim Telefonieren", scherzte Gianluca. „Aber weißt du was, mein alter Freund, ich begleite dich. Eine Runde Schwitzen schadet nicht."

„Das hätten Sie sich wohl so gedacht." Adam ging mit erhobenem Zeigefinger auf Gianluca zu und berührte mit seiner Fingerspitze dessen Brust. „Und dann besprechen Sie Ihr gegenseitiges Alibi. Aber nicht mit mir", stellte der Dorfpolizist mit breiter Brust fest. „Jeder von Ihnen hält sich in einem separaten Raum auf." Er zeigte auf Klaus' blonden Schopf. „Sie im Fitnessraum." Dann wies er auf Enzo. „Sie in der Sauna." Er zeigte auf Marco. „Wo wollen Sie hin?"

„Ich würde gerne ein paar Telefonate führen an der Rezeption, wenn das in Ordnung ist?", fragte er in Annemaries Richtung.

Sie nickte.

„Jacqueline, wenn du noch nichts anderes geplant hast, dann könntest du in der Zwischenzeit ein Auge auf diesen Herrn hier haben", sagte Adam und zeigte auf den fahlen Harald.

„Ist die kleine Blonde jetzt Ihre neue Gefängniswärterin? Oder warum wird sie anders behandelt als wir?", fragte Harald.

„Das Fräulein Wagner habe ich schon heute Nacht befragt. Sie ist völlig zu Unrecht in diesem Hotel gelandet. Deshalb vertraue ich ihr und schließlich brauche ich Hilfe, bis die Polizeiverstärkung aus der Kreisstadt anrückt, verstanden?"

Klaus pfiff durch die Zähne. „Eine nächtliche Befragung", grinste er. „Ob das Gianluca so genehmigt hat?"

„Kümmer dich lieber um deine Anabolikamuskeln, Klaus, und überlass mir die Frauenwelt. Davon verstehst du sowieso nichts", schoss Gianluca zurück.

„Jetzt reicht es aber.“ Adam schaute böse drein. „Jacqueline. Du kümmerst dich um ihn hier. Wie war Ihr Name?“

„Harald Pfeiffer. Und wenn es unbedingt sein muss, dann nehme ich die Dame eben mit auf mein Zimmer“, grinste er in die Runde.

„Nichts da.“ Adam wurde jetzt wütend. „Sie gehen… Sie gehen in den Fernsehraum.“

„Aber wenn das WLAN nicht geht und das Wetter dermaßen bescheiden ist, wird kein Fernsehprogramm funktionieren“, schaltete sich Cosimo ein.

„Dann legt man halt ein Video ein“, blaffte Adam zurück. Schweißperlen standen bereits auf seiner Stirn. „Und die vier Carlottis hier. Gemeinsame Befragung.“ Er sah sich um. „Wir bleiben gleich da.“ Dann blickte er in Klaus Richtung. „Und in 45 Minuten kommen Sie hierher. Sie sind dann der Nächste auf meiner Liste.“

Klaus nickte in seine Richtung. Adam stutzte. „Irgendwoher kenne ich Sie.“

„Ich war bis vor kurzem der Nationaltrainer von…“

„Schon gut. Ist eh nicht wichtig. Jetzt mal alle wie besprochen auf ihre Plätze.“

Klaus Lächeln fiel in sich zusammen. Er stürmte als Erster aus dem Frühstücksraum.

„Frechheit“, raunte er draußen. „Wenn ich dran bin, dann sage ich dieser Bergzwiebel mal ordentlich die Meinung.“

Kapitel 16

Nach und nach verschwanden die restlichen Gäste. Nur Gianluca und neben ihm Clara, sowie Francesca und daneben Cosimo blieben zurück und starrten auf den Jungpolizisten, der sich mit einem bestickten Taschentuch die Schweißtropfen von der Stirn wischte.

Er zog umständlich einen Block aus seiner mitgebrachten Lederumhängetasche. Dann postierte er vier Stühle im Mittelgang nebeneinander und wies mit einem Kopfnicken die verbliebenen Carlottis in deren Richtung.

Adam selbst zog sich einen Tisch heran und setzte sich darauf, um eine erhöhte Position einzunehmen.

Francesca war froh, dass er nicht wieder seine Taschenlampe herauskramte, um sie damit zu blenden.

Das Vierergespann saß schließlich so, dass die Sprösslinge Cosimo und Clara in der Mitte Platz genommen hatten. Francesca befand sich neben ihrem Sohn, Gianluca neben seiner Tochter.

Adam räusperte sich. Dann zog er sein Mobiltelefon heraus und begann mit der Aufzeichnung des Protokolls: „Samstag, der 10. Oktober. Zum Verhör sitzen hier folgende Personen."

Er nickte in Gianlucas Richtung. „Bitte Ihren vollständigen Geburtsnamen."

„Ich heiße Gianluca Carlotti. Neben mir sitzt meine Tochter Clara Carlotti. Daneben Cosimo Carlotti und ganz außen meine Frau Francesca Carlotti."

Adam klickte auf seinem Handy und unterbrach die Aufzeichnung.

„Wie? Ihre Frau?“

„Na, meine Ehefrau. Wir haben vor einem Vierteljahrhundert geheiratet.“

„Präziser geht's wohl nicht, oder?“ Francesca lachte spitz auf. „Das war vor 23 Jahren und acht Monaten, Amore.“

„Und wann wurden Sie geschieden?“

„Gar nicht, warum auch?“, fragte Gianluca verwirrt zurück.

„Sie sind doch mit Jacqueline Wagner in dieses Hotel gekommen. So hat es die Zeugin gestern ausgesagt.“

„Fahren Sie immer nur mit Leuten ins Hotel, mit denen Sie verheiratet sind?“, fragte Gianluca genervt zurück.

„Ich fahre in gar keine Hotels. Zu Hause ist es schließlich am Schönsten. Aber das tut nichts zur Sache. Apropos zu Hause.“ Adam startete wieder die Aufnahme. „Fürs Protokoll. Ehepaar Carlotti ist immer noch verheiratet.“ Er blickte wieder zu Gianluca. „Wo wohnen Sie?“

Gianluca übernahm erneut das Antworten. „Mein Hauptwohnsitz liegt in Rom, Italien. Meine Tochter wohnt zurzeit in München, wo sie die Journalistenschule besucht. Meine Frau und ihr Sohn wohnen ebenfalls in München, aber in einem anderen Stadtteil.“

Jetzt lachten Cosimo und Francesca gleichzeitig auf.

„Ich glaub es nicht, Gianluca“, sagte Cosimo zu seinem Vater. „Zu dir hat sich also noch nicht herumgesprochen, dass Mama und ich jetzt in Hamburg wohnen?

Und das nicht erst seit letzter Woche. Peinlich, wenn du mich fragst."

„Da muss ich meinem Sohn recht geben. Für einen Ehemann, wie du das so schön betonst, hast du ziemlich wenig Ahnung von deiner Restfamilie. Aber jetzt kannst du es der Nonna ja weitersagen. Musst dir halt noch einen Grund einfallen lassen, warum du von unserem Umzug nicht früher wusstest. Sonst lässt sie dich doch noch aus der katholischen Kirche schmeißen." Francesca hatte sich richtig in Rage geredet.

Auf Adam ging derweil ein Gedankenblitz nieder.

„Warum nennt Cosimo Sie eigentlich Gianluca? Ist er gar nicht Ihr leiblicher Sohn?"

Adam sprang vom Tisch, auf dem er gesessen hatte und kam nahe an Gianluca heran.

„Ist es möglich, dass der Junge vielleicht ein Ausrutscher Ihrer Frau war? Sagen wir, mit einem damaligen Mannschaftskollegen?" Nun stellte sich Adam direkt vor Francesca. „Sagen wir, vielleicht ist sein Vater – Stefano?"

„Ja geht's noch?", schrie die zurück. „Sind wir hier in der Sendung ‚Ich stricke mir ein Mordmotiv'? Sie haben doch sowas von keine Ahnung. Von Ihnen lasse ich mich nicht beleidigen." Sie legte ihre flache Hand unter Cosimos Kinn und hob es sanft in die Höhe. „Jetzt vergleichen Sie mal! Gibt es da irgendeinen Zweifel bezüglich Vaterschaft?"

Adam schaute hin und her. Von Cosimo zu Gianluca. Und wieder zurück. Das volle schwarze lockige Haar, die intensiv-blauen Augen, der gleiche Teint, ähnliche Gesichtszüge, die nur bei Gianluca etwas kantiger ausfielen, was seinem fortgeschrittenen Alters geschuldet war. Einzig und allein der Lidstrich, den sich Cosimo gezogen hatte, unterschied die beiden fatal. Adam schüttelte den Kopf.

„Aber dieser Stefano ist genauso Italiener gewesen. Und in seinem jetzigen Zustand kann ich da natürlich keine Vergleiche mehr ziehen. Aber ein Vaterschaftstest wird uns weiterbringen“, murmelte er vor sich hin.

„Wie lange dauert dieser hirnrissige Wahnsinn denn noch?“, schaltete sich Clara ein. „Das mit dem Autounfall gestern war schon eine irre Idee. Aber dass du jetzt auch noch meinen Bruder da reinziehst, finde ich echt zum Kotzen.“

Statt zu antworten, zog Adam sein Handy näher an den Mund. „Für das Protokoll: Ich muss sagen, diese grundsätzliche Verweigerungshaltung der gesamten Familie Carlotti macht mich stutzig. Außerdem finde ich es ungewöhnlich, dass alle vier Familienmitglieder hier im Hotel wohnen und angeblich nicht zusammen angereist sind.“ Adam schaute Gianluca auffordernd an. „Wie können Sie das erklären?“

„Ich habe Clara eingeladen, Interviews zu machen. Schließlich waren die Herren hier alle einmal unter den Topfußballspielern Europas. In Italien und unter den fußballbegeisterten Deutschen kennen die meisten noch unsere Namen. Und Clara könnte so während ihres Volontariats bei der Zeitung ein paar Pluspunkte sammeln.“

„Und wo kam dann Ihre Frau und deren Sohn her?“

„Er ist unser Sohn, nicht nur meiner, verdammt. Haben Sie das jetzt kapiert?“, mischte sich Francesca ein. „Außerdem bin ich durchaus in der Lage, selbst zu erklären, warum ich hier bin. Da müssen sich nicht die Männer über mich unterhalten. Ich kann selbst sprechen."

„Und?", fragte Adam.

„Was und?"

„Wo kommen Sie denn dann her? Und der Junge hier?"

Jetzt hielt es auch Cosimo nicht mehr aus. „Wir kommen aus Hamburg. Extra mit dem Heli eingeflogen, damit wir mal mit so einem kompetenten Typen wie Ihnen sprechen dürfen."

„Werd mal nicht frech, Bürschchen." Adam ging mit drohendem Finger auf Cosimo zu. „Auch du hast ein Motiv. Wenn dieser Stefano wirklich dein Vater ist, oder war, dann hast du ihn womöglich deswegen gestern erschlagen. Vielleicht, weil er dich nicht als Sohn anerkennen wollte? Oder du wolltest an sein Erbe?"

„Jetzt reicht es aber." Francesca sprang auf und trat nahe an den jungen Polizisten mit dem Handy in der Hand heran. Dabei überragte sie ihn deutlich, denn Francesca war eine große Frau, auch körperlich gesehen.

„Wenn Sie jetzt noch einmal behaupten, dieses Kind", dabei zeigte sie auf Cosimo, „sei nicht der leibliche Sohn von Gianluca Carlotti, dann ziehe ich sofort in die USA, wenn wir hier endlich wieder raus dürfen. Und dann verklage ich Sie auf dermaßen viel Schadenersatz, dass Sie es sich nicht einmal leisten können, hier in irgendeiner Berghöhle weiter dahinzuvegetieren. Also Ruhe jetzt!"

Adam trat einen Schritt zurück. Er zog sein Aufnahmegerät näher an den Mund und diktierte erneut das Protokoll: „Aufgrund hitziger Gemüter brechen wir die Befragung der vier hauptverdächtigen Personen namens

Carlotti an dieser Stelle ab. Fortfahren tun wir dann zu gegebener Zeit."

Dann blickte er auf seine Uhr und sagte zu Gianluca: „Holen Sie jetzt den blonden Supersportler aus dem Fitnessraum! Klaus war sein Name, nicht wahr?" Und, zu Clara gedreht, überlegte Adam laut: „Dieser Klaus ist blond und du bist blond. Von deinem angeblichen Vater hier hast du die Haarfarbe schon mal nicht geerbt."

Francesca stöhnte nur und begrub aus Verzweiflung ihr Gesicht in den Händen.

Kapitel 17

Am Ende des Flurs zweigte eine gläserne Tür nach links ab. Der blonde Klaus konnte schon von außen die Einrichtung des Fitnessraums beurteilen. Und was er sah, gefiel ihm.

Er schaltete das Licht an und blickte kurz nach draußen. Dort, wo sonst der Blick auf ein herrliches Bergpanorama die Zeit auf den Foltergeräten angenehmer gestaltete, stand heute nur eine dicke Nebelwand. Immer noch peitschte der Regen gegen die bodentiefen Fensterscheiben.

Klaus seufzte und entschied sich für eines der beiden Laufbänder vor dem Nebelpanorama. Wie lange würde ihn denn dieses Horrorwetter noch hier gefangen halten?

Im Nachhinein betrachtet hätte er die Einladung Enzos nicht annehmen sollen. Darauf, die Fußballinvaliden von damals wieder zu treffen, hätte er ohnehin verzichten können.

Doch da war seine fristlose Entlassung gewesen. So etwas riss einen immer in ein tiefes Loch. Schließlich konnte er sich nie sicher sein, ob er in dem schnelllebigen Geschäft noch einmal eine Chance bekommen würde, woanders sein Glück zu versuchen. In Deutschland waren neuerdings die jungen Trainer in Mode, die nicht unbedingt zuvor selbst in der höchsten Liga gespielt hatten. Die standen mit ihren Trainingsanzügen am Spielfeldrand, so, als ob sie sich gleich selbst einwechseln würden. Aber in der Pressekonferenz philosophierten sie dann von irgendwelchen Systemen und gebrauchten Fachtermini, dass es ihm nur schwindlig wurde.

Er war auch ein Mann des Trainingsanzugs. Er mochte es, sich auszupowern. Bei dem Gedanken beschleunigte er die Geschwindigkeit des Laufbandes. Schwitzen tat ihm gut - aber nur privat. Wenn er als Trainer am Spielfeldrand auf und ab tigerte, dann doch bitte im feinsten Zwirn. Schließlich verkörperte er den Gentleman-Fußball, so wie er es in Italien seinerzeit gelernt hatte.

Er freute sich, dass diese Einstellung zumindest noch im Ausland gefragt war. Enzo würde sich warm anziehen müssen. Das Engagement bei den Russen hatte er so gut wie in der Tasche. Aber Enzo würde was anderes finden. Schließlich war er ein Nationalheld in Italien. Da gäbe es sicher einen Klub, der den genusssüchtigen und etwas vollgefressenen Italiener nehmen würde.

Aber, und da trübten sich Klaus' Gedanken wieder ein: Er müsste bald einmal wieder ein Lebenszeichen von sich geben, damit die russische Vertragspartei ihn nicht von der Liste der Topkandidaten strich. Er zog noch etwas das Tempo an. Nun rann ihm der Schweiß in Tropfen über die Nase. Er wischte mit seinem nackten Unterarm darüber und hob weiterhin leichtfüßig die Beine an.

Er brauchte den Job, ziemlich dringend sogar. Vor seinem letzten Engagement hatte es eine lange Durststrecke gegeben. Und die Ersparnisse aus seiner aktiven Zeit hatte dieser Dösel von Harald komplett in seinem Immobilienfiasko versenkt. Er wusste zwar nicht, mit welcher Summe die anderen aus dem Mannschaftsrat bei dieser Dummheit hängen geblieben waren, aber an Stelle von Harald hätte er sich nicht auf diese Feier getraut. Und an Enzos Stelle hätte er den abgewrackten Harald nicht eingeladen.

Klaus war hierhergekommen, um zu netzwerken. Im Gespräch bleiben war wichtig. Nach dem Training und einer ausgiebigen Dusche würde er Gianlucas Tochter ein Hammerinterview geben. Vielleicht auch was über die Russen sagen. Mal schauen. Auf alle Fälle wäre er nächsten Mittwoch mit auf dem Titel dieser Sportgazette. Das war nach Stefanos Tod garantiert.

Klaus musste schlucken, wenn er an Stefano dachte. Der schien ihm gestern Abend am meisten in einem neuen Leben angekommen, mit dem Weinberg und seinen Autos, die er liebte. Klar, schräg war es schon, dass er so auf seinen Fuhrpark stand. Aber der Wein hatte ihm eine neue Aufgabe beschert, der er anscheinend fast so gerne nachging wie früher dem Fußball. Und an Geld hatte es ihm wohl nicht gefehlt. Wie hart das Leben sein konnte. Der, dessen Zukunft sicher zu sein schien, der hatte alles verloren. Auf Klaus' Armen und Beinen stellten sich die Haare auf, bei dem Gedanken daran, dass der tote Stefano hier in seiner Nähe immer noch am Boden des Weinkellers lag.

Plötzlich quietschte die Glastür und Klaus drehte sich ängstlich um. Dann breitete sich ein Grinsen auf seinem Gesicht aus, während er immer noch in irrwitzigem Tempo über das röhrende Band peste.

In der Tür stand ein zierliches Persönchen mit grünglitzernder Hotpants und einem enganliegenden weißen Rippenshirt. Die Engelsmähne hatte sich Jacqueline im

Nacken locker zusammengebunden.

„Aber hallo. Du legst ein ganz schönes Tempo vor."

Klaus grinste statt einer Antwort nur dämlich in Jacquelines Richtung. Es fiel ihm schwer, die Augen auf ihr Gesicht zu richten, bei all den anderen Leckereien, die sie zur Schau stellte.

„Darf ich?", fragte Jacqueline. Dann stieg sie leichtfüßig auf das zweite Laufband gleich neben dem schwitzenden und tropfenden Klaus, und begann sofort, mit einem ebenso beeindruckenden Tempo loszutraben.

„Solltest du nicht auf Harald aufpassen?"

„Ich bin doch keine Altenpflegerin. Der Typ liegt völlig bewegungslos auf dem Sofa im Fernsehraum und sieht sich das Sommermärchen an. Da bin ich fehl am Platz." Sie schaute neckisch in Klaus' Gesicht. „Ich umgebe mich lieber mit Gewinnertypen, die an sich arbeiten, so wie du. Dieser Loser Harald ist mir zu anstrengend."

„Ich verstehe auch nicht, warum Enzo ihn eingeladen hat. Aber bei mir bist du goldrichtig. Ich stehe übrigens so gut wie auf dem Abflug nach Moskau. Mir winkt ein gutdotierter Vertrag als Nationaltrainer. Das kann dir Gianluca wohl nicht bieten?"

Jacqueline schüttelte mit der Hand, als ob sie eine lästige Fliege verscheuchen wollte. „Hör mir bloß mit Gianluca auf. Der Typ hetzt mir seine versammelte Familie auf den Pelz. Mit dem bin ich durch."

Klaus schnappte sich ein kleines Handtuch, das vor ihm auf dem Laufbanddisplay lag und trocknete sich damit Gesicht und Hals. Dann hängte er sich das Tuch locker über den Nacken, hielt es mit beiden Händen fest und trabte unbeeindruckt weiter.

„Warst du schon mal in Moskau?“, fragte er mit breiter Brust in Jacquelines Richtung.

Nach einem langen und anregenden Workout beschloss Jacqueline, dass es Zeit für eine heißkalte Dusche sei. Sie trennte sich vom protestierenden Klaus und schickte ihm noch eine Kusshand zu, bevor sie hinaus auf den Flur verschwand.

Klaus fühlte sich komplett ausgepowert und gleichzeitig bärenstark. Er beschloss, noch ein paar Gewichte zu stemmen, bevor auch er den Schweiß von seinem Körper waschen würde.

Er packte sich jeweils ein 25-Kilogramm-Gewicht auf die Hantelstange und legte sich auf die lederne Bank, um das Gewicht im Liegen zu drücken. Bei der dritten Wiederholung vernahm er erneut das Quietschen der gläsernen Eingangstür.

Er hoffte, dass der blonde Engel zu einem süßen Nachschlag zurückgekommen wäre. An ihm sollte es nicht liegen. Er war bereit.

Den Nacken überstreckend spähte Klaus zur Tür des Fitnessraums. Enttäuschung machte sich breit. Was wollte der denn hier?

Kapitel 18

Als Gianluca den Vernehmungsraum verlassen hatte, entdeckte der Polizist Adam die Reste des Frühstücks auf dem Nebentisch und stopfte sich gierig ein paar kalte Pancakes in den Mund. Francesca vernahm einen grunzenden Laut, der zeigte, dass Adam offensichtlich mit der Qualität des Essens mehr als zufrieden war. Auch ein Stück Käse stopfte er sich schnell hinterher. Bei der Mangoschüssel zögerte er.

„Kennst du die Frucht nicht?“, traute sich Clara zu fragen.

„Wächst ja wohl nicht in den Bergen“, gab Adam zurück.

„Das ist eine Mango. Kommt aus Westafrika oder Südamerika. Probieren Sie mal. Hat im Abgang ein bisschen was von Tannennadeln“, sagte Francesca.

Adam nahm sich lieber noch ein Stück Käse. „Ein Apfel hätte es auch getan. Man braucht nicht immer so neumodernes Zeug essen. Und woher weiß ich überhaupt, dass Sie mir nicht irgendwas Giftiges vorsetzen?“

„Dann hätte ich schon was in die Pfannkuchen streuen können.“

Adam blickte unsicher auf.

„Hab ich aber nicht“, beruhigte ihn Francesca. „Hat es Ihnen denn geschmeckt?“

„Das waren pfundige Palatschinken, wenn auch ein bisschen dick. Sie könnten glatt eine Wirtschaft aufmachen.“

Francesca grinste und auch ihre Kinder lachten. „Ich denke mal darüber nach.“

Die launige Stimmung verflüchtigte sich allerdings rasch, als Gianluca zur Zimmertür hereinstolperte. Grünlich bleich stand er im Raum und blickte ungläubig von einem zum anderen.

„Papa, was ist los?“, fragte Clara.

„Klaus… Es ist… Kommt mit!“ Er stolperte wieder voraus und die Kinder sowie Francesca und Adam folgten ihm. Er führte die Gruppe durch die Gänge hinunter ins Kellergeschoss und vorbei am Wellnessbereich. Am Ende des Ganges wies ein Schild zum Fitnessraum. Adam beeilte sich, als erster die Tür zu öffnen und trat in den Raum. Dahinter drängten sich Cosimo, Clara und Francesca. Mit etwas Abstand folgte ihnen Gianluca, blieb aber auf der Türschwelle stehen.

Klaus lag auf der Hantelbank. Sein blondes Haar fiel strähnig herab in Richtung Boden. Seine Beine und Arme hingen ebenfalls schlaff zur Erde. Bei näherer Betrachtung fuhr ein Schrecken durch Francesca. Klaus‘ Gesicht war dunkelblau angelaufen. Seine Zunge trat dick und schwer aus seinem Mund. Die Augen quollen wie bei einer Fratze übergroß hervor.

Francesca überwand sich und legte ihr Ohr auf seinen Brustkorb. Kein Leben regte sich mehr in dem Mann. Der Atem war ihm geraubt worden. Von einer dicken Hantelstange, die quer über seinem Hals lag und ihn auf der Bank fixiert gehalten hatte. Die aufgelegten Gewichte auf beiden Seiten zeigten je einen Wert von 50 kg.

„Schnell, heben wir die Stange von ihm herunter“, kommandierte Francesca.

„Der Tatort bleibt, wie er ist!“, befahl Adam.

„Aber vielleicht liegt er noch nicht lange so. Wir müssen es versuchen.“ Sie winkte Gianluca und Cosimo heran, um ihr zu helfen. „Und Clara, lauf und hol Marco. Er scheint etwas von Erster Hilfe zu verstehen.“

Clara regte sich nicht. Sie starrte immer noch auf den leblosen Körper. Zwei Tote an zwei aufeinanderfolgenden Tagen waren zu viel für die junge Frau. Doch Cosimo hatte sich aus seiner Starre befreit und zog nun Gianluca neben sich heran zur Hantelstange.

Francesca versuchte es noch einmal. „Clara. Geh zur Rezeption und hol Marco. Jetzt.“ Und endlich fruchteten ihre Worte und das Mädchen setzte sich in Bewegung.

In der Zwischenzeit hievten die drei verbliebenen Carlottis die schwere Hantelstange vom Hals des Opfers.

Adam sagte gar nichts mehr. Er schien um Fassung zu ringen. Vielleicht kämpfte er auch ein wenig mit Angst. Erst als Clara eine kleine Ewigkeit später wieder in den Raum kam, schüttelte sich der junge Dorfpolizist und versuchte, das Ruder wieder an sich zu reißen.

Clara erschien alleine.

„Marco ist in der Sauna. Es ist was mit Enzo passiert. Schnell, kommt.“

„Aber wir können Klaus nicht einfach so liegen lassen“, protestierte Francesca.

Gianluca trat an sie heran und griff ihre Hand. „Doch,

Amore." Er schaute ihr tief in die verzweifelten Augen. „Sieh ihn dir an. Da ist nichts mehr zu machen."

„Mama, komm. Enzo lebt. Ihm können wir helfen", flehte Clara.

Francesca befreite sich aus der Hand von Gianluca und ging zurück zum leblosen Körper auf der Hantelbank. Wie von Sinnen begann sie, auf den Brustkorb des blonden Ex-Fußballers zu drücken. Dabei summte sie den BeeGees-Klassiker ‚Staying alive', der ihr den Takt vorgab.

Eine gefühlte Ewigkeit beäugten sie die anderen, bis schließlich Cosimo an seine Mutter herantrat und ihr den Arm um die Schultern legte. Da brach Francesca in Tränen aus und wandte sich weg von der Leiche.

„Mama, du hast es versucht. Aber er ist tot. Lass uns nach Enzo schauen."

Mit diesen Worten drehte Cosimo seine Mutter weg von dem entstellten Gesicht des erdrosselten Klaus und zog sie mit sich zum Ausgang. Francesca konnte nicht aufhören zu weinen. Ihr Körper schüttelte sich wie bei einem Krampf. Sie konnte es nicht stoppen.

Kapitel 19

Als die kleine Gruppe in den Spabereich kam, fanden sie diesen leer vor. Die Tür der finnischen Sauna, in der Francesca noch am Vortag so geschwitzt hatte, stand leicht offen. Neben der Tür lehnte ein metallener Wischmopstiel. Mit dem Stiel konnte man leicht den Ausgang der hölzernen Sauna blockieren. Vermutlich war das auch passiert.

Adam streckte seinen Kopf in das Schwitzbad und kam gleich wieder zurück.

„Ziemlich heiß!“

„Enzo war da drin“, erklärte Clara. „Marco hat ihn gefunden und befreit.“

„Wahrscheinlich hat er ihn auf sein Zimmer gebracht“, schlussfolgerte Cosimo.

„Dann gehe ich mal hinauf und schaue mir das an“, sagte Adam. Und die Carlottis folgten ihm kommentarlos.

Marco öffnete Enzos Zimmertür nur einen Spalt breit. Dann schob er sich heraus und blockierte den Zugang mit verschränkten Armen. Er flüsterte.

„Enzo liegt jetzt in seinem Bett. Irgendein Irrer muss ihn in der Sauna eingesperrt haben. Er ist total dehydriert und fantasiert.“

„Warum um Himmels Willen haben Sie sich von der Rezeption wegbewegt?“, fiel es jetzt Adam ein.

„Das ist alles, was Sie dazu zu sagen haben? Kümmern Sie sich darum, dass ein anständiger Arzt hier eingeflogen wird.“ Er schaute bedrohlich von oben auf den etwas klein geratenen Adam. „Mein Cousin wurde Opfer eines Anschlags. Und Sie haben es nicht verhindert. Also sparen Sie sich ihre kleinkarierten Verdächtigungen gefälligst für später. Ich muss jetzt einen kranken alten Mann betreuen.“

Mit diesen Worten verschwand Marco wieder in der Tür und drückte sie leise zu. Von draußen war zu hören, wie er das Schloss verriegelte.

Adam stand sichtlich sprachlos vor dem verschlossenen Zimmer. Da kam Annemarie, die Hotelchefin dazu. Sie zupfte ihn am Ärmel.

„Lass gut sein, Adam. Wir sind alle mit den Nerven am Ende nach dem gestrigen Abend. Ihr geht jetzt alle runter in die Hotellobby und ich schaue, ob die Herren da drin was brauchen. Und dann sammeln wir noch die anderen Herrschaften ein und beraten uns, was wir tun können."

Francesca und die Kinder nickten und machten sich auf den Weg in die Hotelhalle. Gianluca zog den überforderten Adam mit sich in die gleiche Richtung.

Der Weg führte die kleine Gruppe vorbei an den anderen Hotelzimmern. Plötzlich öffnete sich eine der Türen und eine schick gekleidete Jacqueline mit geröteten Wangen kam heraus. Sie erschrak, als sie die Abordnung von Menschen sah, die sie dabei ertappt hatten, ihren Posten als Haralds Aufsicht verlassen zu haben.

„Jacqueline", motzte Adam. „Warum bist du nicht bei diesem Pfeiffer im Fernsehraum?"

„Ich brauchte eine warme Dusche. Schließlich friere ich die ganze Zeit, weil seit gestern nicht mehr geheizt wurde."

Das ließ Adam durchgehen. „Komm jetzt mit. Wir holen alle zusammen und treffen uns in der Hotelhalle. Auf Enzo Rotundo wurde ein Attentat in der Sauna verübt. Wir müssen uns besprechen."

„Ich kann Klaus holen. Er war im Fitnessraum, nicht wahr?", fragte Jacqueline.

Gianluca legte seinen Arm um Jacquelines zierliche Taille.

„Wir haben ihn gerade gefunden. Er ist, er ist – tot. Wir haben ihn mit der Hantelstange auf dem Hals gefunden."

„Nein!" Jacqueline strampelte sich aus Gianlucas Umarmung frei. „Ich glaube, du spinnst. Erzähl nicht so einen Mist", rief sie entsetzt. Als die anderen bestätigend nickten, taumelte die junge Frau und hielt sich an der Wand des Flurs fest. „In was für eine Hölle hast du mich nur gebracht, Gianluca Carlotti?", schrie sie in die Stille des Hotelflurs.

Harald Pfeiffer lag schnarchend auf dem gelben Sofa im Fernsehraum. Über die Leinwand flimmerte gerade die Siegesfeier einer Fußballmannschaft.

Wenn man die athletischen Körper der jungen Männer im Fernsehen mit der fehlgenährten Erscheinung auf der Couch verglich, konnte man nicht glauben, dass Harald Pfeiffer einmal zur europäischen Topspitze gezählt hatte.

Gianluca rüttelte an dem schlafenden Mann, der vorsichtig ein Augenlid aufzog.

„Komm jetzt. Teambesprechung. Irgendein Irrer schlachtet uns hier ab. Schlafen können wir uns jetzt nicht leisten."

„Was meinst du? Und wo sind die anderen vom Mannschaftsrat?", fragte Harald schläfrig.

„Wir sind die letzten, die übrig sind", antwortete Gianluca emotionslos. „Wenn du dein bisschen Leben retten willst, komm jetzt mit."

Kapitel 20

Das monotone Rauschen des Duschstrahls weckte Enzo aus seinem Delirium. In dem angrenzenden Bad neben seinem Schlafzimmer nahm jemand eine Dusche. Enzo kapierte nicht gleich. Sein Geist spielte ihm Streiche. Träumte er nur? Er öffnete die Augen und die Helligkeit erschreckte ihn, obwohl von draußen kaum Tageslicht ins Zimmer fiel.

Seine Zunge fühlte sich schrecklich dick und trocken an. Enzo nahm ein Glas Wasser auf seinem Nachtkästchen wahr, doch sein Arm, ja, sein ganzer Körper, gehorchte ihm nicht. Er konnte nur schlaff in seinem Bett liegen und das verheißungsvolle Nass sehnsüchtig betrachten.

Er versuchte, nach Marco zu rufen, doch seine Stimme schaffte gerade ein müdes Krächzen.

Sein Geist wurde immer wacher, auch wenn seine körperliche Lage nicht an Kraft gewann. Deshalb blickte er sich ungeduldig in seinem Zimmer um. Er war sich nun sicher, dass es Marco war, der da unter seiner Dusche stand.

Dann erinnerte er sich an die Sauna und schloss dabei gleich wieder die Augen.

Erst hatte er sich über die Wärme und den harzigen Duft gefreut und sich entspannt auf eine untere Pritsche gelegt. Ganz am Ende jedoch, als sein Schreien und Poltern unbeantwortet geblieben war, da hatte er schon gedacht, dass es das jetzt gewesen war. Da hatte er nicht mehr gehofft, dass Marco noch rechtzeitig kommen würde. Da war ihm der Tod langsam über den Nacken gekrochen. Er dachte an seine alte Mamma zu Hause, und wie innig er sich gewünscht hatte, sie noch einmal zu sehen.

Er zwang sich, seine Augen wieder aufzumachen, um die schlimmen Gedanken zu verdrängen. Es fiel ihm schwer, den Blick scharf zu stellen. Immer wieder machte sich Schwindel in seinem Kopf breit, obwohl er doch nur bewegungslos in seinem Hotelbett lag. Dann gelang ihm wieder ein unverschwommener Blick hin zum Fensterbrett. Da drüben war eine Glasscheibe gekippt.

Und so musste er herein gelangt und auf das Fensterbrett gefallen sein, dieser blasse rosafarbene Umschlag.

Enzo presste die Augen zu, doch den Schlamassel um ihn herum konnte er auch mit geschlossenen Augen nicht loswerden.

Kapitel 21

In der Hotellobby angekommen, trat Adam pflichtbewusst an den analogen Telefonanschluss und wählte eine Nummer, die er zuvor von einem verknautschten Zettel aus seiner Hosentasche abgelesen hatte. Er räusperte sich. Francesca beobachtete den jungen Burschen. Er versuchte es zwar unbedingt zu verstecken, doch die Tatsache, dass er ständig mit seinen Zähnen auf seine Lippe biss, verriet seine Anspannung.

„Servus, Franz."

Er lauschte in den Hörer und nickte einige Male, obwohl sein Gesprächspartner ihn natürlich nicht sehen konnte.

„Also bislang hatte ich schon eine sehr aufschlussreiche Vernehmung."

Aus dem Hörer drang wieder ein schnelles Gemurmel.

„Ja. Ja. Freilich habe ich alles im Griff."

Erneutes Nicken folgte.

„Morgen. Verstehe. Und besseres Wetter, das wird meinen Vatter auf der Alm freuen."

Er biss sich wieder auf die Lippe, so dass jetzt ein Bluttropfen zu sehen war.

„Freilich, für unseren Fall ist es auch hervorragend, dass sich das Wetter ändert. Aber Franz, bis du morgen kommst, habe ich vermutlich schon den Täter ermittelt."

Er lächelte stolz und drückte den Hörer noch fester gegen seine Ohrmuschel.

„So. Ein Doktor noch und noch ein ehemaliger Bergwachtler. Na, uns soll's Recht sein. Ist ja schließlich ein Hotel hier. Die kriegen wir schon unter."

Sein Gesprächspartner sagte wieder etwas und Adam hörte angespannt zu, dann grinste er.

„Scheint ein Familiendrama zu sein", flüsterte er nun etwas leiser, aber die Carlottis hatten alle zugehört und stöhnten laut auf.

„Ja, dann haben wir quasi alles besprochen. Ach na, Franz, warte noch kurz. Wir haben heute noch einen Mord und einen Mordversuch gehabt. Mehr war aber auch nicht."

Das Gemurmel aus dem Telefonhörer steigerte sich

augenblicklich in ein undefinierbares Geschrei, so dass Adam etwas zusammenzuckte. Er nickte wieder eifrig, wirkte nun aber etwas blass um die Nase.

„Gut, dann kommst du mit den zwei anderen im Heli, sobald das Wetter gut genug ist, verstehe. Franz, dann Servus."

Man hörte, dass Adams Gesprächspartner den Gruß nicht mehr erwiderte, sondern den Hörer sofort auf die Gabel schmiss.

„Sie haben es vermutlich gehört", wandte sich der junge Polizist nun an die versammelten Gäste, die sich auf den Sofas in der Hoteleingangshalle verteilt hatten.

„Nein, ich habe nichts gehört", meldete sich Marco, der gerade die Treppe herunterkam.

„Mein Chef ist ziemlich sauer, dass es hier einen Mord nach dem anderen gibt. Deshalb will er so bald wie möglich die Ermittlung übernehmen. Brauchen wir natürlich nicht, weil wir bis dahin selbst den Mörder herauskristalliniert haben - also ich halt."

„Kristallklar", witzelte Cosimo.

„Und wie willst du das machen, Adam?", fragte die Hotelchefin.

„Indem wir uns jetzt hier nicht vom Fleck wegbewegen, bis wir den Täter haben." Adam grinste sein Columbo-Grinsen. „Das hat nämlich den Vorteil, dass keiner umgebracht werden kann, wenn wir hier alle zusammensitzen."

„Das ist aber nicht Ihr Ernst?", fragte Gianluca.

„Was ist, wenn wir Hunger haben oder müde sind?",

fragte Clara.

„Ich vermute, wir bekommen erst was zu essen, wenn sich der Täter freiwillig meldet, oder?“, sagte Gianluca.

Harald klopfte mit seinen Handknöcheln auf den Tisch.

„Super, Gianluca. Dann machst du am besten gleich auf Freiwilliger und wir anderen gehen und werfen uns einen Happen zu Mittag ein.“

„Nichts da“, protestierte Adam. „Hier geht keiner weg. Haben Sie nicht zugehört? Aber die Idee mit Ihnen, Gianluca, finde ich nicht so verkehrt. Was haben Sie gemacht, als Klaus im Keller trainiert hat?“

„Ich habe meinen Vormittag mit Ihnen zusammen im Frühstücksraum verbracht und mir Ihre verrückten Hirngespinste angehört. Schon vergessen?“

„Jetzt mal langsam. Sie waren zwar da, aber dann sollten Sie Klaus heraufholen. Und in der Zeit hätten Sie Enzo in der Sauna einsperren können und Klaus mit der Hantelstange erwürgen.“

Gianluca sprang von der Couch auf und riss seine Arme in die Höhe, als bettelte er bei den Göttern des Olymps um Gnade. „Ich glaube es nicht. Sind Sie verrückt? Warum sollte ich denn so etwas tun?“

„Ganz genau. Warum soll jetzt Gianluca in fünf Minuten zwei seiner ältesten Freunde umbringen?“, entrüstete sich Francesca.

„Vermutlich hatten die drei ein und denselben Vater und konnten ihre Gefühle füreinander nie richtig ausleben“, witzelte Cosimo.

Marco grinste ihm zu und hielt unauffällig den Daumen in die Höhe.

Doch Francesca, die neben Cosimo saß, knuffte ihn in die Seite.

„Lass, Cosimo. Die Sache ist schon lang zu ernst für deine Späße."

„Entschuldigung."

„Das Motiv ist momentan zweitrangig", entschied Adam. „Wichtig ist, erst einmal festzustellen, wer eine Gelegenheit zum Morden gehabt hat. Und da kommen nur Sie in Frage, Gianluca. Alle anderen waren zumindest zu zweit." Er grinste sein Siegerlächeln.

„Für Jacqueline gilt das schon einmal nicht", schaltete sich Marco ein.

„Als ich in der Sauna nach Enzo gesucht habe, kam sie mir auf dem Flur im Keller entgegen. Im Sportdress."

Alle Blicke richteten sich nun auf Jacqueline, die himbeerrot anlief.

„Ich. Also ich. Ich habe mir nur eins dieser kuschligen Handtücher aus dem Saunabereich geholt und mir mal den Fitnessraum angesehen. Aber da war noch alles in Ordnung." Sie nickte, um ihre Worte selbst zu bekräftigen. „Ich war vor allem Duschen, sonst nichts. In diesem Irrenhaus weiß man schließlich nicht, wie lange es noch warmes Wasser gibt." Sie zwinkerte Adam zu. „Das verstehst du, oder?"

Er lächelte debil zurück. Dann änderte sich sein Gesichtsausdruck schlagartig zu einer finsteren Miene. Er nahm Harald Pfeiffer ins Visier.

„Das bedeutet für Sie, Herr Pfeiffer, dass Sie einige Zeit unerlaubt alleine verbracht haben. Das macht Sie verdächtig, und zwar sehr."

Harald schaute schief. Die Worte schienen unverstanden an ihm abzuprallen.

„Harald, Sie müssen sich dagegen wehren", sagte Marco. „Sonst werden noch die alten Geschichten aufgewärmt und Adam dichtet Ihnen ein Motiv an. Wegen der Schulden, die Sie bei den Opfern hatten, zum Beispiel."

„Von welchen Schulden sprechen Sie da?" Jetzt war Adam hellwach.

Harald räusperte sich und setzte sich im tiefen Sofa so gerade auf wie möglich. „Ich bin im Baugewerbe tätig. Wir bauen und verkaufen Luxusimmobilien in Deutschland und Italien", leierte er herunter. „Meine ehemaligen Mannschaftskollegen hatten mich vor Jahren um die Möglichkeit einer Mitfinanzierung gebeten. Sie wollten an den hohen Renditen mitpartizipieren. Leider ist ausgerechnet das Statusprojekt insolvent gegangen, in das meine Freunde investiert hatten. Wir alle mussten herbe Verluste hinnehmen."

Gianluca meldete sich zu Wort. „So aufgedrängt, wie du das jetzt darstellst, haben wir dir das Geld nun wirklich nicht. Wir wollten dir helfen. Dann bist du pleite gegangen. Und jetzt warten wir darauf, dass du es eines Tages zurückzahlst. So würde ich das erklären."

Marco nickte. „So habe ich das von Enzo auch verstanden. Aber mein Chef, also Enzo, hegte keinen Groll gegen Herrn Pfeiffer hier. Sonst hätte er ihn doch nicht zu seinem Geburtstag eingeladen."

Adams Augen rollten hin und her. Erst sah er zu Harald, dann wieder zu Gianluca und zu Marco. Schließlich schien ihn ein neuer Geistesblitz zu durchzucken. „Wir sollten dazu hören, was Ihr Cousin Enzo zu sagen hat“, schlug er vor.

„Der gute Mann schläft. Wir können ihn nicht stören. Wir bräuchten dringend einen Arzt, der ihn sich ansieht. Er hat wirklich viel Wasser verloren“, sagte Marco.

„Wir müssen Enzo jetzt in Ruhe lassen“, schaltete sich Annemarie, die Hotelchefin, ein. „Und wegen des Arztes: Morgen soll einer zusammen mit dem Polizeichef und einem Mann von der Bergwacht eingeflogen werden.“

„Ehemaliger Mann von der Bergwacht“, korrigierte Adam.

„Na, wie auch immer. Rettung naht, und bis dahin könnten wir alle einen Happen zu essen vertragen.“ Sie stand vom Sofa auf und Francesca wollte sich gerade ebenfalls erheben.

„Nichts da“, kommandierte Adam. „Annemarie, wo warst du eigentlich, als die Morde stattgefunden haben?“, fragte Adam spitz.

„Geht's noch, Bub?“ Nun war Annemarie beleidigt. Doch Adam schaute weiter streng, so dass sie sich tatsächlich zu einer Antwort genötigt fühlte.

„Ich war hier an der Rezeption mit Herrn Marco, bis der weg musste. Er wollte sich kurz mit Herrn Enzo besprechen. Vermutlich wegen der Anrufe, die er zuvor getätigt hatte. Und ich habe hier weiter meine Büroarbeit gemacht.“

Adam holte nun einen Block hervor. Die Fülle an Informationen schien seine Speicherkapazität zu übersteigen. Er kritzelte und murmelte dabei halblaut.

„Mögliche Täter: Gianluca Carlotti, Harald Pfeiffer und von den Damen die Frau Annemarie.“

„Das ist jetzt nicht Ihr Ernst?“, mischte sich Francesca ein.

„In den Fernsehkrimis sind es oft die Leute, von denen man glaubt, dass sie mit der ganzen Sache nichts zu tun haben. Also lasse ich mich hier nicht so einfach einlullen.“

„Sie haben mich und Frau Jacqueline vergessen auf Ihrer Liste“, mischte sich Marco ein. Er zwinkerte wieder mit einem Grinsen auf dem Gesicht in Cosimos Richtung, der nun seinerseits den erhobenen Daumen in die Luft reckte.

„Sie und Jacqueline merke ich mir einfach“, erklärte Adam trocken. „Zuerst muss ich mich mit den dringend Verdächtigen herumschlagen.“

Annemarie schüttelte den Kopf. „Bub, wenn ich das deinen Eltern erzähl, die schämen sich. Also ich gehe jetzt und hol was zu essen. Du kannst mich ja später verhaften.“

„Aber Sie bleiben hier, Francesca“, kommandierte Adam, als er sah, dass Francesca der Hotelchefin zu Hilfe eilen wollte.

Francesca reckte die Hände in die Höhe. „Schon gut, junger Mann. Ich bleibe, wo ich bin.“

„Ruhig, Brauner“, murmelte Clara und sie und Cosimo konnten das Kichern wieder nicht unterdrücken.

Adam schaute böse, konnte den beiden aber diesmal leider überhaupt keinen Verdacht aufhalsen, weil sie schließlich die komplette Zeit im selben Raum mit ihm verbracht hatten.

Annemarie tischte Käse und Brot auf. Sie schenkte einen fruchtigen Spätburgunder dazu aus. „Für die Nerven“, wie sie versicherte.

Die vegane Fraktion knabberte an Karotten- und Paprikasticks. Schließlich wurde es Gianluca zu bunt. Er griff sich ein dahinschmelzendes Stück Camembert und biss herzhaft hinein. Ein paar Trauben hinterher. Ein kräftiger Schluck Wein. Die Welt war wieder in Ordnung. Er seufzte wohlig.

„Gianluca, was soll dieser Affront gegen mich?“, fragte Jacqueline entsetzt.

„Er hat einfach Hunger“, antwortete Clara mit einem aggressiven Unterton in der Stimme.

„Gianluca?“, drohte ihm nun der blonde Engel. „Sag endlich dieser Rotzgöre, wo es langgeht. Entweder deine Brut hier entschuldigt sich, oder ich gehe.“

Gianluca schaute unbeeindruckt zu Jacqueline hinüber. Statt einer Antwort biss er noch ein zweites Mal vom Käse ab.

Jacqueline sprang auf und rannte zu den Hotelzimmern.

„Warum darf die gehen und wir müssen hierbleiben?“, motzte jetzt Harald.

Adam überlegte kurz. „In Ordnung. Sie können jetzt gehen, aber immer in Zweierpaaren.“

Harald lachte spitz. „Ich glaube nicht, dass ich mit einem der Anwesenden mein Zimmer teilen möchte.“

Adam überlegte noch einmal. „Gut, jeder, der alleine sein möchte, übernimmt das volle Risiko. Sie sind dann meine Hauptverdächtigen, wenn noch einmal etwas vorkommt. Also wählen Sie selbst."

„Ich stehe auf Ihrer Liste sowieso ganz oben. Also: Kismet." Harald stand auf und verschwand in sein Zimmer. Zuvor schenkte er sich noch sein Rotweinglas voll und nahm es mit in die Einsamkeit seiner Behausung.

Marco stand auch auf und packte ein wenig Käse und Brot auf einen Teller. „Dann schaue ich mal nach dem Patienten. Vielleicht kann er schon etwas zu sich nehmen." Er deutete auf den Teller in seiner Hand. „Dann bis morgen."

„Ich sage Ihnen Bescheid, wenn der Arzt morgen da ist", sagte Adam zu Marco.

„Gute Besserung für Enzo. Falls es ihm besser geht, würde ich ihn gerne besuchen", versuchte es Francesca noch einmal.

Marco nickte nur.

„Und morgen frühstücken wir wieder pünktlich um acht", rief ihm Adam hinterher. „Ich muss schließlich noch einige Vernehmungen durchführen."

Damit verließen sowohl Marco als auch Adam die Hotellobby.

„Ich ziehe in Cosimos Zimmer", beschloss Clara. „Wir haben uns sowieso lange nicht mehr gesehen und so können wir quatschen und uns gegenseitig bewachen."

„Genau, Schwesterherz", lachte Cosimo. Die beiden standen auf, packten noch zwei Flaschen Coke ein, und gingen aufs Zimmer. Francesca lächelte ihnen hinterher.

„Dann bleiben nur noch wir zwei", strahlte Gianluca.

„Richtig. Aber ich wüsste nicht, was wir zwei zu besprechen hätten."

„Ich schon. Komm einfach mit."

Mangels besserer Ideen stimmte Francesca zu und folgte Gianluca. Der griff sich noch eine Flasche Rotwein. Als sich die beiden gerade auf den Weg machen wollten, fiel der Hotelchefin etwas ein: „Frau Carlotti, ich habe wieder ein Fax für Sie. Einen Moment bitte."

Sie holte einen Zettel hinter dem Rezeptionstresen hervor und übergab ihn Francesca.

„Falls Sie noch Hunger bekommen sollten: Ich bin kurz in meiner Wohnung."

„Lassen Sie es gut sein, Annemarie. Niemand wird bis morgen Früh verhungern. Sie brauchen jetzt mal eine Pause."

Die Hotelchefin blickte Francesca und Gianluca nach, bis die beiden im Hotelflur verschwunden waren.

Dann schaltete sie das Licht aus und zog sich in ihre eigene Wohnung zurück, die sie vorsichtshalber doppelt verschloss.

Im kleinen dunklen Flur vor ihrem Schlafzimmer zog sie sich die Schuhe aus. Ihr Blick fiel auf den Ordner mit den unerledigten Rechnungen für die Großbaustelle in Reichweite des Hotels. Das vermaledeite Ausflugslokal. Ihre ach so großartige Geschäftsidee. Sie bereute es schon jetzt.

Ihr Bauch krampfte bei dem Gedanken, was noch alles zu zahlen war. Und dass sie nur wenige Ideen hatte, wie sie schnell zu Geld kommen könnte. Und eine Idee war so zwielichtig wie die anderen.

Kapitel 22

„Was genau willst du denn mit mir besprechen?“, fragte Francesca, als sie gemeinsam Gianlucas Zimmer betraten.

Im Zimmer war es duster. Kein Bergpanorama zeigte sich durch die große Fensterfront. Nur Nebelschwaden zogen daran vorbei.

Gianluca wollte das Licht einschalten, doch nichts regte sich. Vermutlich hatte Annemarie den Diesel für den Stromgenerator sparen wollen und ihn wieder ausgeschaltet. Stattdessen zückte der Italiener ein langes Streichholz aus der Schachtel auf seinem Couchtisch und entzündete die Kerzenlaterne. Danach goss er Wein in die mitgebrachten Gläser.

„Erinnert mich an ‚Und täglich grüßt das Murmeltier‘. So sind wir gestern schon dagesessen.“

Gianluca lächelte traurig.

„Da hast du mich eiskalt abserviert.“

„Findest du nicht, dass wir momentan andere Probleme haben? Zwei deiner ältesten Freunde sind tot. Und einen dritten hätte es auch beinahe erwischt. Hast du denn keine Angst?“

Gianluca zögerte und schaute Francesca mit großen Augen an. Er nahm einen tiefen Schluck von seinem Wein.

„Keine Ahnung. Sollte ich?“

„Aber schau. Seit Jahren habt ihr euch nicht mehr getroffen. Und dann kommt einmal der ganze Mannschaftsrat zusammen…“

„Matze ist nicht gekommen."

„Aber ihr anderen. Und dann stirbt einer und dann der nächste, wie bei den kleinen Negerlein." Francesca überlegte. „Ich meine, was habt ihr gemeinsam? Warum will jemand den Mannschaftsrat von damals platt machen?"

„Du meinst jetzt aber nicht so alte Geschichten, oder?"

„Gibt es denn welche?"

„Nichts Ernstes. Wir haben doch nur manchmal ein paar Spiele verschoben."

„Was? Ihr habt absichtlich verloren und Geld dafür kassiert?"

„Das waren die alten Zeiten, Amore. Alle haben mitverdient, keinen hat es gestört. Und manchmal gab es schließlich sogar Geld dafür, wenn wir gewonnen haben."

„Und von wem?"

„Amore, du warst selbst lang genug in Italien. Da fragt man so etwas nicht. Wer zu viel weiß, landet schnell mit einbetonierten Füßen im nächsten Fluss. Darauf hatte ich keine Lust."

„Gianluca, du machst mich fertig. Warum hast du mir damals nichts erzählt?"

„Weil du die Frau bist und ich der Mann. Männer sorgen für die Kohle und Frauen für die Abwechslung. So läuft das in meiner Welt, Amore. Das weißt du doch."

Francesca seufzte und kippte sich einen dicken Schluck Rotwein in die Kehle, bis sie aufhusten musste.

„Mir kommt gleich das Kotzen, wenn ich solche Sprüche höre. Ein Wunder, dass dich trotzdem diese jungen Dinger umgarnen. Die sollten alle etwas emanzipierter sein."

„Eigentlich wollte ich doch immer nur dich“, raunte ihr Gianluca ins Ohr und küsste sie dann schnell auf ihr Ohrläppchen.

Francescas Körper durchfuhr ein wohliger Schauer. Sie ließ es sich aber nicht anmerken.

„Mistkerl“, flüsterte sie zurück in Gianlucas Ohr, berührte ihn aber nicht.

Als er näher an sie heranrückte, erhob sie sich und goss Rotwein in beiden Gläsern nach. Dann setzte sie sich mit etwas Abstand zu ihm zurück auf die Couch.

„Warum bist du eigentlich gegangen, Amore? Wir hatten doch eine Hammer-Zeit zusammen.“

Francesca schaute Gianluca mit großen Augen an. „Du hast das also bis heute nicht kapiert, oder?“

„Ich habe dich geliebt. Wir haben in einem Palast gewohnt. Zwei Kinder, Partys, Klamotten. Du hattest alles.“

„Ich hatte nichts vom dem, was ich mir gewünscht habe.“

„Was kann man sich denn noch mehr wünschen als ein reiches, sorgenfreies Leben, Amore?“

Francesca schwieg.

„Ich meine, ich bin ein Mann. Manchmal haben sich diese jungen Dinger förmlich an meinen Hals geschmissen. Und diese Geschichte mit dem Baby, die war doch gar nicht wahr. Diese dumme Kuh hatte der Presse eine Lüge aufgetischt. Geliebt habe ich sowieso immer nur dich.“

Francesca stand von der Couch auf und ging nach kurzem Zögern zur Minibar. Dort kramte sie nach Nüssen, Süßigkeiten, schlichtweg nach Gegenständen, die sie bei diesem Gespräch in den Händen kneten konnte, um ihre

Gefühle unter Kontrolle zu halten.

„Ja, ein Mann warst du schon immer“, antwortete sie zynisch, ohne sich zu Gianluca umzudrehen. Dann kam sie zurück und setzte sich auf die Sofalehne. Sie blickte ihrem Ehemann in die Augen.

„Ich tauge nicht zur Haremsdame, Gianluca. Und außerdem brauche ich kein Geld. Ich hätte dich auch genommen, wenn du damals als armer Barkeeper bei uns angefangen hättest. Dass du berühmt warst, hat uns doch nur Ärger gebracht.“

„Wenn Berühmtsein so schlimm für dich ist, warum bist du dann heute selbst ein Fernsehstar?“ Nun sparte er sich das ‚Amore‘.

Francesca riss an der Verpackung für die Nüsse, bis diese sich plötzlich teilte und ihren Inhalt wie Lava bei einem Vulkanausbruch auf dem Boden spuckte. Gianluca und Francesca bückten sich beide, um die Cashews, Hasel- und Erdnüsse aufzuheben.

„Ich war nichts mehr wert“, flüsterte Francesca, während sie neben ihrem Mann Nuss um Nuss vom Boden aufpickte. „Nur noch die Puppe an deiner Seite.“

Gianluca hörte auf, die Knabbereien einzusammeln, und hob sanft Francescas Kinn mit seiner flachen Hand nach oben, um ihr in die Augen zu sehen.

„Komm zu mir zurück“, flüsterte Gianluca. Dann küsste er Francesca sanft auf die Lippen. Er umfasste ihre Taille und zog sie mit nach oben, zurück auf die Couch. Dabei stieß er mit dem Fuß gegen den Sofatisch. Die beiden Rotweingläser kreiselten um die eigene Achse und zerschellten schließlich geräuschvoll auf dem Holzfußboden.

Francesca wollte schon ins Bad eilen, doch Gianluca drängte sie aufs Sofa.

„Lass. Ich mache das."

Er ging selbst ins Bad, um Tücher zum Aufsaugen der Rotweinpfützen zu holen.

Francesca lehnte sich auf dem Sofa zurück und schloss die Augen. So oft hatte sie von diesem Moment geträumt. Ihm endlich sagen können, warum sie gegangen war. In ihren Gedanken hatte es sich besser angefühlt. Sie öffnete ihre Augen wieder und atmete schwer. Ihr Blick fiel auf den Zettel, den Annemarie ihr vorhin in die Hand gedrückt hatte. Er ragte aus ihrer geöffneten Handtasche hervor.

Da kam Gianluca zurück. Umständlich wickelte er Klopapier von der mitgebrachten Rolle und schmiss zusammengeknüllte Haufen davon in die Rotweinsuppe am Boden. Dabei lächelte er immer wieder schüchtern in Francescas Richtung. Dann warf er ein mitgebrachtes Hotelhandtuch auf den Berg aus Scherben und vollgesogenem Toilettenpapier, schob es zu einem runden Paket zusammen und trug seine Putztrophäe zurück ins Bad. Dort hörte Francesca, wie er sein Bündel krachend im Mülleimer versenkte.

Als er wieder zum Sofa kam, reichte Gianluca ihr die ausgestreckte Hand. Er nickte mit dem Kopf zum Bett.

„Komm, lass uns da drüben weiter reden. Wegen der Sauerei auf dem Boden, meine ich." Dabei lächelte er sein charmantes Gianluca-Lächeln, dem Francesca noch nie widerstehen konnte. Sie reichte ihm die Rechte und ließ sich von ihm hochziehen.

Die beiden tapsten im Kerzenschein in Richtung Bett. Als Gianluca die Bettkante fast erreicht hatte, krachte es, als würde ein Fenster splittern und zeitgleich heulte Gianluca schmerzverzerrt auf. Er schmiss sich auf den Boden und wand sich von einer Seite zur anderen. Francesca verstand nicht, was passiert war. Sie schmiss sich auf den Boden neben ihren Mann, der sich den rechten Fuß hielt und vor Schmerzen nicht sprechen konnte.

Francesca tastete in Richtung des Beins, doch Gianluca wehrte ihre Hände ab. Dabei fasste Francesca in die warme und zähe Flüssigkeit, die vom Bein des Ex-Fußballers herabtropfte. Sie führte ihre Finger zur Nase. Die Flüssigkeit stank metallisch. Sie roch an Blut, Gianlucas Blut, und hatte keine Ahnung, was passiert war. Vorsichtshalber blieb sie in geduckter Stellung und spähte nun zum Fenster. Hatte jemand von draußen einen Anschlag verübt?

An der Zimmertür klopfte es nun wild. Francesca kroch auf allen Vieren hin und drehte den Schlüssel im Schloss. Clara und Cosimo standen vor dem Zimmer ihres Vaters und drängten herein. Seine Schmerzensschreie hatten die beiden alarmiert.

„Was hast du, Papa?“, fragte Clara mit Panik in der Stimme und schob sich an Francesca vorbei.

Kapitel 23

In der Hotelgarage rangierten die Temperaturen im einstelligen Plusgradbereich. Somit war es arschkalt, wie der unfreiwillige Bewohner es lapidar genannt hätte. Doch es gab keinen, mit dem er hätte reden können. Diesmal würde er den Coup alleine durchziehen. Mit Partnern hatte er immer schlechte Erfahrungen gemacht. Zuletzt hatte ihn dieser Stronzo von Davide sogar in den Bau gebracht. Das musste er nicht mehr haben. Egal ob in Deutschland oder Italien.

Er hauchte sich in seine zu einer Faust geballten Hände. Dampf stieg auf.

Mit dieser Saukälte hatte er nicht gerechnet. Auch nicht damit, dass er jetzt hier festhing. Am frühen Morgen hatte er die Unterhaltung zweier Männer belauscht, die das hoteleigene Notstromaggregat in Gang gebracht hatten. Die hatten geklagt, dass die Mure nicht beseitigt werden konnte, solange es weiter stark regnete.

Das pisste ihn an. Die ganze Aktion pisste ihn mördermäßig an. Es hätte einfach sein sollen. Nur er, sein Rucksack und dieses alte Arschgesicht, das ihm die Taschen füllte. So war der Plan. Aber jetzt? Er musste husten, versuchte, es krampfhaft zu unterdrücken. Nicht auszudenken, wenn er jetzt auch noch entdeckt würde. Er wurde wütend. Der Alte versuchte ihn tatsächlich zu foppen. Bald hatte er keine Lust mehr. Einer mehr oder weniger? Darauf kam es schon lange nicht mehr an. Er würde es noch einmal versuchen. Und wenn dann nicht Zahltag war, dann würden diese Hände zum Einsatz kommen. Er blickte auf seine dreckbraunen Pranken und grinste. Dann hörte er Schritte auf dem Kies und verzog sich wieder in sein Versteck.

Dort kramte er einen seiner blassrosa Umschläge und das Briefpapier hervor.

Er schmunzelte. Bei dem Sodom und Gomorra, das er bereits durch die beleuchteten Hotelfenster beobachtet hatte, konnte er gut und gerne auch noch von den anderen Clowns den einen oder anderen Euro abpressen. Unterhaltsam waren seine Ausflüge nach draußen vor`s Hotel auf jeden Fall. Er spähte hinaus. Die Schritte waren nicht mehr zu hören. Vielleicht sollte er nochmal vor die Tür, sich die Beine vertreten. Kalt war es hier und dort draußen gleichermaßen. Und die Idee, die anderen auch noch in Schach zu halten, fand er erste Sahne. Außerdem brachte ihm das Spannen Unterhaltung. Wäre es nicht Herbst, sondern Winter gewesen, man hätte die Hotelfenster mit einem Adventskalender vergleichen können. Einem Horroradventskalender natürlich – hinter jedem Fensterchen eine andere Schweinerei. Er pfiff vergnügt vor sich hin, aber leise.

Kapitel 24

Francesca beobachtete, wie sich Clara zu ihrem Vater hinunterbeugte, er sich aber nicht beruhigen ließ. Also eilte sie zurück zu dem Verletzten.

Cosimo blieb im Türrahmen stehen und beobachtete das Geschehen lieber aus der Ferne.

Gianluca jammerte und jaulte weiter. Francesca nahm sein Gesicht in beide Hände.

„Was hast du?"

Statt einer Antwort gab Gianluca den Blick auf sein lädiertes Bein frei. Francesca würgte. Aus seiner hellbraunen Socke quoll Blut und tropfte auf den flauschigen Hotelteppich herab.

„Hat jemand auf Papa geschossen?", schrie Clara hysterisch.

„Scheiße." Cosimo ging sofort in Deckung und krabbelte auf allen Vieren zum Zimmerfenster. Aber er konnte kein Einschussloch entdecken.

„Kinder, beruhigt euch. Einen Schuss hätten wir doch gehört."

Francesca packte nun Gianlucas lädierten Fuß und fixierte ihn mit einem festen Griff um sein Fußgelenk. Der Verletzte schüttelte sich und versuchte, aus Francescas Fixierung loszukommen. Sein Schmerz schien kaum aushaltbar, doch Francesca ließ nicht locker. Sie zog die blutdurchtränkte Socke näher zu sich heran. Der rote Körpersaft stammte von einer Verletzung, die Francesca kaum anschauen mochte. In Gianlucas Sohle steckte ein riesiger unförmiger Glassplitter von der Größe einer Streichholzschachtel.

Francesca überwand sich und begann vorsichtig, Gianlucas Socke abzuziehen. Clara half ihr dabei. Dann eilte das Mädchen und holte eine Pinzette aus ihrem Zimmer. Damit zog Francesca unter lautem Wehklagen die Scherbe aus Gianlucas Fuß. Sie saß tief und mehrere Versuche waren notwendig, bei denen die Köchin mit ihrem Arbeitsgerät weit in der Wunde ihres Ex-Mannes abtauchen musste.

Alle Erotik war verflogen. Doch wenigstens handelte es sich nicht um einen Anschlag. Gianluca war in die größte Scherbe des von ihm zerbrochenen Weinglases gestiegen. Das Glas hatte sich tief in sein dünnes Sohlenfleisch geschnitten.

Zum Abschluss tropfte Francesca Jod aus ihrer Handtasche in die Wunde und verband den klaffenden Schnitt so gut wie möglich mit Verbandszeug, das Cosimo von irgendwo her organisiert hatte.

Schließlich hievten die drei gemeinsam Gianluca auf sein Bett, und die Kinder kehrten zurück in ihr eigenes Zimmer.

Danach ging Francesca ins Bad und wusch sich die Hände mit dem eiskalten Wasser, das nun aus dem Hahn strömte. Als sie in ihrer Tasche nach der Handcreme tastete, stieß sie wieder auf das Fax, welches ihr Annemarie vorhin ausgehändigt hatte. Nun faltete sie die Nachricht auf.

Bestimmt von Benita, dachte sie. Doch die Nachricht stammte von einer ganz anderen Person.

Gianluca verstand nicht, warum Francesca so plötzlich zurück in ihr Zimmer gehen wollte. Doch die Köchin trieb es nur noch davon. In ihren vier Wänden angekommen, verriegelte sie die Tür und kauerte sich auf`s Bett.

Kapitel 25

Ein immer lauter werdendes Dröhnen weckte Francesca aus ihrem unruhigen Schlaf. Sie blinzelte und konnte es gar nicht glauben. Freundliche Sonnenstrahlen kitzelten sie im Gesicht. Das Panorama vor ihrem Fenster wirkte fast kitschig. Weiß gezuckerte Schneegipfel, satte grüne Bergwiesen und bernsteingelb, kupferrot und orange gefärbte Wälder wetteiferten in ihrer Farbenpracht.

Francesca schloss noch einmal für einen kurzen Moment ihre Augen und genoss die Wärme der Sonnenstrahlen auf ihrer Haut. Doch das Dröhnen wurde immer lauter und trieb sie aus dem Bett. Ihre Neugierde siegte. Am Fenster bestätigte sich ihr Verdacht. Ein Helikopter befand sich im Anflug auf die große Wiese vor dem Hotel.

Francesca hastete ins Bad und zwang sich erneut in das gekaufte Dirndl. Ein Himmelreich für Wechselklamotten, ging ihr durch den Kopf. Hätte Cosimo nur nicht bei seinem überstürzten Abgang ihren Koffer in der Wohnung seines Freundes stehen lassen. Francesca seufzte und versuchte, mit dem von Cosimo geliehenen Deo die Schweißspuren des letzten Tages zu beseitigen. Ihre säuberlich ausgewaschene Unterwäsche fühlte sich noch etwas klamm an, doch Francesca hatte jetzt keine Zeit für solch unproduktive Gedanken wie Ekel. Sie beeilte sich, in die Hotellobby zu kommen, um nicht zu verpassen, was jetzt passierte. Insgeheim hoffte sie, dass der Vorgesetzte von Adam ein Profi wäre und ihr somit das ungute Gefühl nehmen würde, unter Verdacht zu stehen.

Auf dem Flur schaltete sich automatisch die Beleuchtung ein. Somit musste entweder der Generator laufen oder sogar der reguläre Strom wieder funktionieren. Francesca fühlte sich schon bedeutend besser. Das gute Wetter, die normalen Annehmlichkeiten des Alltags - ihr Leben schien wieder in geordneten Bahnen zu laufen.

Sie spurtete beinahe die Treppen herab. Unten standen Annemarie, die Hotelchefin, sowie ein etwas bedrückt wirkender Adam mit nasser Gelfrisur vor der gläsernen Drehtür, durch die man das Hotel betrat. Francesca stellte sich einfach dazu, nachdem sie ein schüchternes „Guten Morgen“ gemurmelt hatte.

Durch die gläserne Hotelfront beobachteten die drei nun, wie der Hubschrauber landete. Die Büsche und Bäume rund um die Wiese wurden von einem heftigen Wind niedergedrückt.

Francesca konnte erkennen, dass drei Personen den Helikopter verließen. Zum Schutz ihrer Köpfe hielten die großen Gestalten ihre Häupter gesenkt und legten die Arme um ihre Köpfe, während sie auf das Hotel zugerannt kamen.

Das sieht aus wie in einer Actionserie, schoss es Francesca durch den Kopf.

Einer der Männer reckte dann den Daumen in die Höhe. Daraufhin erhob sich der Hubschrauber in die Luft und drehte ab.

Die Eingangstüre schwenkte auf. Als erstes trat ein graumelierter Mann Ende fünfzig ein. Adam zuckte bei seinem Anblick zusammen, setzte sich dann aber in

Bewegung und schüttelte dem Neuankömmling die Hand.

„Servus Franz. Guten Morgen."

„Guten Morgen." Franz ließ Adam stehen und begrüßte zuerst Annemarie und Francesca per Handschlag. Dann kam er zu dem Jungen zurück.

„Ihr seids aber früh auf den Beinen", stieg Adam etwas ungelenk in die Kommunikation ein.

Die Drehtür spuckte nun den nächsten Mann aus. Er trug einen großen Lederkoffer und hatte weißes, wallendes Haar. Offensichtlich schien er eine wichtige Aufgabe zu haben. Sonst hätte er leicht als Double für den verrückten Professor aus den Filmen ‚Zurück in die Zukunft' arbeiten können. Emmett Brown was back!

„Darf ich euch Dr. Breitenschlager vorstellen?", unterbrach der Kommissar Francescas Gedanken. „Er ist wegen des Anschlagsopfers Enzo Rotundo da, wird sich aber auch mal die Leichen ansehen, bis der Zugang zum Tal so weit frei ist, dass die Spurensicherung durchkommt."

Adam nickte kräftig, kam aber nicht zu Wort, weil schon die dritte Person durch die Drehtür hereindrängte. Der Mann von der Bergwacht.

Und da stoppten bei Francesca sämtliche vitalen Körperfunktionen. Sie rieb sich die Augen, aber es schien wahr zu sein, weil dieser dritte Mann tatsächlich schnurstracks auf Francesca zugeeilt kam und sie umarmte.

„Arne?"

„Schön. Du erkennst mich wieder." Der rotblonde Hüne grinste breit in Francescas Gesicht. Dabei tanzten seine zahlreichen Sommersprossen lustig auf der gekräuselten Nase hin und her. Bei Francesca stellte sich sofort wieder dieses leichte Gefühl im Bauch ein, wie das erste Mal, als sie ihn gesehen hatte.

Damals, auf dem Segeltörn, zu dem sie ihre neuen Freunde in Hamburg scherzhaft gezwungen hatten und sie quasi nur in der Lage war, die Fische an ihrem Frühstück teilhaben zu lassen. Spuckenderweise, versteht sich. Dort war er ihr zum ersten Mal begegnet. Und nun stand er hier.

„Warum warst du im Helikopter?“, fragte Francesca verwirrt.

„Ich habe von deiner misslichen Lage gehört. Und Schorsch, der Chef der Bergwacht hier im Tal, gehört zu meinen besten Freunden. Schließlich war ich mal fünf Wintersaisons lang Skilehrer hier in dieser Gegend.“

„Ich dachte, du bist ein Seebär und hast mit Bergen nichts am Hut.“

„Da siehst du mal. Wir haben uns noch viel zu erzählen.“ Er grinste. „Also habe ich Schorsch gefragt, ob noch Platz ist für mich, den Allrounder. Und da hat er mich dankenswerterweise mit Franz und Dr. Breitenschlager in den Hubschrauber gesetzt.“

„Aber ich dachte, du bist noch in Oslo? War nicht dein Kollege Becker krank?“

„Ach, du meinst mein Fax. Nein, Becker geht es gut. Nur am Freitag, als er mich auf der Brücke ablösen wollte, waren seine Blutwerte nicht ganz in Ordnung. Ein Schnupfen. Die Gesundheits-Checks sind da ziemlich strikt. Aber jetzt ist er fit und ich konnte meinen Urlaub antreten.“

„Da hast du dich aber ziemlich angestrengt, um doch noch hierher zu kommen."

„Ich wollte so schnell wie möglich bei dir sein. Und hier bin ich. Oder passt es gerade nicht?"

Francesca zögerte kurz und dachte an ihre komplette Familie, die ungeplanterweise nun teilhaben würde am Besser-Kennenlernen-Wochenende mit Arne. Doch dann fiel sie ihm noch einmal um den Hals. „Klar freue ich mich wie Bolle. Aber ich muss dir ein paar Leute vorstellen, von denen ich nicht geplant hatte, dass sie dich jetzt schon zu sehen bekommen."

„Das klingt spannend."

„Aber zuerst kannst du mir helfen, das Frühstück herzurichten. Oder, Annemarie? Wir können doch sicher behilflich sein?"

„Sie sind ein Engel, Francesca!", antwortete Annemarie und lächelte matt.

Francesca dachte an die anderen Engelslocken und bekam ein ungutes Gefühl. Aber sie schüttelte es schnell ab. Ein Blick auf Arne sagte ihr, dass er den Versuchungen des Jacqueline-Engels vermutlich gut standhalten konnte.

„Los, lass uns brutzeln gehen, Smutje." Sie packte Arne an der Hand und zog ihn lachend mit sich fort in Richtung Küche.

Heute schien die Sonne in ihr Leben zurückgekommen zu sein. Hoffentlich hielt die Hochlage an - in jeder Beziehung.

In der kleinen Nebenküche hatte sich Francesca bereits gut eingerichtet. Nachdem sie aus der Kühlkammer und dem Vorratsraum Zutaten besorgt hatte, begann sie mit den Vorbereitungen für ein kleines Frühstück. Sie hatte Arne zum Eieraufschlagen verdonnert. Verstohlen beobachtete sie, wie er sich sehr passabel anstellte. Nur ein Ei flog neben die Schüssel, als Arne Francescas Aufmerksamkeit registrierte. Davon angestachelt, versuchte er, das nächste Ei mit nur einer Hand zu knacken und scheiterte.

„Macht nichts." Francesca stand bereits mit einem Küchentuch hinter Arne und half ihm beim Aufwischen. „Ich bin trotzdem beeindruckt. Bist du ein guter Koch?"

„Auf dem Schiff lässt mich ja keiner in die Küche. Aber wenn ich mal zu Hause bin, dann greife ich mir gerne eines deiner Kochbücher und versuche mich daran."

„Du Schleimer!"

„Nein. Ehrlich wahr. Ein Schiffskapitän lügt nie", grinste er und überkreuzte hinter seinem Rücken ziemlich offensichtlich Zeige- und Mittelfinger seiner rechten Hand. „Aber Spaß beiseite, ich besitze wirklich alle deine Kochbücher."

„Hast du die gekauft bevor oder nachdem wir uns kennengelernt haben diesen Sommer?"

„Natürlich vorher." Arne kreuzte nun bei beiden Händen Zeige- und Mittelfinger hinter seinem Rücken.

Francesca schüttelte lachend ihre braunen Ringellocken und drehte sich ab, damit Arne nicht sehen konnte, wie tomatenrot ihre Wangen gerade anliefen.

„So, Chefin. Womit geht's weiter?"

„Willst du die Melone schneiden?", fragte Francesca und musste im selben Moment lachen, wie sie so dastand und eine Wassermelone in ihren Armen wog.

„Ich glaube, wir mögen sogar die gleichen Filme“, sagte Arne. „Also, Baby. Gib mal her, das Ding.“

Eine Weile arbeiteten die beiden schweigend nebeneinander.

„Trägst du eigentlich immer Tracht, wenn du in den Bergen bist?“, brach Arne die Stille.

„Erinnere mich bloß nicht daran. Mein Koffer ist weg. Ich habe nichts außer diesem Kleid, das ich mir im Hotel gekauft habe. Und eine schmuddelige Jogginghose habe ich auch. Die klebte bereits an mir, als ich hier angekommen bin. Ich fühle mich schrecklich, egal was von beidem ich anziehe.“

„Gerade wollte ich dir ein Kompliment machen. Aber wenn du es so schrecklich findest, können wir den Nachmittag auch in der Sauna verbringen.“

„Kommt nicht in Frage.“ Francesca blickte aus dem kleinen Küchenfenster nach draußen in die Sonne. „Aber wir könnten wandern gehen. Schließlich habe ich wenigstens Wanderstiefel.“ Sie streckte ihre braunen Treter in die Luft. „Und dann kann ich dir auch erklären, warum ich hier nicht mehr in die Sauna will - und alles andere.“

„Gut. Abgemacht. Sollen wir das Frühstück dann auftragen?“

„Prima. Aber vorher…“, wollte Francesca gerade ansetzen, als Cosimo seinen Kopf zur Küchentür hereinstreckte.

„Buon giorno, Mum.“ Dann sah er Arne und schaute überrascht. „Guten Morgen.“

„Guten Morgen“, erwiderte Arne fröhlich.

„Und wer sind Sie?“, fragte Cosimo unverhohlen.

„Und wo haben Sie sich die letzten eineinhalb Tage versteckt?“

Arne musste herzlich lachen. „Auf einem großen Schiff in Oslo. Bin gerade mit dem Hubschrauber eingeflogen. Mein Name ist Arne.“

Cosimo schaute von Arne zu Francesca, die seinem Blick auswich und verstand sofort. „Ich bin Cosimo, Francescas bestes männliches Erzeugnis. Ich schätze mal, es war nicht geplant, dass Sie jetzt schon über uns alle stolpern?“

„Über euch alle?“

„Das wollte ich dir gerade noch sagen“, sprang Francesca ein.

Doch Cosimo vervollständigte: „Meine geliebte große Schwester Clara gibt sich auch noch die Ehre. Und unser Erzeuger ist ebenfalls anwesend. Und ob Sie es glauben oder nicht, Arne: Das ist alles Zufall, obwohl ich es fast selbst nicht glauben kann.“

„Na, das verspricht ja, ein spannendes Frühstück zu werden.“ Arne trat, bepackt mit Rührei und Obststücken, auf den Flur hinaus.

„Madonna mia“, murmelte Francesca und drückte sich ebenfalls an Cosimo vorbei. Dann reckte sie den Kopf in die Höhe und schwor sich, das Beste daraus zu machen, egal was nun kam.

Im Frühstücksraum saßen bereits Clara, Gianluca und Jaqueline auf ihren angestammten Plätzen. Außerdem hatten Adam und sein Chef Franz Platz genommen. Harald, Marco und Enzo waren nicht erschienen.

Arne drückte mit der Schulter die Türe auf und warf ein freundliches „Guten Morgen“ in die Menge. Als er die Platten mit den Speisen abgestellt hatte, begrüßte er Clara und Jacqueline noch mit Handschlag und stellte sich als Arne vor.

Cosimo war in der Zwischenzeit leise murmelnd auf seinen Frühstücksplatz gehuscht und freute sich auf das kommende Spektakel.

Francesca stand immer noch in der Tür und traute sich nicht recht herein.

Als Arne Gianluca die Hand reichte, musterte der ihn von oben bis unten.

„Hallo, ich bin Arne.“

„Gianluca. Sind Sie von der Polizei wie die beiden Herren hier?“

„Nein. Ich bin Hotelgast und moralische Stütze. Ich war hier eigentlich schon am Freitag mit Francesca, also Frau Carlotti, verabredet. Aber jetzt bin ich ja endlich hier.“

„Sind Sie Koch?“, fragte Clara.

Arne grinste. „Nein. Ich bin Seemann.“

„Aber was haben Sie dann mit meiner Ehefrau zu schaffen?“, fragte Gianluca scharf.

Arne schaute verdutzt. „Ihre Ehefrau?“

„Deine Ehefrau?“, bemerkte nun auch Jacqueline spitz. „Was willst du damit sagen?“

Francesca atmete tief durch und schritt jetzt ebenfalls in den Frühstücksraum. Sie räusperte sich: „Das bedeutet, dass mein Ex-Mann zwar schon zehn Jahre von mir getrennt lebt, seine erzkatholische Familie aber nichts davon erfahren darf. Deshalb gab es bislang noch keine Scheidung." Sie blickte Arne in die Augen. „Von ‚meiner Frau' kann aber keine Rede mehr sein. Soviel ist klar. Sonst würde ich doch nicht tolerieren, dass Gianluca mit seiner Freundin Jacqueline angereist ist." Sie deutete auf den Lockenkopf.

„Sagen wir mal so: Richtig toleriert hast du das nicht", drückte Clara ihren Daumen in die Wunde.

„Schluss damit. Das interessiert Arne nicht. Er wollte mich besuchen und nicht unsere komplizierte Familienbeziehungskiste kennenlernen. Also: basta."

„Was heißt hier basta", schaltete sich ein aufgeregter Gianluca ein. „Was wollen Sie jetzt eigentlich hier?" Er rückte seinen Stuhl zurück und stand auf, damit er Arne auf gleicher Höhe in die Augen blicken konnte.

Arne lächelte entwaffnend und setzte sich statt einer Antwort erst einmal an den Tisch, direkt dem stehenden Gianluca gegenüber. Der setzte sich daraufhin auch wieder.

„Ich bin lediglich ein Freund von Francesca. Ich stelle keine Gefahr dar. Ganz im Gegenteil zu der unbekannten Bedrohung, die hier schon zu drei Verbrechen geführt hat. Ich glaube, wir sollten jetzt erst einmal zuhören, was Franz und der junge Kollege von der Polizei zu sagen haben." Arne richtete seinen Blick nun auf den neu angereisten Kommissar. Irgendwie schaffte er es, dass sogar Gianluca seinen Groll wieder in den Griff bekam und ebenfalls zu Franz und Adam schaute.

Francesca durchfuhr ein warmer Schauer. Diese Ruhe, diese Besonnenheit. Irgendwann würde sie Arne dafür küssen. Er war so unitalienisch, wie man nur sein konnte. Und sie liebte es.

Franz räusperte sich und begann seine kurze Ansprache.

„Ich möchte vorschlagen, dass wir uns jetzt alle erst einmal an dem wunderbaren Frühstück stärken. Danach werde ich mit jedem von Ihnen ein Gespräch führen müssen.“ Er blickte missbilligend auf Adam. „Leider sind die Angaben meines jungen Mitarbeiters hier etwas verworren. Es tut mir leid, dass wir Ihnen in den letzten beiden Tagen keinen geeigneten Polizeibeistand leisten konnten. Aber ich versuche das jetzt mit meinem vollen Einsatz wettzumachen.“ Er schaute wieder auf Adam. „So als Dorfgendarm hat man halt in der Regel mit Skidiebstahl oder Autounfällen zu tun und nicht mehr. Deshalb macht das hier der Adam und keiner meiner ausgebildeten Leute aus der Nachbargemeinde.“

Adam schnaubte. Seine Augen verengten sich zu Schlitzen. Er setzte aber nicht zur Widerrede an.

„Also, guten Appetit“, beendete Franz seinen Vortrag und griff danach ordentlich beim Rührei zu.

Francesca hatte immer noch gestanden und wählte nun den freien Platz neben dem jungen Adam. Franz saß nur einen Platz weiter.

Francesca häufte sich Wassermelonenstücke auf ihr Teller und fragte wie nebenbei: „Franz, Sie trauen ihrem Mitarbeiter hier aber wenig zu. Immerhin wurde ein versuchter Mord unter Adams Führung verhindert. Und wer weiß, was noch alles passiert wäre. Aber Ihr junger Kollege hier hat angeordnet, dass wir uns immer in Gruppen aufzuhalten haben, seit dem zweiten Mord."

Adam schaute unsicher auf Francesca, die seinen Blick jedoch nicht erwiderte. Sie aß Wassermelone und schaute unverfänglich in Franz' Richtung.

„Das ist aber ungewöhnlich, dass Sie Adam zur Seite stehen. Ich dachte, Sie wären am meisten von ihm genervt. Immerhin will er mir klarmachen, dass Sie wegen eines Auffahrunfalls das erste Opfer getötet hätten." Franz schaute Francesca triumphierend in die Augen.

„Es macht keinen Spaß, verdächtigt zu werden. Aber öffentliche Diffamierung ist genauso unschön, oder Adam?"

Adam schien dieses spezielle Fremdwort nicht zu kennen und blieb deshalb emotionslos.

„Und immerhin hat Adam alle Möglichkeiten im Auge behalten. So oft wird vorschnell geurteilt. Bei Adam waren alle verdächtig. Das halte ich nicht für das Verkehrteste. Und jetzt weiterhin einen guten Appetit." Francesca zog ihren Stuhl zurück und wechselte auf den freien Platz neben Arne.

In der Zwischenzeit war Annemarie hereingekommen und begrüßte die Gäste, die sie heute noch nicht gesehen hatte. Dann nahm sie Platz und aß ebenfalls eine Kleinigkeit.

Wenig später öffnete sich erneut die Holztür und der Arzt Dr. Breitenschlager schritt herein. Er hielt die Türe geöffnet. Hinter ihm betrat ein geschwächt wirkender Enzo den Raum, der sich auf seinen jungen Assistenten Marco stützte.

Annemarie sprang sofort auf und zog einen Stuhl zurück, auf den sich Enzo setzen konnte. Seine massige Gestalt wirkte heute schlaff und um Jahre gealtert.

Marco und der Arzt setzten sich ebenfalls an den Tisch.

„Enzo, wie geht es Ihnen heute?“, eröffnete Annemarie die Fragerunde.

Enzo stöhnte ein wenig. „Besser, danke.“ Er schnaufte wieder tief. „Vielen Dank nochmal, dass Sie uns gestern noch so gut versorgt haben. Die Tabletten haben mir tatsächlich ein wenig geholfen zu schlafen.“

„Das freut mich.“ Annemarie tätschelte seine bleiche, schwülstige Hand. „Es tut mir alles so leid. Ausgerechnet an dem Wochenende, wo Sie uns einmal wieder besuchen, muss so eine Katastrophe passieren. Und dann auch noch an Ihrem Geburtstag, und Ihre Freunde kommen nicht mehr weg von hier.“ Sie seufzte. „Ich hoffe, Sie kommen uns trotzdem nochmal wieder besuchen.“

Enzo nahm Annemaries Hand und drückte sie, ohne zu antworten.

„Wissen Sie, ich hatte mich so gefreut, von Ihnen etwas über meine Schwester zu hören.“ Die Hotelchefin kämpfte nun mit den Tränen.

„Haben Sie denn keinen Kontakt zu Magda?“, fragte er.

Annemarie biss sich auf die Lippe. „Nein, keiner aus der Familie. Das geht jetzt schon ein ganzes Jahr so.“ Sie schaute Enzo in die Augen. „Aber es geht ihr gut, oder? Arbeitet sie noch bei Ihnen?“

„Alles in Ordnung“, versicherte Enzo. „Sie ist wohlauf, aber anscheinend gerade unglücklich verliebt. Da leidet ein wenig die Arbeit darunter. Trotzdem ist und bleibt sie meine Haushälterin."

Annemarie ließ ihre Schultern hängen, ihr Blick wirkte mutlos.

„Machen Sie sich keine Gedanken, Annemarie. Solche Luftikusse gibt es viele in Italien", Enzo blickte grinsend in Gianlucas Richtung. „Die fliegen von einer Blüte zur anderen. Rufen Sie sie doch mal an. Vielleicht hilft es."

„Das werde ich machen", versprach Annemarie, mehr sich selbst. „Aber jetzt lasse ich Sie in Ruhe essen, damit Sie wieder zu Kräften kommen."

„Danke", antwortete Enzo. Dann langte er erstaunlich tüchtig zu. Annemarie verließ den Raum.

Als sie wieder eintrat, sagte sie zu Marco: „Ich habe ein Telefonat für Sie an der Rezeption. Möchten Sie kurz mit mir kommen?"

Marco tupfte sich seinen Mund ab und klopfte Enzo lächelnd auf die Schulter.

„Dann wollen wir mal", sagte er und verließ hinter Annemarie den Raum.

Als er zurückkam, lag ein breites Grinsen auf seinem wohlgeschnittenen Gesicht. Er setzte sich und tuschelte mit Enzo. Alle Augen lagen auf den beiden. Dann weiteten sich Enzos Augen und er umarmte den jungen Burschen innig. Francesca fürchtete fast, dass er Marco erdrücken könnte.

„Meine Freunde. Ich habe etwas zu feiern. Vor euch sitzt der neue Fußballnationaltrainer Russlands."

„Gratuliere, alter Junge", sagte Gianluca, stand auf und

kam um den Tisch, um Enzo ebenfalls beinahe zu erdrücken. „Gute Sache, wenn die Besten auch im Alter noch einen anständigen Job abgreifen“, scherzte er.

Nach und nach gratulierten alle Gäste im Frühstücksraum. Clara hatte bereits ihr Aufnahmegerät gezückt.

„Enzo, haben sie nachher Zeit für ein ausgiebiges Interview?“

„Mit dem größten Vergnügen“, antwortete der.

„Aber nur ein kleines Interview“, mahnte Dr. Breitenschlager und sortierte seine weiße Wallemähne mit beiden Händen.

„Hauptsache exklusiv“, hauchte Clara und ihre Augen funkelten, als hätte sie gerade den Lottojackpot geknackt

Kapitel 26

Unterhalb des Hotels verlief ein steiniger Wanderweg entlang eines plätschernden Bachlaufs.

Als Francesca und Arne darauf einbogen, schien die Sonne bereits so kräftig, dass Francesca die von Clara ausgeliehene Strickweste nur locker um die Taille gebunden trug.

Das braune Wiesenstroh rund um den noch etwas matschigen Wanderweg dampfte vor sich hin. Die Tannen am Wegesrand verströmten einen betörenden Nadelduft, der schon fast an eine Weihnachtsbäckerei erinnerte. Und Arne neben ihr roch angenehm salzig wie das weit entfernte Meer.

„Warum schleppst du diesen Weidenkorb mit dir herum?“, wollte der Kapitän wissen.

Francesca schmunzelte. „Meinst du, ich als Köchin kann hier einfach so am Waldrand spazieren gehen, ohne etwas Essbares einzusammeln?“

„Verstehe, du willst also gewappnet sein.“

„Ich will Pilze, Beeren, einfach alles finden. Essen ist mein Leben.“ Sie warf Arne einen Blick von der Seite zu. „Kennst du dich aus mit Pilzen?“

„Ich habe keinen Schimmer. Aber ich vertraue dir. Bin mir nur nicht sicher, ob die restlichen Hotelgäste genauso entspannt sind. Vergiftet zu werden ist bestimmt keine schöne Art, abzutreten.“

Francesca schnaufte beleidigt. Dann besann sie sich aber und zog Arne hinter sich her in die Ausläufer des Nadelwaldes.

„Komm, heute lernst du was für`s Leben. Falls du mal auf einer einsamen Insel strandest, kannst du dich mit Pilzsuppe über Wasser halten, bis dich die Rettungskräfte finden.“

Arne lächelte. „Bin mir nicht sicher, ob auf den einsamen Inseln immer so viele Pilze wachsen. Aber wer weiß.“

Francesca sprang voraus und hatte bald einige große Gewächse mit rotbraunen Kappen entdeckt. Sie kniete sich vor die Pilze und betrachtete ausführlich die gelbbraunen Stiele. Langsam drehte sie das erste Exemplar aus dem Waldboden und drückte sanft auf die Unterseite des Pilzhutes. Dann zeigte sie das Ergebnis ihrem Begleiter.

„Hier, Arne. Das ist eine Marone. Wenn du drückst,

verfärben sich die Röhren leicht bläulich."

Zufrieden legte sie den Pilz in den Korb und drehte schon an seinem Nachbarn, der noch im feuchten Moos stand.

„Bläulich klingt giftig."

Francesca winkte ab und sprang freudig zum dritten Maronenexemplar, um auch ihn in ihrem Korb verschwinden zu lassen.

„Mach einfach mit. Bei Maronen kann eigentlich keine Verwechslung vorliegen. Wenn wir tatsächlich noch auf einen Steinpilz stoßen, müssen wir viel genauer hinschauen."

Arne zuckte mit den Schultern.

„Gut, ich vertraue dir."

Francesca grinste ihm kurz ins Gesicht. Arnes Lippen zuckten bei dem Gedanken an einen Kuss. Doch schon entdeckten Francescas Augen den nächsten Pilzschatz, und sie eilte zwischen den Nadelbäumen hindurch, als müsste sie wie Aschenputtel um Mitternacht vom Ball des Prinzen fliehen.

Arne schüttelte seine Gedanken ab und folgte der quirligen Köchin. Pilzesammeln schien eine von Francescas heimlichen Leidenschaften zu sein.

Mit einem gefüllten Korb verließen die beiden Sammler schließlich das Nadelgehölz und kehrten auf den Wanderweg zurück.

„Tut mir leid, dass du gleich so aus dem Nichts mit meiner kompletten Problemfamilie überfallen wurdest. Ich hatte das ganz anders geplant."

Arne lächelte nur.

„Italienische Familien sind eine Zumutung“, schimpfte Francesca weiter.

„Und wie sieht es mit den Italienerinnen aus? Muss ich mich von denen auch fernhalten?“

„Meinst du etwa mich? Also ich bin so unitalienisch wie man es sich nur wünschen kann.“

Arne grinste. „Was bist du dann? Norddeutsch?“

„Kommt darauf an, wie norddeutsche Frauen so sind?“

„Blond, wenig impulsiv und extrem ruhig. Und ich glaube, die meisten finden italienische Männer sexy.“

„Dann kannst du es vergessen. Dann bin ich einfach Francesca. Weil: Ruhig will ich nicht sein. Und mit den Italienern bin ich auch durch.“

„Gut zu wissen“, murmelte Arne, ohne Francesca dabei anzusehen.

„Italienische Männer sind wie eine Packung Spaghetti. Wenn du sie heiß machst, verbiegen sie sich in jede Richtung.“ Francesca rieb sich gedankenverloren mit dem Handrücken über die Nase. „Und meistens biegen sie sich in Richtung des jungen, knackigen Gemüses.“

Sie wanderten eine Weile schweigend am plätschernden Bachlauf entlang.

„Hattest du Angst die letzten beiden Tage?“, fragte Arne in die Stille.

„Keine Ahnung. Wobei - ja. Ich hatte Angst, als ich die Mure abgehen sah. Und dann der tote Stefano. Das war alles so unwirklich. Der junge Adam schien orientierungslos. Also habe ich versucht, klar im Kopf zu bleiben. Da wusste ich Gottseidank noch nicht, dass das von da ab so weitergehen würde."

„Und als dann der Nächste tot aufgefunden wurde?"

„Das war Klaus. Du kennst sein Gesicht bestimmt aus den Medien."

„Ich glaube, er war mal auf meinem Schiff. Damals als Nationaltrainer."

„Stimmt. Mit dir sind die Promis auf du und du", witzelte Francesca. „Aber im Ernst. Als wir Klaus gefunden haben, da war ich nur verzweifelt, weil ich ihm nicht mehr helfen konnte."

Francesca beugte sich zu einem Strauch hinunter, zupfte ein paar Brombeeren davon ab und schob sich und Arne welche davon in den Mund.

„Glaubst du denn, dass wir anderen immer noch in Gefahr sind?"

„Hmm. Irgendwas scheint der Grund zu sein, warum gleich mehrere ältere Fußballer bedroht wurden. Hast du eine Idee, warum?"

„Gianluca hat was von Spielmanipulationen gefaselt, für die der Mannschaftsrat zur aktiven Zeit Geld eingesackt hat. Aber dass da Stefano als erster getötet wird, scheint mir komisch. Der hatte ausgesorgt mit seinem Weingut."

„Wer hat denn Finanzsorgen von den Fünfen?"

„Das ist leicht zu beantworten. Harald natürlich. Der hat auch die anderen mitgerissen, durch irgendwelche dubiosen Immobiliengeschäfte. Ein Wunder, dass ihm noch niemand aufgelauert hat. Alle sind sauer auf ihn."

Francesca blieb stehen und zog sich die Strickweste

über. Im Schatten fröstelte sie nun doch.

„Und der zweite Tote, dieser Klaus?“

„Der schien mir nicht unbedingt pleite. Er hatte vor kurzem noch den Nationaltrainerjob. Wenn es Ärger gab, dann höchstens mit Enzo. Die beiden schienen sich um den russischen Nationaltrainerposten zu duellieren.“

„Enzo ist der, der in der Sauna eingesperrt war?“

„Richtig. Sag mal, woher weißt du das denn alles? Hat dich Franz im Heli instruiert?“

„Nein. Aus der Zeitung. Weißt du gar nicht, dass deine Tochter extrem fleißig ist? Sie schickt ihre Berichte an eine große deutsche Tageszeitung. Du kannst stolz auf sie sein.“

Francescas Augen wurden groß. „Clara? Echt? Das hätte ich ihr nicht zugetraut.“

„Hat sie dir nicht davon erzählt?“

„Wenn ihr Vater in der Nähe ist, dann bin ich abgemeldet. Außerdem sind wir nicht so eng miteinander. Sie gibt mir immer noch die Schuld, dass ich mich damals von Gianluca getrennt und sie aus Italien weggerissen habe.“

„Und, hat sie recht?“

„Natürlich nicht.“

„Sollen wir uns kurz setzen?“, fragte Arne und zeigte auf eine Holzbank im schönsten Sonnenschein.

„Gerne.“ Francesca stellte ihren Korb ab und nahm Platz.

„Hat Franz euch eigentlich schon gesagt, dass die Zufahrt zum Tal bald wieder frei sein wird? Voraussichtlich in der kommenden Nacht werden die Aufräumarbeiten beendet.“

„Nein, aber das sind fantastische Neuigkeiten. Dann können wir endlich weg von hier."

„Ich dachte, du hast ein Seminar diese Woche?"

„Da soll ich mit dieser schrecklichen Jacqueline zusammenarbeiten. Die Frau wäre an sich schon eine Katastrophe, wenn sie nicht auch noch mit Gianluca angereist wäre."

„Hast du ihr denn schon einmal eine echte Chance gegeben?"

„Nein. Aber sie mir auch nicht."

„Weißt du", Arne blickte versonnen hinauf zu den schneebedeckten Berggipfeln. „Bei uns im Norden, da lassen wir es manchmal einfach gut sein und raufen uns zusammen, ohne Worte."

„Du meinst, dann werde ich eine bessere Norddeutsche, wenn ich es versuche?"

„Kuck mal. Das könnte klappen", grinste Arne und Francesca lächelte etwas verzweifelt zurück.

„Aber jetzt müssen wir uns beeilen. Franz möchte mich in einer Viertelstunde sprechen", sagte sie nach einem Blick auf ihre Armbanduhr.

Als Francesca und Arne die Hotellobby betraten, saßen dort wieder alle üblichen Verdächtigen zusammen.

Franz sah die beiden kommen und bedeutete ihnen, ebenfalls Platz zu nehmen. Dann drehte er sich weg und führte ein Telefonat über sein Handy.

Adam blickte angespannt drein. Er blinzelte häufig und drehte sich hin und her. Eigentlich hätte er gerne gehört, was sein Chef Franz am Telefon zu der anderen

Person sagte, wagte es aber nicht, dem Kommissar nachzugehen.

„Was ist denn los?“, flüsterte Arne Marco zu, der neben ihnen auf einem Sofa in der Hotelhalle saß.

„Harald Pfeiffer ist weg. Seine Sachen sind noch in seinem Zimmer. Aber er ist nicht aufzufinden.“

„Hoffentlich ist ihm nichts zugestoßen“, flüsterte Francesca.

Da bekam Marco große Augen. „Ich glaube eher, das Gegenteil ist der Fall. Nach allem, was Enzo mir erzählt hat, könnte Harald Pfeiffer ein gutes Motiv für alle Morde gehabt haben. Schließlich schuldete er den anderen viel Geld, einen enormen Batzen.“

„Warum hat Enzo diesen Harald Pfeiffer denn überhaupt eingeladen?“, fragte Arne.

Marco stutzte kurz. „Harald hat sich vor nicht allzu langer Zeit bei Enzo gemeldet. Er wusste von der Feier und hat sich sozusagen selbst ins Gespräch gebracht. Und weil Enzo nicht nachtragend ist, hat er ihn kommen lassen. Der guten alten Zeiten wegen.“

„Nett von ihm“, murmelte Arne. Dann verstummte er, weil Franz wieder auf seinen Platz in der Mitte der Hotellobby zurückgekehrt war und Aufmerksamkeit einforderte.

„Wie Sie vielleicht alle mitbekommen haben, ist Harald Pfeiffer momentan nicht auffindbar. Aus allen Informationen, die ich bisher erhalten habe“, er nickte dabei in Enzos Richtung, der nickte mit ernstem Gesicht zurück, „könnte Harald Pfeiffer ein Hauptverdächtiger in den bisher geschehenen Verbrechen sein. Oder er ist ein Opfer. Wichtig ist nun aber, dass wir Herrn Pfeiffer finden. Deshalb möchte ich die Herren unter Ihnen bitten, Suchtrupps zu bilden. Ich selbst werde mit Adam gehen.“ Er blickte zu Adam. „Wir werden ein Fahrzeug brauchen, denn wir suchen die Wege Richtung Murenabgang ab. Dr. Breitenschlager, Sie könnten zusammen mit Herrn Carlotti das Dorf abklappern. Klingeln Sie an den Häusern, schauen Sie in Holzschuppen und Garagen nach.“

Der Doktor und Gianluca sahen sich an und nickten übereinstimmend.

„Ich hole nur noch meine Jacke“, sagte Gianluca. „Dann können wir sofort los.“

Franz fuhr fort: „Und den dritten Suchtrupp bilden bitte Arne Petersen und Sie, Marco.“

„Ich kann auch mit Gianluca das Dorf kontrollieren“, bot Marco sofort an. „Vielleicht wird der Doktor hier im Hotel von Enzo gebraucht.“

„Danke für das Angebot“, antwortete Franz. „Aber der Doktor kennt sich im Ort aus, weil er lange hier gelebt hat. Sollte etwas sein“, er wandte sich an Annemarie, „dann können Sie uns jetzt jederzeit über die Handys erreichen. Der Empfang funktioniert wieder.“

Annemarie zog ihr eigenes Mobiltelefon aus der Tasche ihrer Lodenjacke und nickte, als sie drei Balken Empfang darauf registrierte.

„Also, Arne und Marco, Sie sehen sich das Hotel noch einmal von oben bis unten an. Keller, Schuppen, einfach alles. Und keine vorschnellen Aktionen. Entdecken Sie etwas, rufen Sie uns und tun sonst nichts. Verstanden?“

Die beiden blonden Männer nickten und standen auf.

Francesca drückte Arnes Arm und flüsterte ihm zu, dass er auf sich aufpassen solle.

„Ich kann auch gehen“, warf Enzo in die Runde und erhob sich mit einem Ächzen.

„Nein, Sie bleiben hier bei den Frauen“, ordnete Franz an.

„Und übrigens“, er blickte zu Francesca. „Was Sie vorhin gesagt haben, nämlich, dass keiner alleine bleiben soll, halte ich für eine gute Idee.“

„Ich könnte für das Abendessen sorgen“, schlug Francesca vor. „Cosimo hilft mir bestimmt.“ Sie blickte zu Jacqueline. „Machen Sie auch mit? In der Küche meine ich? Ich könnte Ihre Hilfe gebrauchen.“

Jacqueline schaute misstrauisch. „Ist das ein Aprilscherz im Oktober? Sie wollen doch mich nicht in Ihrer Küche.“

„Doch. Ich schlage vor, wir kochen ein vegetarisches Menü. Vegan schaffe ich zwar nicht hundertprozentig. Aber wenn sie über ein wenig Butter und Sahne hinwegsehen können, dann freue ich mich, heute mal komplett auf Fleisch zu verzichten. Bestimmt können wir beide voneinander lernen.“

„Gut, wenn das so ist. Ich bin dabei.“

Francesca blickte verstohlen zu Arne, der ihr aufmunternd zuzwinkerte.

„Ich bin auch dabei. Sowas von“, antwortete Cosimo amüsiert. „Das wird bestimmt fett.“

„Und ich bleibe bei Enzo“, bestimmte Clara sofort. „Sollen wir in der Zwischenzeit das Interview machen?“, fragte sie erwartungsvoll in Enzos Richtung.

„In Ordnung“, stimmte der zu, und Claras Wangen röteten sich. Eifrig suchte sie in ihrer mitgebrachten Laptoptasche nach allen Arbeitsgeräten, die sie jetzt benötigte.

„Wenn ich nicht störe, dann arbeite ich etwas am Rezeptionspult“, erklärte nun noch Annemarie. „Dann bin ich im selben Raum“, sagte sie und schien froh darüber zu sein, nicht allein bleiben zu müssen.

„Schließlich weiß man nicht, was da draußen vor sich geht“, murmelte sie noch mit Blick hinaus auf die Bergwiesen.

Kapitel 27

Francesca hatte sich auf direktem Weg in die Hauptküche des Hotels begeben. Ihr folgten die Jungköche Cosimo und Jacqueline, auch wenn sich Jacqueline selbst als Anführer sah: Schließlich wurde fleischlos zubereitet.

Nachdem der Strom nun wieder funktionierte und sie ein umfangreiches Abendmenü zaubern wollten, vernachlässigten sie die Nebenküche mit dem alten Holzofen.

Francesca schaute dort nur kurz vorbei, um ihre Töpfe, Schüsseln und Besteck herüber zu räumen. Dann baute sie an der Edelstahlplatte gegenüber dem Pass ihren Arbeitsbereich auf. Zur Mise en Place zählten ihre Messertasche sowie die Bevorratung mit Grundgewürzen, Essigen, Ölen sowie verschiedenen Schneidebrettern.

Cosimo kannte die Arbeitsweise seiner Mutter und hatte sich ihr angepasst. Auch er baute sich seinen Arbeitsplatz strukturiert auf, nur mit dem Unterschied, dass er Messer benutzte, die in der Hotelküche vorrätig waren.

Jacqueline band sich währenddessen ihre bunte Schürze im Retrodesign um. Dann zog sie ziellos die einzelnen Schubläden heraus und öffnete die Schränke, welche sich um sie herum befanden.

„Brauchen Sie noch Zeit, ehe wir uns über die Gerichte unterhalten können?“, fragte Francesca in Jacquelines Richtung. Sie drehte sich dabei um, da der blonde Küchenengel direkt auf der gegenüberliegenden Seite von Francesca und Cosimo Stellung bezogen hatte.

„Nein. Von mir aus kann es losgehen.“

Cosimo zog die Augenbrauen in die Höhe, als auch er sich umdrehte.

„Und du schneidest heute mit der scharfen Kraft deiner Gedanken?“, feixte er in Jacquelines Richtung.

Francesca schaute streng.

„Cosimo will nur sagen, dass Sie noch kein Mise en Place…“, als Francesca Jacquelines fragenden Blick sah, setzte sie noch einmal an. „Also, Ihr Arbeitsplatz ist noch nicht vorbereitet. Machen Sie das nie, bevor sie anfangen?“

„Danke. Ich habe mich umgesehen, und weiß, wo alles steht. Das reicht mir.“

„In Ordnung.“ Francesca zog einen karierten kleinen Block und einen Kugelschreiber aus ihrer Messertasche. „Also, ich schlage ein paar herbstliche Gerichte vor, die wir direkt auf großen Platten am Tisch servieren, damit niemand aufstehen muss. Und natürlich brauchen wir einige Nachspeisen, von denen sich alle gemütlich selbst bedienen können."

Jacqueline hatte, während Francesca sprach, ihr Mobiltelefon aus ihrer Hosentasche gezogen und strich darauf unentwegt herum. Als sie merkte, dass Francesca nicht mehr weitersprach und alle Augenpaare auf ihr ruhten, packte sie das Gerät auf die Arbeitsplatte.

„Ich suche nur schon nach passenden Rezepten. Leider gibt es in dieser konventionellen Küche so wenige passende Lebensmittel für meine Zwecke." Sie stöhnte affektiert. „Aber es wird schon irgendwie gehen."

Francesca nickte langsam mit dem Kopf. „Keine Bange. Im Kühlraum gibt es jede Menge erstklassiges Gemüse. Ich zeige es Ihnen am besten gleich mal."

Jacqueline bewegte sich nicht vom Fleck und blinzelte mit den Augen. „Ich brauche doch kein Gemüse. Ich brauche Räuchertofu, Sojamilch, Tempeh, Hafersahne oder wenigstens etwas Seitan." Sie schnaufte noch einmal. „Nur dann kann ich zeigen, was die herzhafte vegane Küche wirklich kann. Sonst geht das Gejammer sofort wieder los, mit fast nur Männern am Tisch."

Nun schaltete sich Cosimo ein. „Was wolltest du denn machen?"

Jacquelines Gesicht begann zu strahlen.

„Ich mache gerne wundervoll würziges Gyros aus Seitan mit Tsatsiki aus Sojajoghurt. Oder meine Rouladen, eine Wucht. Dafür fülle ich große Sojasteaks mit Räuchertofu, Senf und Gewürzgurken und brate die in einer Soße aus Hafersahne.“ Die Blondine schleckte sich genussvoll über die Lippen.

Cosimo blickte angewidert drein. Francesca schüttelte der Gedanke an die vielen Ersatzprodukte, Glutenerzeugnisse und Sojaimitate. Doch sie erinnerte sich tapfer an Arnes Rat und gab sich nicht leichtfertig unkonstruktiver Kritik hin.

Stattdessen versuchte sie es charmant.

„Ich habe schon einmal in Ihr Kochbuch hineingeblättert, Jacqueline. Das sind Ideen, die bei Fleischliebhabern vielleicht Anklang finden. Aber wie Sie schon gesagt haben, uns fehlen die Produkte.“

Cosimo starrte seiner plötzlich so harmoniesüchtigen Mutter interessiert ins Gesicht, doch Francesca zog ihren Stiefel weiter durch – getreu nach dem Motto: Jeder hat eine Chance verdient, und mögen seine Rouladen noch so vegan sein.

„Versuchen wir es mal mit einer gesunden und herbstlichen Gemüseküche. Was sagen Sie zu Kürbisgnocchi? Schließlich haben wir Unmengen an Italienern da draußen sitzen.“

Francesca gestikulierte in Richtung des Passes, wo im abendlichen Hotelservice normalerweise die Kellner die fertigen Teller aus der Küche abholten und in die Speisezimmer trugen. Dabei entfleuchte Jacqueline sogar ein kleines Grinsen.

Francesca fuhr fort: „Und ich könnte mir gut Pizzafladen vorstellen, mit den Pilzen, die ich gesammelt habe. Oder einfach nur Tomatensugo darauf.“

„Ein Süppchen“, schlug Jacqueline zögernd vor.

„Ja“, teilte Francesca ihre Begeisterung. „Eine Suppe. Möhren, Petersilienwurzeln oder Pilze.“

„Die Suppe könnten wir mit etwas Langkornreis binden, der mitgekocht und zum Schluss mit der Suppe püriert wird“, schlug Cosimo vor.

Francesca klopfte ihrem jüngsten Sprössling auf die Schulter. „Hervorragende Idee, dann sparen wir uns die Sahne. Möchtest du das machen?“

„Ich könnte die Suppe machen“, warf Jacqueline schnell in die Runde.

„In Ordnung. Dann kümmere ich mich um den Nachtisch“, schlug Cosimo vor.

„Das ist eine gute Idee“, sagte Jacqueline. „Normalerweise mache ich ja einen dermaßen leckeren Käsekuchen, aber mir fehlt leider der Seidentofu dazu.“

Francesca und Cosimo schluckten im Duett und grinsten sich verstohlen an. Der Gedanke an Schwabbeltofu statt sahnigem Frischkäse oder Quark stellte der Köchin die Nackenhaare auf.

„Aber Nachspeisen sind wirklich schwierig, so ohne Ei und Milchprodukte“, überlegte Francesca laut.

„Lass dich einfach von mir überraschen“, sagte Cosimo geheimnisvoll und drehte sich zu seinem Arbeitsplatz um. Das ließen sich Francesca und Jacqueline nicht zweimal sagen, und begannen, jeder für sich, mit den Vorbereitungen für das vegetarische Abendmahl.

Die Carlotti-Küchenfraktion kam gut voran. Francesca hatte fasziniert beobachtet, wie ihr Sohn sich für einige Dosen Kokosmilch entschied. Damit rührte er nun genüsslich einen duftenden Kokosmilchreis an.

Francesca selbst hatte bereits die Kürbisse auf den Weg gebracht, die geputzt und in grobe Stücke zerteilt im Ofen weichschmoren mussten. Außerdem hatte sie den Teig für die Flammkuchen geknetet und war nun damit beschäftigt, ihre Arbeitsplatte sauber zu wischen.

„Cosimo, wusstest du eigentlich, dass Clara Berichte von hier an eine große Zeitung schickt?“

„Klar, Mum. Scharfe Sache, oder? Unsere Clara wird noch ein richtiger Reporterstar, wenn das mit den Hammernews so weitergeht.“

„Da hast du Recht. Ich wünsche mir aber trotzdem, dass nichts mehr passiert.“

„Ich will auch nicht, dass nochmal einer ins Gras beißt. Aber ich hab da noch eine andere Idee. Muss mal sehen, ob mein großes Schwesterherz von alleine draufkommt.“

„Was meinst du?“

„Na, dieser dicke Enzo und der Russenjob.“

„Was ist damit? Glaubst du, er kann das nicht?“

„Dafür habe ich zu wenig Ahnung vom Fußball, Mum. Aber die sind doch voll konservativ in Russland, oder?“ Francesca schaute gespannt auf ihren Jüngsten, der gerade eine Stange Zitronengras aus seinem Milchreis herausfischte. „Na, so einen wie mich würden sie in Russland bestimmt bald in den Knast bringen. Die sind schon mit ein bisschen Kajal und schwarzen Nägeln bei Männern überfordert, diese Nationalkonservativen.“

„Und was hat das mit Enzo zu tun?“

„Du meinst wohl mit Marco“, grinste Cosimo. „Sind eigentlich noch Mangos da, Mum?“

Als seine Mutter nickte, machte sich Cosimo auf den Weg ins Kühlhaus. Dabei durchquerte er die angrenzende Beiküche mit dem Holzofen. Der nächste Raum stellte den Vorratsraum für die trocken zu lagernden Produkte wie Mehl, Zucker, Konserven, Marmeladen und dergleichen dar. Im dahinterliegenden Raum sollte Cosimo die Kiste mit den restlichen Mangos finden. Er öffnete die schwere Tür und tastete an der rechten Wandseite entlang auf der Suche nach einem Lichtschalter. Endlich fand er ihn. Die Neonlichter an der Raumdecke begannen zu flackern, bis sie sich schließlich entzündeten und ein fahles kaltes Licht abwarfen, das den Lebensmittelraum nur notdürftig ausleuchtete. Cosimo suchte mit seinen Augen nach der Kiste mit den exotischen Früchten. Er fand sie, doch irgendetwas störte ihn. Dann verstand er.

„Mum, komm mal", rief er Francesca durch mehrere Wände hindurch zu.

Eilige Schritte näherten sich. Zwei Türen wurden geöffnet und fielen wieder ins Schloss. Francesca kam, gefolgt von Jacqueline.

„Was ist los?"

„Sieh mal." Er deutete auf den gefliesten Boden des weißen Kühlraums. Schlammige, große Fußspuren zogen sich durch den ansonsten penibel sauberen Raum. „Wer kann das gewesen sein?", fragte Cosimo. „Sieht das hier drin immer so aus?"

Francesca schüttelte den Kopf. „Als ich die Zutaten für das Frühstück heute Morgen herausgeholt habe, war noch alles ordentlich."

„Dann war hier wohl jemand, der im Kühlraum nichts

zu suchen hat.“

„Los, lasst uns Adam und Franz anrufen“, beschloss Francesca.

„Glaubt ihr, Harald war hier drin?“, fragte Jacqueline. Doch niemand gab ihr eine Antwort.

Jetzt riss Jacqueline ihre Augen weit auf. „Vielleicht ist er noch in der Nähe.“

Kapitel 28

Da, er hörte Schritte. In raubtierhafter Geschwindigkeit und mit derselben Leichtfüßigkeit rannte er vom Treppenaufgang, wo es etwas wärmer war, zurück in die klamme Garage. Ganz hinten in einer Nische, durch einen Holzverschlag geschützt, lagerten die Geräte, die die Hotelangestellten im Winter benötigten: Schneeschaufeln, ein Miniaturräumfahrzeug ähnlich einem Rasenmähertraktor, zwei Meter hohe Holzleisten zur Markierung der Straßenränder, Warnschilder. Zwischen all diesen Gerätschaften hatte er sein notdürftiges Lager aufgeschlagen. Nachts verschaffte ihm die knisternde Rettungsdecke etwas Abhilfe gegen die Kälte. Doch er musste vorsichtig sein, er durfte keine Geräusche verursachen. Zum Glück gab es kaum etwas zu tun in einer Hotelgarage, so lange die Zu- und Abfahrt aus dem Dorf noch gesperrt war. So gesehen hatte er sein Versteck weise gewählt.

Doch er hielt es nicht immer hier aus. Er brauchte

Essen und ihn gierte nach Informationen, was dort im warmen Hotel vor sich ging. Er war wild entschlossen, aus allem Kapital zu schlagen. Und er wollte nichts verpassen. Deshalb war er zu Streifzügen aufgebrochen. Im Freien, wenn er nur durch die Fenster in das Gebäude blickte, fühlte er sich sicher. Wenn er die Räume betreten musste, etwa die Vorratskammer oder die Küche, dann war die Gefahr groß, entdeckt zu werden.

Doch noch nie, seit er hier in der Garage verschanzt war, kam ihm die Bedrohung so nahe wie jetzt.

Er hörte Männerstimmen, zwei unterschiedliche. Sie kamen durch das Treppenhaus und blieben erstaunlich lange in der Tiefgarage, ohne dabei auch nur ein einziges Auto zu öffnen oder zu starten. Stattdessen näherten sie sich langsam seinem Bretterverschlag, der in der hintersten und dunkelsten Ecke des Kellers lag. Und leider gab es seit kurzem wieder Strom, wie er nun feststellen konnte, denn die Garagenbeleuchtung erhellte leider auch seinen Schutzverschlag.

Ob er immer noch im perfekten Versteck saß bei diesem ganzen Licht?

Als die Männer näher kamen, wagte er kaum noch zu atmen.

Kapitel 29

Dr. Breitenschlager und Gianluca machten sich auf den Weg ins Dorf. Da das Hotel etwas außerhalb lag, mussten sie zu Fuß ein Stück die Hauptstraße bergauf bewältigen. Dabei führte der Weg durch ein kleines Tannengehölz, in dessen Mitte ein Erdloch ausgehoben war. Ein Bagger und eine Schubraupe standen am Grundstücksrand geparkt, doch niemand arbeitete an der Grube.

„Wissen Sie, was da gebaut wird, Doc?", fragte Gianluca.

„Das müsste der Aushub für das neue Ausflugslokal sein. Annemarie hat mal von der Idee erzählt, dass sie die zahlreichen Tagesgäste, die es Sommer wie Winter hierher verschlägt, nicht einfach so weiterziehen lassen möchte. Aber in ein Hotel passen solche Tagesgäste auch nicht. Also möchte sie in dieser separaten Gaststube die Wanderer verköstigen, die am Abend wieder das Tal verlassen."

Gianluca schaute interessiert auf die Baugrube. Der Regen der vergangenen Tage hatte das Erdloch in einen schlammigen Ekelpool verwandelt. Schon nach den ersten Schritten in die Richtung bereute er, den gesicherten Boden der befestigten Straße verlassen zu haben. Seine edlen Budapester, die er trug, versackten zunehmend in der lehmigen Matsche der Baustelle. Angewidert watete er zurück.

„Ich denke, wir können weiter. Hier gibt es nicht viel zu sehen. Außerdem gehört die Grube sowieso zum Hotel. Da können wir später noch diesen Arne vorbeischicken."

Er amüsierte sich bei dem Gedanken, wie das rotblonde Nordlicht bis zu den Knien im Morast herumwandern würde.

Auch dem Doktor schien es wichtig, trockenen Fußes weiter zu marschieren.

Er drehte den Kopf nach vorne, so dass seine weiße Mähne im Wind schwang.

„Sie haben recht. Gehen wir weiter. Unser erster Stopp ist die Waserer Trudi. Wenn jemand etwas gehört oder gesehen hat, dann weiß diese Frau garantiert Bescheid. Das war schon immer so."

Gianluca und der Doktor beeilten sich, weiter zu kommen. Dieser von Menschenhand gebaggerte Tümpel wirkte unwirtlich. Das Sonnenlicht drang nur spärlich durch die mächtigen Tannen ringsum. Ob hier jemals ein einladendes Lokal entstehen konnte, das Tagesgäste anzog?

Gianluca musste sich nach wenigen Schritten noch einmal umsehen. An einer Stelle auf der gegenüberliegenden Seite der Baugrube war der Morast um das Wasserloch von relativ frischen Fußspuren durchzogen. Sie endeten in der Nähe der gelagerten Baugerätschaften.

„Schauen Sie, Doc. Da drüben ist vor Kurzem jemand vorbeigekommen. Glauben Sie, dass die Bauarbeiter nach dem Rechten gesehen haben?"

„Bei dem Wetter? Nein. Alle Männer des Dorfes, die sich halbwegs bewegen können, haben sicher an dem Murenabgang geschaufelt und nicht hier."

„Sollen wir uns die Stelle doch noch mal genauer ansehen?" Gianlucas ungutes Gefühl kroch ihm tief in seinen

Magen.

„Ja. Aber lassen Sie es uns auf dem Rückweg machen. Wenn wir dann dreckig werden, können wir uns anschließend im Hotel umziehen“, beschloss der Doktor. „Es eilt ja nicht. Dort kann sich eh keiner verstecken. Da stehen nur ein paar Geräte und die abgeschlossenen Bagger.“ Er legte Gianluca eine Hand auf die Schulter. „Vielleicht waren Arne und dieser Marco schon vor uns hier? Wir gehen jetzt zuerst ins Dorf, so, wie es uns Franz aufgetragen hat.“

Gianluca nickte langsam und drehte sich widerwillig zum Gehen. Irgendetwas stimmte hier nicht. So viel stand fest.

Kapitel 30

Er blickte durch einen schmalen Spalt seines Holzverschlags und sah nun die Körper der beiden Männer, die sich von Auto zu Auto in seine Richtung bewegten. Nur ihre Gesichter konnte er nicht erkennen. Dazu hätte er sich bewegen müssen, seinen Oberkörper absenken, um den Blickwinkel durch den dünnen Spalt in der Fichtenholzwand zu verändern. Er wagte keine so große Bewegung. Kein Laut durfte nach draußen dringen.

Jetzt riefen sie sich etwas zu. Der eine fragte den anderen, ob er denn auch kontrolliere, dass alle Fahrzeuge abgesperrt seien. „Verdammt, nein!“, antwortete der

Gefragte und begab sich fluchend zurück an den Anfang der geparkten Wagenreihe.

Fast schon wollte er aufatmen in seinem Versteck. Doch es gab noch den zweiten, der der Wortführer zu sein schien. Und dieser machte sich nun an dem verbeulten blauen Fiat zu schaffen.

Er biss sich auf die Lippen. Hatte er etwas in dem Auto liegen gelassen? Er konnte es nicht mehr sagen.

Die Antwort folgte schneller als ihm lieb war.

„Marco, kommen Sie mal her. Dieser Wagen hier ist auf."

„Und was stimmt nicht damit?"

Der Wortführer war ins Innere des Wagens gekrochen. Das konnte er in seinem Versteck durch den hohlen Klang der Stimme erkennen.

„Da liegt ein offener Verbandskasten auf dem Beifahrersitz."

„Wo? Lassen Sie mich mal sehen."

Der zweite Mann schritt nun wieder vom Ende der Tiefgarage in Richtung Holzverschlag, seine schnellen Schritte auf dem Asphalt wurden zunehmend lauter. Er stoppte ebenfalls an dem nachtblauen Schrotthaufen.

Verdammt. Er biss sich auf die Lippen. Wie hatte er so leichtsinnig sein können und seine Spuren nicht beseitigen? Es war doch klar, dass irgendwann jemand in die Garage kommen würde. Jetzt musste er wenigstens schnell und logisch handeln. Er blickte sich in seinem Verschlag um. Die Holzpfosten zur Markierung der Straßenränder bei hohem Schnee erschienen ihm zu dünn, um damit ernsthaft jemanden auszuknocken.

Sein Blick schweifte über die Schneeschaufeln. Die blechernen Endstücke wogen zu wenig, um damit einen Gegner mit nur einem Schlag niederzustrecken.

Er hatte zwar das Überraschungsmoment für sich, aber es handelte sich schließlich um zwei Männer. Und die beiden wirkten sportlich, was die Sache noch deutlich verkomplizierte.

Seine Augen suchten weiter die an der Wand fein säuberlich angeordneten Gerätschaften ab. Bis sein Blick an einem speziellen Werkzeug hängen blieb. Seinen Magen durchfuhr ein dumpfes Gefühl. Für einen Moment lehnte er es ab, die Waffe zu gebrauchen. Doch dann hörte er, wie die beiden Männer wieder aus dem zerbeulten Fiat herauskrochen.

Er wusste, dass er sich in diesem Moment entscheiden musste. Er dachte an die vergangenen schrecklichen Jahre und war sich plötzlich sicher, dass er dorthin nicht mehr zurück wollte. Jeden Abend hatte er gegen die Panik angekämpft, als sich der Schlüssel des Wärters im Schloss gedreht hatte und er festsaß. Die Enge um ihn herum hatte ihm den Atem geraubt. Auch jetzt, wo er nur daran dachte, röchelte er vor sich hin. Sein Körper nahm ihm die Entscheidung ab. Seine Hand griff nach dem glänzend polierten Werkzeug. Sein Daumen glitt über die Klinge, ein Tropfen Blut sammelte sich an der Schneide. Es gab keinen Zweifel. Die Axt war messerscharf und konnte den Tod bringen.

Plötzlich klingelte ein Handy.

„Petersen. Hallo?“ Eine kurze Stille entstand, in der

keiner der Männer zu atmen wagte. „Mmh, okay. Wir kommen.“

Kapitel 31

Das Abendessen war ein Reinfall. Francescas Plan war es gewesen, dass sich die Gäste reihum an den Platten bedienten, sie herumreichten und dabei in ein unverfängliches Gespräch gerieten. Stattdessen herrschte vor allem Stille.

Nach dem Fund der Fußspuren in der Kühlkammer waren Franz und Adam unverzüglich zurückgekommen. Weil immer noch keine Spurensicherung vor Ort war und die Zufahrtsstraßen leider noch nicht passiert werden konnten, machte Franz notdürftige Fotos vom Fliesenboden und versperrte danach den Zugang zum einzigen Raum, in dem frische Nahrung gelagert war.

Wenig später traf Arne mit Marco ein. Die beiden hatten nur wenige Bereiche des Hotels in Augenschein nehmen können. Doch Franz wollte nun kein Risiko mehr eingehen. Außerdem argumentierte er, dass keine Spuren durch die Suchtrupps verwischt und unbrauchbar gemacht werden sollten.

Gianluca und der Doktor kehrten ebenfalls mit leeren Händen zurück. Die männliche Dorfbevölkerung schuftete entweder immer noch am Ausgang vom Tal oder lag überarbeitet und todmüde in ihren Betten. Viele der

Frauen, mit denen sie gesprochen hatten, waren nach dem Murenabgang in ihren Häusern geblieben. Nicht einmal die sonst so tratschsüchtige Waserer Trudi hatte etwas beizutragen gewusst.

Sie hatten sämtliche Scheunen und Gartenhäuser geöffnet, die ihnen in den Weg kamen. Doch Harald Pfeiffer blieb unentdeckt. Und die Schlammgrube im Tannenwäldchen hatten sie gar nicht mehr passiert, schließlich hatte Franz die beiden telefonisch gebeten, so schnell wie möglich zum Hotel zurückzukommen. Da hatte sich der Wanderweg oberhalb des Hotels angeboten, der nicht an der Baustelle vorbeiführte.

Nun saßen sämtliche Hotelbewohner wieder beim Essen im Frühstücksraum, wo mittlerweile alle Mahlzeiten eingenommen wurden. Hier war es zwar beengt, aber deshalb auch leidlich warm. Außerdem verströmte die Enge ein gewisses Gefühl der Sicherheit.

Doch es war sicher nicht der passende Rahmen für den romantischen ersten Wiedersehensabend mit Arne. Der saß zwar an Francescas Seite, doch sonst stimmte überhaupt nichts. Ihr gegenüber kaute ihr Ex-Mann Gianluca gedankenversunken an einem Pizzafladen und störte das Bild wohl am meisten. Auch die mittlerweile nicht mehr ganz so zickige Jacqueline hätte sich Francesca gerne auf den Mond gewünscht. Es war zum Heulen. Das schien Arne bemerkt zu haben. Er blickte ihr kurz in die Augen und streichelte zärtlich über ihren Handrücken. Francescas Wangen begannen zu glühen. Irgendwann heute Nacht würde sie ihn an sich drücken können, und das raubte ihr jetzt schon fast den Atem.

Franz durchbrach Francescas inneres Chaos, indem er zu einem Monolog ansetzte:

„Vielen Dank nochmals an die Herren, die heute an der Suchaktion teilgenommen haben, auch wenn wir leider nicht erfolgreich waren.“ Er schwieg einen bedrückend langen Moment. „Morgen früh gegen neun wird nun endlich die Zufahrt zum Tal wieder freigegeben, wie ich gerade von einem Kollegen der Bergwacht erfahren habe. Das heißt, wir müssen also noch eine Nacht hinter uns bringen.“ Er schnaufte kurz. „Wie Sie alle wissen, haben wir Fußabdrücke in der Kühlkammer gefunden. Dies könnte ein Indiz dafür sein, dass sich ein uns unbekannter Täter noch in der Nähe des Hotels aufhält. Deshalb möchte ich Sie auch heute Nacht bitten, sich in Gruppen von mindestens zwei Personen zusammenzufinden. Das mag für den ein oder anderen unangenehm sein, aber es ist wichtig, damit wir Ihre Sicherheit gewährleisten können.“

Er blickte sich am Tisch um und nahm stummes Kopfnicken wahr.

„Dann wünsche ich Ihnen eine gute Nacht, trotz allem. Morgen ist der Spuk hoffentlich vorbei.“ Er bedeutete Adam, aufzustehen. „Adam und ich werden die ganze Nacht abwechselnd im Hotel patrouillieren.“ Er fasste sich an einen imaginären Hut und verließ den Essensraum.

Ein tiefer Seufzer war zu hören. Er kam von Annemarie, die fahl und zusammengesunken am einen Ende des

Tisches saß.

Nach und nach leerte sich nun die Abendtafel. Marco und Enzo verzogen sich als erste.

Cosimo versicherte Francesca, dass er die Nacht wieder im Zimmer seiner Schwester Clara verbringen würde.

Schließlich zog Jacqueline Gianluca vom Stuhl und mit sich hinaus in Richtung Hotelzimmer. Francesca versuchte wegzusehen. Eine gewisse Übelkeit machte sich dennoch in ihr breit. Doch sie wollte sich so schnell wie möglich ablenken.

„Annemarie, wo werden Sie die Nacht verbringen?“

„In meiner Wohnung natürlich.“

„Sollen wir Ihnen Gesellschaft leisten?“, fragten Francesca und Arne beinahe wie aus einem Mund. Dann mussten beide lächeln.

Annemarie schüttelte energisch ihren Kopf. „Das kommt auf keinen Fall in Frage. Sie beide hatten ein gemeinsames Wochenende geplant. Jetzt genießen Sie wenigstens das bisschen Zeit, dass Ihnen heute Nacht noch bleibt.“

„Aber dann kümmern wir uns zumindest um den Abwasch“, bestimmte Arne.

Annemarie schüttelte zwar wieder den Kopf, doch das half nichts.

„Gute Idee, Arne“, sagte Francesca. „Wir bringen die Küche noch in Ordnung. Und Sie, Annemarie, gehen jetzt in Ihre Wohnung und verriegeln die anständig. Keine Widerrede.“

Annemarie sackte ein wenig in sich zusammen, nickte

dann aber dankbar mit dem Kopf. „Gute Nacht. Sie sind meine Engel. Wenn dieser Albtraum vorbei ist, dann lade ich Sie für ein langes Wochenende in die neue Turmsuite ein, die ich plane. Versprochen?“

„Versprochen. Aber jetzt ab mit Ihnen.“

Annemarie lächelte und verschwand hinter der Tür, die den Aufdruck ‚Privat‘ trug.

„Auf zum Küchendienst in die Kombüse, Smutje“, grinste Francesca.

„Bist du eine geborene Spülerin oder gehörst du zur Spezies der Abtrockner?“

„Ich trockne gerne. Und du?“

Arne streckte seine feingliedrigen Hände in die Höhe. „Sie sehen zwar nicht so aus. Aber diese Hände sind zum Spülen gemacht.“

„Na dann los, du Perfect Match.“ Francesca schubste Arne mit einem seitlichen Hüftschwung aus dem Esszimmer in Richtung Küche.

Kapitel 32

Das Saubermachen in der Hotelküche hatte noch einmal fast eine Stunde gedauert. Und obwohl Francesca zuvor beim Abendessen eine Müdigkeit wie nach der Einnahme von Valium verspürt hatte, fühlte sie sich nun munter und aufgekratzt.

Ein Mann, der freiwillig spülte. Ein Kapitän zur hohen

See, der einfach spülte, und dies nicht mit Hintergedanken tat, sondern bloß half und sich nicht wichtig nahm. Dieser sommersprossige Surferboy flashte Francesca mit jeder Minute mehr.

„Wie kommt es eigentlich, dass so ein nordischer Beach-Boy wie du den Chef der Bergwacht kennt?"

„Ich habe mir mein Studium mit meinem Job als Surflehrer finanziert. Aber in Nordfriesland wollten die Touristen partout nicht im Winter surfen."

„Verstehe ich gar nicht", grinste Francesca und räumte einen Stapel trockene Töpfe in einen Unterschrank.

„Dann hat mir ein Studienfreund erzählt, dass er im Winter hier im Nachbartal als Snowboardlehrer ordentlich Geld verdient. Und im nächsten Winter bin ich mitgekommen und hab das auch gemacht."

„Erzähl mir keinen Quatsch. Du konntest doch nicht gleich als Lehrer arbeiten, du musstest doch erst mal selber fahren lernen."

Arne wischte grinsend die letzten Wassertropfen aus dem geräumigen Edelstahlspülbecken.

„Ich hab das natürlich keinem erzählt. Ich bin drei Tage vorher mit meinem Freund Ben angereist. Er ist mit mir auf den Berg und wir haben losgelegt." Nun wienerte er mit einem von Francescas Spültüchern hinterher. „Kannst du surfen, kannst du boarden. Das ist kein Problem."

Francesca seufzte. „Vielleicht, du Supersportler. Ich für meinen Teil muss bei Schneefall schon darauf achten, dass ich mich nicht auf dem normalen Gehweg längs lege."

Arne lachte auf und seine Sommersprossen tanzten ein weiteres Mal auf seiner Nase.

„Trinken wir noch etwas in meinem Zimmer?“, fragte Francesca ein wenig zaghaft.

„Wenn es dich nicht stört, dann würde ich gerne die Nacht auf deiner Couch verbringen. Schließlich soll keiner von uns allein bleiben. Und meine Alternative wäre eine Männer-WG mit Marco und Enzo. Das kannst du mir nicht antun, Bella“, flehte er scherzhaft.

„Na gut. Ich gewähre dir Asyl.“

Francesca drehte sich schnell zum Gehen, damit Arne ihre glühenden Wangen nicht erkennen konnte.

Im Hotelflur war Ruhe eingekehrt. Aus den Zimmern drangen keine Geräusche mehr. Francesca drehte so lautlos wie möglich ihren Zimmerschlüssel im Schloss und machte sich dann gleich auf, um aus der Minibar den kühlgestellten Champagner vom Anreisetag herauszuholen.

Arne experimentierte in der Zwischenzeit mit den Lichtschaltern. Nachdem er erst die Balkonbeleuchtung aktiviert hatte, fand er schließlich auch den Lichtdimmer für die Couchecke.

Francesca stellte das prickelnde Getränk samt Sektgläsern auf dem Tisch vor dem Sofa ab.

„Den hatte ich für unseren ersten Abend bestellt, den du ja leider in Oslo verbringen musstest. Denkst du, wir können die Flasche heute köpfen? Oder müssen wir bei Sinnen bleiben, falls noch irgendein Irrer an diese Türe klopft?“

„Heute klopft keiner mehr. Das spüre ich förmlich.“

Francesca ließ den Champagner so leise wie möglich

aufploppen und goss ihn in die beiden Gläser.

Arne und Francesca saßen nun eng zusammen auf dem gemütlichen Filzsofa und blickten in die prickelnden Blasen ihrer Getränke. Da störte ein Stöhnen aus dem Nachbarraum das heimelige Schweigen.

Francesca verdrehte die Augen. „Pfui Teufel. Ich glaube es nicht. Da siehst du, was man davon hat, wenn man mal nett zu so jemandem wie Jacqueline ist. Sie dreht anschließend einen Porno in unmittelbarer Nähe, damit wir auch ausreichend daran teilhaben können."

Arne grinste. „Und du bist sicher, dass du mit Gianluca komplett abgeschlossen hast?"

„Hör bloß auf." Francesca stand auf und griff sich ihr Mobiltelefon. Sie drückte kurz darauf herum und entschied sich schließlich für ein Oasis-Album, das sie nun in maximaler Lautstärke abspielen ließ.

„Ich steh voll auf Oasis", übertönte Arne die Geräuschkulisse. „Aber live waren die eine echte Katastrophe."

„Ich war mal auf deren Münchner Konzert. Da haben sie sich zuerst gegenseitig wüst beschimpft und dann das Publikum. Hätten sie nur ihre Songs gespielt, wären sie vielleicht wirklich die Beatles der Neunziger geworden."

Die beiden nippten weiter an ihrer kalten Prickelbrause und hin und wieder fielen sie in den Gesang der englischen Pöbelband mit ein. Francesca so falsch wie immer, Arne allerdings nicht minder schief.

„Ich wollte immer in einen dieser Shanty-Chöre. Aber kannst du dir das vorstellen? Die haben mich nicht genommen. Die fanden meine Stimme zu schlecht."

„Verstehe ich überhaupt nicht", grinste Francesca und

goss sich und Arne noch einmal nach.

„Hat es gerade geklopft?“, fragte Arne plötzlich.

„Du Scherzkeks.“

Doch da pochte es tatsächlich. Francesca regelte die Lautstärke des aktuellen Songs drastisch herunter. Dann pochte es kurz darauf noch einmal. Das Geräusch kam allerdings aus Gianlucas Zimmer und nicht von der Türe. Diesmal ohne Unterbrechung, so als wäre jemand in einer Kiste und klopfte unentwegt, um seinem Gefängnis schnellstmöglich entsteigen zu dürfen.

„Denkst du, das gehört zu deren Spielchen?“

Ohne zu antworten sprang Arne auf. „Ich schau mal nach.“ Er verließ Francescas Zimmer und verschwand hinaus in den Hotelflur.

Francesca blieb für einen Moment unentschlossen sitzen. Würde sie Arne folgen, so müsste sie die beiden Turteltauben dort drüben vermutlich in einer prekären Situation sehen. Und dazu hatte sie wirklich keine Lust.

Immer noch unschlüssig, wollte sich Francesca gerade vom Sofa erheben, als eine schwarzgekleidete Gestalt von Gianlucas Balkon seitlich an der Holzabtrennung zu ihrer eigenen Veranda herüberkletterte.

Francesca stockte der Atem. Sie beobachtete geduckt, wie sich eine Person mit behandschuhten Fingern an dem Holzpanel festklammerte, welches die beiden Nachbarbalkone voneinander abtrennte. Die dunkle Sturmmaske gab nur einen Blick auf die Augenpartie des Kletterers frei. Gerade schob er oder sie ein Bein über die Balkonbrüstung, das in einer nachtschwarzen Jeans steckte. Im selben Moment rutschte der Maskierte an der Holzwand mit den Fingern ab. Francesca blickte in von Angst geweitete Augen. Doch die Gestalt ruderte mit den Armen nach vorne und schaffte es gerade noch, sich an Francescas Balkongeländer festzuklammern und somit einen Absturz aus dem immerhin dritten Stock zu verhindern.

Der Kletterer musste kräftig sein, denn er schaffte es trotz seiner misslichen Lage mit einem Unterschenkel über der Balkonbrüstung, sich mit beiden Händen hochzuziehen und seinen Körper behände auf Francescas Zimmerbalkon abzusetzen. Nun blickte die Köchin auf die ganz in Schwarz gekleidete Gestalt, die geduckt über ihren Balkon schlich.

Während der gesamten Zeit pochte es an der Wand des Nachbarzimmers weiter. Hinzu kamen noch gelegentliche Erschütterungen, gefolgt von einem Lärm, der an Donnerschläge erinnerte. Anscheinend versuchte Arne, die verschlossene Zimmertüre zu Gianlucas Raum einzutreten.

Francesca blieb weiter unbeweglich auf der Couch sitzen. Der schwarze Unbekannte draußen blickte sich unschlüssig um. Dann erspähte er wohl Francesca im Inneren, neben der schwach leuchtenden Leselampe. Die Gestalt zögerte kurz und kauerte regungslos in der Hocke auf dem Balkon. Francesca stockte der Atem. Schließlich hechtete der Unbekannte weiter und packte das Holzpanel an der gegenüberliegenden Balkonseite. Francesca sah noch, wie die Augen durch die Sturmmaske einen kurzen Blick in die Tiefe riskierten. Dann aber richtete sich die schwarze Gestalt auf und kletterte mit einem mutigen Schwung zum nächsten Balkon hinüber.

Francesca holte tief Luft. Das Klopfen im Nachbarzimmer hatte sich mittlerweile in ein Kratzen und Schaben verwandelt, als ob ein Hamster oder Hase sich seinen Ausweg aus einem Erdloch buddeln möchte. Die Köchin dachte nicht mehr lange nach. Sie schnellte nach oben und riss die Balkontüre auf. Entschlossen rannte sie zur Holzabtrennung und blickte in die Tiefe, dort wo der Maskierte Bruchteile von Sekunden vorher beinahe in den Abgrund gefallen wäre. Sie sah, dass ihrem wenig athletischen Körper der geteerte Vorplatz vor dem Hotel drohen würde, sollte sie das gewagte Klettermanöver nicht zu einem guten Ende bringen können. Dennoch packte sie beherzt mit ihren kräftigen Händen das dicke Holzbrett und schwang ihr linkes Bein in luftiger Höhe über die Balustrade. Eine kurze Böe zerrte an Francescas Locken und trieb ihr Dirndl in die Höhe. Sie packte das Holz noch fester, um sich ausreichend Halt zu verschaffen. Jetzt kamen ihr die anstrengenden körperlichen Küchentätigkeiten endlich einmal zugute. Ihre Hände und Arme strotzten vor Kraft, auch wenn sich ihr restlicher Körper in einem schrecklich untrainierten Zustand befand. Das Anrühren großer Mengen Teig mit den bloßen Händen, die schweren Töpfe und Pfannen, die tagtäglich hin- und hergeschleppt werden mussten, das ausdauernde Schlagen mit Schneebesen und Kneten von kompakten Brotteigen, dies alles hatte ihre Arme gestählt. Deshalb traute sie sich nun auch trotz der Höhe, sich in die Luft zu schwingen, bis sie mit den Zehen ihres linken Fußes den Boden des benachbarten Balkons spürte, denn ihre Hände würden sie halten, das wusste Francesca genau.

Schnell schwang sie auch den rechten Fuß über die Balkonbrüstung und blickte noch einmal in die Tiefe hinunter. Ein kurzer Schwindel machte sich breit, und sie klammerte sich an das Geländer. Dann hörte sie aber wieder das Kratzen und Klopfen von drinnen und eilte auf die offene Glastür zu.

Im Bett saß ein Mann aufrecht. Die braune Haarpracht machte ihr klar, dass es Gianluca sein musste. Alles andere wirkte grotesk auf Francesca. Es widerte sie an.

Dennoch handelte sie schnell und hoffte, dass es noch nicht zu spät sei. Mit einem kräftigen Ruck zog sie die Gummitüte vom Kopf ihres ehemals Angetrauten. Seine Gesichtsfarbe neigte ins grünlich-blaue. Die Atemnot musste schon viel zu lange andauern. Doch Francesca konnte sich von diesem schrecklichen Bild nicht losreißen, um Gianluca zu beatmen. Sie starrte ihn sekundenlang nur an. Er saß nackt in diesem unsäglichen Bett, festgekettet mit Handschellen, die in rosa Plüsch eingefasst waren. Auf den Augen trug er eine lilafarbene Schlafmaske mit Rüschen, die den Aufdruck Prinzessin trug.

Endlich löste ein schreiend lautes Poltern Francesca aus ihrer Schockstarre. Arne lag auf dem Fußboden im Eingang des Hotelzimmers. Unter sich begrub er die kompakte Zimmertür, die er tatsächlich mit Kraft seines Körpers eingedrückt hatte. Er jaulte kurz auf.

Doch dann kam er trotz Schmerzen wieder zu Sinnen und verschaffte sich einen Überblick. Er wies Francesca an, was zu tun war, weil er sich selbst nicht mehr bewegen konnte.

„Du musst ihn beatmen. Francesca, er stirbt. Du musst eine Herzmassage durchführen."

Francesca schaute auf Arne, dann auf ihre Hände. Die vermeintliche Plastiktüte, die sie von Gianlucas blauem Kopf gezogen hatte, war in ihrer Hand zu seiner ursprünglichen Kondomgröße zurückgeschrumpft.

„Francesca, tu es."

Im Schrank scharrte es immer noch. Francesca schloss die Türe auf und zog Jacqueline in dürftigen Dessous aus dem Schrank heraus. Ihr hatte der Täter einen braunen Jutesack über den Kopf gestülpt.

„Wo sind die Schlüssel?", schrie Francesca Jacqueline ins Gesicht und deutete panisch auf die rosa Handschellen.

Jacqueline warf sich auf den Boden und suchte danach, als hätte sie gerade eine Kontaktlinse verloren.

Francesca indes zog an Gianlucas Füßen und brachte ihn in eine gerade Position. Dann begann sie wie damals bei Klaus mit einer Herzmassage. ‚Staying alive' spielte wieder die unsichtbare Band in ihrem verrückten Kopf. Dann blies sie Luft in seine Nase. Sie konnte seine Lippen nicht mehr berühren. Wieder dreißig Mal pumpen. Luft in die Nase. So arbeitete Francesca weiter, bis endlich Dr. Breitenschlager hinter ihr auftauchte und sie ablöste.

Francesca taumelte auf Arne zu, der immer noch bewegungsunfähig auf der Holztür lag. Sie kniete neben ihm nieder und umarmte seinen Kopf.

„Was für ein Scheiß-Wochenende", flüsterte sie ihm ins Ohr. Dann begann ihr Körper zu zittern und sie konnte die Tränen nicht mehr zurückhalten.

Plötzlich stand ein verschlafener Franz im offenen Türrahmen.

„Was ist hier passiert? Und wo treibt sich Adam herum?“ Keiner gab ihm eine Antwort. Deshalb trat er ins Zimmer ein, stieg über den verletzten Arne und die daneben kauernde Francesca und rüttelte an Jacqueline. „Frau Wagner, was ist hier passiert? So antworten Sie doch!“

Aber Jacqueline starrte nur geradeaus vor sich in den Raum und rührte sich nicht.

„Sie steht unter Schock“, blaffte nun der Doktor den verschlafenen Kommissar an. „Bring ihr lieber eine Decke. Ich muss mich hier um den Fußballer kümmern.“ Dabei nickte er in Gianlucas Richtung, der immer noch auf dem Bett lag. Francesca konnte nicht sehen, wie es ihm ging. Und sie wollte es auch nicht.

Franz grunzte unzufrieden. Statt Jacqueline zu helfen, stieg er wieder umständlich über den verletzten Arne und trat nach draußen in den Hotelflur. Dort rannte er fast in Cosimo und Clara, die, vom Lärm geweckt, beschlossen hatten, gemeinsam nach dem Rechten zu sehen.

„Was ist mit Papa?“, kreischte Clara wie von Sinnen, als sie den Doktor über die regungslose Gestalt ihres Vaters gebeugt sah.

Cosimo erfasste die Situation besonders schnell und versuchte Clara daran zu hindern, auf ihren Vater zuzustürmen.

„Lass Doktor Breitenschlager machen, Clara.“ Mit diesen Worten hielt er seine Schwester fest. Doch die kämpfte sich frei und stürmte zum Bett des Vaters.

Der apathisch vor sich hin wippenden Jacqueline hatte immer noch niemand Aufmerksamkeit geschenkt.

„Cosimo“, bat Francesca deshalb ihren Sohn. „Kannst du mal nach Jacqueline schauen? Deck sie bitte zu.“ Und Cosimo tat, worum seine Mutter ihn gebeten hatte.

Plötzlich stand auch Marco im Türrahmen.

„Was ist das hier für ein Lärm?“, fragte er in den Raum.

Hinter ihm drängte nun Franz mit Adam in das Zimmer.

„Hier. Schau es dir selber an. Ein Mordversuch. Und wo bist du?“

Adam ging mit hochgezogenen Schultern weiter in Gianlucas Schlafzimmer hinein. Er fixierte erst den verletzt am Boden liegenden Arne, dann stieg auch er über ihn hinweg und streifte dabei mit seiner dunklen Hose Francescas Haare. Schließlich trat er weiter vor ans Bett.

„Schau nur genau hin“, schrie Franz von weiter hinten. Dann murmelte er wie zu sich selbst: „Nicht mal eine Stunde Ruhe darf ich mir hier gönnen, ohne dass etwas vorkommt.“ Er kratzte sich am Kopf.

„Aber ich war doch nur unten bei der Speisekammer“, verteidigte sich Adam kleinlaut. „Ich dachte, falls der Mörder Hunger kriegt, dann lass ich die Mausefalle zuschnappen.“

„Da hatte er wohl eher einen Mordshunger als einen Appetit“, keifte Franz, und Adam zog seine Schultern noch weiter nach oben, bis sie fast über die Ohren reichten.

Kapitel 33

Francesca und Cosimo saßen auf dem Boden vor Francescas Sofa und beobachteten, wie Doktor Breitenschlager gerade Arnes nackte Schulter in einen festen Tapeverband schnürte. Hin und wieder ächzte der norddeutsche Patient oder zog die Luft scharf durch den Mund ein.

„Na, bist du sicher, dass ich nicht einspritzen soll?“, fragte der Doc. „Wegen der Schmerzen, meine ich.“

Arne schüttelte mit dem Kopf und stöhnte laut auf. „Nur über meine Leiche. Ich hasse Spritzen.“

Cosimo und Francesca mussten grinsen. „Wie wäre es mit einer Handvoll Schmerztabletten?“, schlug Francesca vor.

„Immer her damit.“

„Was hast du dir eigentlich dabei gedacht, deinen Körper als Rammbock einzusetzen?“, fragte der Doktor.

„Es war nichts anderes da.“

„Na, Francesca hat die Situation eleganter gelöst als du.“

„Also ich finde so eine Kletterpartie im dritten Stock nicht gerade ungefährlich“, erwiderte Arne.

„Der Täter hat es mir vorgemacht“, verteidigte sich Francesca. „Und dieses Geschabe und Gekratze von Jacqueline hat mich so aus dem Konzept gebracht, dass ich einfach nicht nachgedacht habe.“

„Sie haben diesen Harald gesehen?“, fragte der Doktor nun interessiert.

„Ich habe eine schwarz gekleidete Person mit Sturmhaube gesehen. Aber ob das wirklich Harald Pfeiffer war? Ich weiß es nicht.“

„Vielleicht kann ja mein Erzeuger etwas dazu beitragen, wenn er wieder zu Luft gekommen ist“, witzelte Cosimo.

Der Doktor schaute skeptisch. „Erzeuger?“

„So nenne ich ihn, weil ich ihn während meiner Kindheit kaum noch gesehen habe. Außerdem kann er Kajal bei Männern nicht leiden und verweigert deshalb den kommunikativen Austausch mit mir.“

„Aber trotzdem solltest du froh sein, dass er über den Berg ist“, sagte Francesca.

„Bin ich auch. Für Clara. Sie hängt an ihm. Und sie ist schließlich meine Lieblingsschwester.“

„Und deine einzige. Aber Spaß beiseite. Ich glaube nicht, dass Gianluca oder Jacqueline den Täter gesehen haben. Die trugen beide etwas über den Augen.“

„Nun gut“, beendete der Doktor seine Torturen an Arnes Schulter. „Das sollte halten, bis wir dich morgen in ein anständiges Krankenhaus bringen können.“ Er tippte leicht gegen den Verband, und Arne knickte vor Schmerz fast in sich zusammen.

„Ist gut, Doc. Und jetzt noch die Handvoll Schmerzmittel, und wir beide werden wieder Freunde.“

Breitenschlager lachte ein schallendes Lachen und kramte aus seiner Ledertasche zwei dicke Schmerzpillen hervor.

„Du hast aber keinen Alkohol getrunken heute Abend, oder?“, fragte er noch prüfend, als er die leere Flasche auf

Francescas Sofatisch stehen sah.

„Natürlich nicht. Ich halte es wie Mick Jagger. Ich trinke keinen Alkohol mehr, nur noch Wasser und Champagner.“

„Na, du musst ja wissen, was du tust“, schimpfte Breitenschlager vor sich hin und verließ die drei mit einem wortlosen Gruß.

Nachdem der Doktor gegangen war, half Cosimo dem angeschlagenen Arne auf Francescas Bett. Der stöhnte und schnaufte, bis er schließlich eine geeignete Ruheposition zwischen den zahlreichen Kissen gefunden hatte. Francesca schlug noch sorgsam die Decke über den Patienten. Dann richtete sie sich mit der übrigen Decke und einem Kissen ein provisorisches Nachtlager auf der Couch ein, damit sie Arnes Schulter nicht mit unbedachten Bewegungen Schmerzen zufügen würde.

Cosimo machte sich auf, das Zimmer zu verlassen. Im Gehen drehte er sich aber noch einmal um.

„Mum? Warum glaubst du eigentlich nicht, dass der Maskierte dieser Harald Pfeiffer war?“

„Gute Frage.“ Francesca dachte für einen Augenblick nach. „Ich habe seine Augen gesehen. Für einen kurzen Moment nur. Haralds Blick war immer so verzweifelt, so, als ob man ihn beschützen müsste. Die Augen, die ich heute gesehen habe, waren voller Hass und überhaupt nicht ziellos.“

„Aber wenn er wirklich der Täter ist, dieser Harald, dann hat er vielleicht zwei Seiten. Und die zweite Seite zeigt er nicht, wenn er in normaler Gesellschaft ist“, wandte Arne vom Bett aus ein.

„Aber was würde es Harald denn bringen, sich aus seinem Versteck herauszuwagen und Gianluca umzubringen. Für ihn wäre es viel einfacher, morgen Früh zu fliehen. Die Schulden wird Gianluca von einem flüchtigen Verbrecher sowieso nie wieder eintreiben können."

„Du hast recht", murmelte Arne. „Das Geld kann nicht der Grund sein, warum Harald Pfeiffer versucht hat, deinen Ex-Mann umzubringen."

„Dann gibt es vielleicht ein anderes Motiv", vermutete Cosimo.

„Aber wer kann es denn überhaupt noch gewesen sein?", fragte Francesca in die Runde. „Ich meine, es waren schon fast alle Männer einmal Opfer."

„Gibt es denn noch andere ehemalige Fußballer aus dem Kreis, die nicht auf der Feier erschienen sind?", fragte Arne.

„Matze war nicht da. Der hatte sich am ersten Abend telefonisch bei allen gemeldet. Er musste beim Fernsehen arbeiten und ist dann, glaube ich, sogar ins Krankenhaus gekommen. Hab mir aber nicht gemerkt, warum."

„Könnte er ein Motiv haben?"

Francesca musste beim Gedanken an Matze lachen. „Ich glaube nicht. Der erinnert mich an den französischen Sonnenkönig. Mehr Ego geht nicht. Ich glaube, Matze verbringt keine Minute damit, an andere Menschen als sich selbst zu denken."

„Na, das klingt nach einem skrupellosen Typen. Jetzt müssen wir nur noch ein Motiv finden", überlegte Arne.

„Und ich muss jetzt mein Bett finden", vervollständigte Cosimo. „Gute Nacht, Leute. Und tut mir einen Gefallen: Schließt hinter euch ab und lasst heute Nacht Franz und Adam die restliche Arbeit machen. Die werden wenigstens dafür bezahlt."

Kapitel 34

Francesca lag noch lange wach. Ihren ersten Abend mit Arne in diesem romantischen Berghotel hatte sie sich deutlich anders vorgestellt. Ihr Kapitän lag alleine und mit dickem Schulterverband im bequemen King-Size-Bett und wälzte sich in seinem unruhigen Schlaf hin und her. Die Schmerztabletten vom Doktor hatten ihn bald dahinschlummern lassen.

Francesca dagegen fand keinen Schlaf. Ihr langer Körper wollte einfach keine passende Position auf dem Couch-Zweisitzer finden, wo sie sich ihr provisorisches Nachtlager aufgeschlagen hatte. Ihr Kopf schmerzte vom viel zu harten Sofakissen. Und wenn Francesca versuchte, sich kurz zu strecken, standen ihre Füße sowie die Waden in der Luft. Zusammengekauert dachte die Fernsehköchin über die Männer nach, die sich im Dunstkreis der Verbrechen aufhielten.

Irgendwie war sie froh, dass Gianluca nach der Attacke auf sein Leben wenigstens nicht selbst der Täter sein konnte. Aber sie glaubte nicht, dass Harald Pfeiffer der Mörder war. Er mochte vielleicht Geld brauchen. Aber was hätten ihm dazu die Morde an Stefano und Klaus geholfen? Nichts.

Außerdem hatte Francesca beim ersten Abendessen im Weinkeller so etwas wie tiefe Freude in Haralds Augen gesehen, weil man ihn eingeladen hatte. Dass er nicht außen vor bleiben musste. Würde er den Menschen etwas antun, die ihn wieder in ihrer Mitte aufgenommen hatten?

Die Presse war in den vergangenen Jahren nicht gut mit dem alternden Star Harald Pfeiffer umgegangen. Seine Pleite war plakativ als Aufhänger von Boulevardzeitungen benutzt worden. Ganz Deutschland wusste, wie es um seine Finanzen und sein Leben bestellt war. Dass seine Luxus-Frau sich von ihm abgekehrt hatte, seine Kinder nicht mehr mit ihm sprachen und dass er immer mehr dem Alkohol zugetan war. Konnte so eine gefallene Persönlichkeit zum Massenmörder werden? Davon verstand Francesca vermutlich zu wenig.

Ihr kam Stefano in den Sinn, wie er vor wenigen Tagen sein Auto gestreichelt hatte, nachdem sie beide einen Zusammenstoß verursacht hatten. Sie dachte daran, wie er die Kiste mit dem Wein aus seinem Gut wie ein Baby im Arm zur Rezeption getragen hatte. Die Dinge, die ihm am liebsten waren, sie hatten schließlich sein Ende bedeutet. Irgendeine kranke Seele hatte ihn mit seinem eigenen Wein erschlagen. Dabei hatte er nur im Sinn gehabt, sein geliebtes Auto, seine Perla, vor den Naturgewalten in Sicherheit zu bringen.

Dann war da Klaus, der sich beim Frühstück noch so gefreut hatte, dass der Fitnessraum für ihn geöffnet wurde. Und wenig später hatte dieses Phantom seine Vorliebe dazu benutzt, ihn in die Enge zu treiben und ihn mit der Hantelstange zu erdrosseln.

Genauso wie zur gleichen Zeit Enzo beinahe in der Sauna gestorben wäre, an dem Ort, der für den bekennenden Wellnessfan aus Italien so viel Ruhe und Entspannung bedeutete. Ob Enzo je wieder saunieren gehen würde?

Und zuletzt Gianluca. Auch ihm hatte man bei seiner Lieblingsbeschäftigung aufgelauert.

Warum wollte jemand immer dann den Tod bringen, wenn die Männer gerade ihrer größten Leidenschaft nachgingen?

Francesca fröstelte. Ihr kam wieder der kurze Moment in den Sinn, als der schwarzgekleidete Verbrecher ihr aus den Schlitzen der Sturmmaske in die Augen geblickt hatte. Francesca zog die Filzdecke bis zu ihrer Nasenspitze. Wer war es nur gewesen?

Irgendwann fiel sie doch in einen alptraumhaften Schlaf. Und mitten drin sah sie die Augen des Verbrechers wieder. Diesmal trug er keine Maske. Francesca erwachte und erschrak. Konnte es wirklich stimmen? Und warum? Was war das Motiv?

Francesca sah durch das tiefe Fenster vor der Couch, dass der Morgen bereits graute. Sie schlüpfte lautlos in ihren Bademantel und schloss die Zimmertüre auf.

Zu Annemarie, dorthin führte sie ihr Weg nun. Sie beeilte sich, zu der Tür mit der Aufschrift ‚Privat' zu kommen.

Kapitel 35

Der Besuch bei Annemarie hatte Francesca die Augen geöffnet. Jetzt verstand sie etwas, das sie vor einiger Zeit gehört hatte. Sie glaubte nun, zu wissen, was das Motiv für die vielen Morde und Mordversuche an den alten Fußballjungs war.

Jetzt musste sie es nur noch beweisen. Denn ihrer Erzählung alleine hatte Franz von der Polizei nicht geglaubt. Der Mann hatte sich die komplette Nacht um die Ohren geschlagen, war müde und mürrisch, als Francesca versucht hatte, ihm die unglaubliche Geschichte aufzutischen. Er hatte nur abgewunken.

Doch Adam schien interessiert. Im Gegensatz zu seinem Chef fühlte sich der junge Bursche nach einer durchwachten Nacht nicht gerädert. Das, was Francesca erzählte, setzte zusätzliches Adrenalin im Dorfpolizisten frei. Als sein Chef Franz schließlich kopfschüttelnd Francescas Zimmer verließ, um sich noch für ein oder zwei Stunden aufs Ohr zu legen, da erbot sich Adam, mit Francesca in die Garage zu gehen und nach ihm zu suchen.

Arne hatte Francescas Ausführungen gebannt zugehört, wollte die beiden aber nicht in die Hotelgarage gehen lassen. Er versuchte, sich aufzustemmen. Doch in die bandagierte Schulter fuhr bei der ersten Bewegung ein derart feuriger Schmerz, dass er sich hilflos wieder ins Bett zurückklappen musste.

„Geht nicht! Es ist zu gefährlich."

„Wenn wir ihn jetzt nicht finden, dann nie. In wenigen Stunden öffnen sie die Ausfahrt aus dem Tal. Dann kommt die Wahrheit nie mehr ans Licht. Arne, wir müssen das jetzt machen. Sind Sie bereit, Adam?“, fragte Francesca entschlossen. Sie trug ihre Jogginghose und eine Jacke, die sie sich von Adam geliehen hatte.

„Auf geht’s!“, stimmte Adam zu.

„Aber wie wollt ihr euch verteidigen?“, fragte Arne.

Adam grinste und zeigte seine bloßen Hände. „Die harte Arbeit auf der Alm meines Vaters hat diese Pranken zu Waffen gemacht.“

Francesca verdrehte die Augen. „Aber bringen Sie ihn nicht gleich um, wenn wir ihn finden.“

„Geht klar, Chefin.“

Kapitel 36

Er kauerte im verbeulten Fiat auf der viel zu kleinen Rückbank und versuchte, etwas zu schlafen. Wieder unter der raschelnden Notfalldecke, doch eigentlich fror er trotzdem durch und durch. Wie lange war er schon hier in diesem verdammten Tal eingesperrt? Drei Tage und Nächte? Oder länger? Er hatte sein Zeitgefühl komplett verloren. Dabei wollte er nur das Geld und dann wieder schnell weg. Es hätte so einfach sein können.

Wenigstens hatten ihn die beiden Affen am vergangenen Nachmittag nicht gesehen. Es war knapp gewesen, die beiden Männer schon auf dem Sprung in Richtung seines Holzverschlags. Doch dann hatte der eine telefoniert und sie waren gegangen. Einfach gegangen. Und er war immer noch da.

Er dachte nach, ob er noch wegen des Geldes bleiben sollte. Oder ob er die nächste Gelegenheit nutzen würde, um zu fliehen. Gestern Abend hatte er sie beim Essen durch das Fenster belauscht. Dieser alte Polizeisack hatte erklärt, dass heute Morgen die Durchfahrt frei würde.

Sicher, er musste noch einige Stunden vergehen lassen, bis er wirklich durch dieses Nadelöhr gehen konnte. Sie würden Polizeiposten aufstellen und kontrollieren. Bei den ganzen Morden wäre es bestimmt auch eine Herausforderung, durch den Wald über die Berge aus dem Tal zu fliehen. Er musste raffiniert vorgehen. Überlegt. Denn im Bau zu landen, war keine Option. Er würde da nicht mitmachen. Eher machte er diesem sinnlosen Dasein ein Ende. Sein Blick fiel auf die scharfe Axt, die er jetzt immer bei sich trug.

Das Leben, was war es wert? Wenn man so wie er hier vor sich hinvegetierte, frierend, hungrig und verfolgt wie die Beute einer Raubkatze? Dann wohl nicht genug.

Er drehte sich auf dem ungemütlichen Rücksitz in eine andere Position.

Fast wäre er wieder eingedöst. Doch er hatte gute Ohren. Wie ein Wilderer auf der Jagd lauschte er immerzu. Selbst wenn er eigentlich dahinschlummerte. Und jetzt hatten seine Ohren Alarm gegeben.

Er stemmte seinen Körper etwas nach oben, um aus dem kleinen Rückfenster des Fiats hinausspähen zu können. Dabei knisterte wieder die Notfalldecke. Er fluchte leise. Dann erstarben seine Lippen mitten in der Bewegung. So schnell er konnte, tauchte er hinter der rückwärtigen Sitzbank ab.

Da waren zwei. Er hatte nicht genau gesehen, wer. Aber es kam ihm unwahrscheinlich vor, dass es die Männer von gestern waren. Die heutigen Gestalten wirkten dafür zu klein und zu schmächtig, zumindest eine davon.

Was ihm noch auffiel, war, dass die beiden versuchten, ruhig zu sein. Ganz anders als ihre Vorgänger gestern. Ein schlechtes Zeichen, wie er fand. Denn wer leise war, wollte sich anschleichen, suchte nach etwas.

Er hörte, wie die beiden vorsichtig an den Autos vorbeitrippelten. Er wagte nicht mehr, aus dem Rückfenster seines Schlafplatzes hinauszuspähen, duckte sich nur noch wie eine ängstliche Maus in einem Erdloch.

Die beiden Gestalten kamen immer näher – und schlichen tatsächlich an ihm vorbei. Er hörte, wie sich ihre Schritte näherten und dann wieder entfernten.

Plötzlich pochte es. Sie waren am Holzverschlag. Verdammt! Er hatte die Türe offen stehen lassen und sein Rucksack lag noch neben den Schneeschaufeln da hinten. Sein Herz setzte für einen Augenblick aus. Dort hätte er jetzt liegen können, wäre es ihm nicht zu kalt geworden auf dem frostigen Teer in der hintersten Garagenecke. Wenigstens lag er nun hier, hatte sein Versteck für dieses Mal weise gewählt.

Jetzt hörten die Gestalten auch auf, ruhig zu sein. Sie unterhielten sich. Es erstaunte ihn, dass die eine Stimme die einer Frau war.

Dinge wurden mit der Fußspitze umgestoßen. Sie durchsuchten seinen Verschlag.

„So ein Mist."

„Wo kann er nur sein?", fragte die Frau.

„Vielleicht ist er schon aufgebrochen. Immerhin wird die Straße aus dem Tal heraus bald offen sein."

„Wir müssen Franz informieren. Wir brauchen einen Suchtrupp."

„Sie wissen, dass er Ihnen nicht glaubt, Francesca. Lassen Sie uns zurück ins Hotel gehen. Vielleicht fällt Ihnen noch etwas anderes ein, wie Sie es beweisen können."

„Okay, Adam. Ich komme gleich. Ich hol nur noch schnell etwas aus meinem Auto. Dann bin ich auch gleich da."

Ihm rutschte das Herz in die Hose. Auto, Auto, welches zum Teufel war das Auto dieser Puttana? Er blickte sich ängstlich um. Ein Fiat. Er umschlang die glänzende Axt mit seiner starken rechten Hand. Er saß in einem Frauenauto, kein Zweifel. Seine Chancen standen schlecht. Wobei… Er wog die Axt in seinen Händen. Man konnte eher sagen, ihre Chancen standen schlecht.

Kapitel 37

Adam klopfte an die Zimmertür und trat ein. Arne saß mittlerweile auf der Couch. Ein Bademantel lag offen über seinem nackten Oberkörper und der bandagierten Schulter.

„Wo haben Sie Francesca gelassen?“, rüffelte er Adam zur Begrüßung.

„Sie holt nur noch schnell etwas aus ihrem Auto. Dann kommt sie gleich. Wir haben ihn leider verpasst. Wir haben einen aufgebrochenen Verschlag und einen Rucksack entdeckt. Der war aber leer.“

„Vielleicht versteckt er sich woanders. Vielleicht sogar woanders in der Hotelgarage. Sie können doch nicht Francesca so alleine dort unten lassen!“ Arne brüllte. Er war außer sich. Normalerweise blieb er immer ruhig. Aber die Situation schien mehr als außer Kontrolle geraten - und er konnte nicht helfen.

Francesca schlenderte gedankenversunken auf ihr zerbeultes Spaßmobil zu. Sie knetete mit beiden Händen energisch ihr Gesicht und stampfte wütend mit den Wanderstiefeln gegen den Garagenboden. Waren sie wirklich zu spät gekommen? In ihrem Kopf arbeitete es fieberhaft, um einen Plan B zu kreieren. Nur noch wenige Stunden, dann konnten alle fliehen, einschließlich des Täters.

Sie klickte auf ihrem Funkschlüssel herum, doch die Türen schienen nicht verriegelt zu sein. Sie öffnete die Fahrertür und ließ sich auf den kalten Sitz plumpsen. Dann legte sie sich zur Seite, um ihr Handschuhfach aufzuklappen. Das Gefühl kalten Metalls an ihrer Halsschlagader ließen ihre Bewegungen in Sekundenschnelle gefrieren.

„Keine Bewegung“, raunte eine Stimme hinter ihr. Es

war die tiefe Stimme eines Mannes, und er sagte es auf Italienisch.

Einen Moment lang herrschte Stille. Francesca schluckte hart. Der Druck dieser Klinge, die gegen ihren Hals schob, würgte sie beständig. In ihrem Kopf überschlugen sich die Gedanken. Panik machte sich breit, als ihr klar wurde, dass Adam bereits ins Hotel zurückgegangen war.

„Hast du den Autoschlüssel dabei", raunte die tiefe Italienerstimme vom Rücksitz.

„Ja. Aber er fährt nicht."

Sofort erhöhte der Unbekannte den Druck auf ihren Hals. Francescas Einwand hörte er wohl nicht gerne.

„Verdammt. Willst du mich ärgern? Das hier ist ernst."

Er bewegte die Klinge ein wenig vor und zurück. Francesca zuckte zusammen. Ein brennender Schmerz verriet ihr, dass die Waffe gerade in ihr Fleisch geritzt hatte. Warme Flüssigkeit tropfte von ihrem Hals auf ihren rechten Handrücken. Es musste Blut sein.

„Steck den Schlüssel jetzt langsam ins Schloss und starte den Motor."

Francesca verzichtete auf Widerrede. Sie steckte den Schlüssel ins Zündschloss und trat die Kupplung durch, doch der Motor machte keinen Mucks.

Nun wurde die tiefe Stimme von hinten richtig wütend.

„Mädchen, das ist kein Spiel. Es fehlt nicht viel und ich lasse dich hier richtig bluten. Starte den Wagen."

„Hören Sie, Flavio."

Er stutzte. Francesca erkannte es daran, dass kurze Zeit der brennende Druck auf ihren aufgeritzten Hals etwas leichter wurde.

„Sie sind Flavio, nicht wahr?"

Jetzt war er wieder da und drückte noch stärker als zuvor das todbringende Metall an den braungebrannten Hals der Köchin.

„Woher kennst du meinen Namen?"

„Bitte nicht!" Francesca fürchtete, wenn er noch weiter in ihren Hals ritzen würde, könnte er wichtige Adern treffen. Und sie wollte leben. Dieses trotzige Gefühl durchfuhr plötzlich ihre Eingeweide und gab ihr Mut, weiterzusprechen.

„Nehmen Sie das Messer weg, sonst kann ich Ihnen gar nichts mehr erzählen."

Es funktionierte tatsächlich. Der Schurke vom Rücksitz zog die Axt von Francescas Hals weg.

„Aber mach bloß keine Dummheiten, Mädchen. Jetzt sprich. Woher kennst du meinen Namen?"

Francesca machte Anstalten, sich umzudrehen, doch der Mann drohte ihr.

„Schön nach vorne blicken, Mädchen. Und klapp den Spiegel weg."

Francesca bog den Rückspiegel nach oben, bis er knackte.

„Annemarie und ich haben vor wenigen Minuten mit Magda telefoniert. Sie macht sich Sorgen um Sie, Flavio. Sie lebt seit Tagen in Angst, dass Sie unter den Toten sein könnten."

„Dieses dumme Weibsbild. Der werde ich eine Tracht Prügel ins Gesicht geben müssen, wenn ich wieder zurück bin“, fluchte der Verbrecher.

„Beruhigen Sie sich. Immerhin wissen wir jetzt, dass Sie kein Mörder sind.“ Francesca nahm allen Mut zusammen und drehte sich langsam um, so dass sie das Gesicht ihres Angreifers sehen konnte. „Das stimmt doch, oder?“

„Ich bin kein Mörder. Aber ich gehe trotzdem nicht in den Bau. Vergiss es, Mädchen. Und jetzt starte den vermaledeiten Wagen, oder du wirst es noch bereuen.“

Francesca atmete tief. „Ich habe einen anderen Vorschlag für Sie. Ich will nämlich, dass die Dreckschweine bestraft werden, die meine Freunde getötet haben. Wenn wir Sie aus der anderen Sache raushalten, sagen Sie dann gegen die echten Mörder aus, Flavio? Sie haben etwas gesehen, nicht wahr?“

Flavio blickte in den Fußraum des Fiats und überlegte. Dort lag die blutverschmierte Axt, mit der er gerade den Hals der schönen Frau auf dem Vordersitz verletzt hatte.

Er reichte ihr ein baumwollenes Taschentuch, um es auf die Wunde zu pressen.

„Flavio, geben Sie sich einen Ruck. Wir brauchen Sie!“

Gerade als der Italiener antworten wollte, öffnete sich wie von Geisterhand die Beifahrertür des blauen Fiat.

Francesca rief noch hysterisch „Nein!“, doch es war zu spät. Adam hechtete bereits ins Wageninnere. Mit vorgestrecktem Arm sprang er herein. Nebel bildete sich urplötzlich im kleinen Wagen. Alle Insassen keuchten und husteten. Flavio auf dem Rücksitz schrie laut auf vor Schmerz. Adam hatte Francescas wichtigstem Zeugen gerade eine volle Ladung Pfefferspray ins Gesicht gedonnert.

Kapitel 38

Als Francesca in die Hotellobby herunterkam, stand da Annemarie über den Rezeptionstresen gebeugt und arbeitete im Stehen. Ihre Wangen schimmerten rötlich, sie wirkte erhitzt. Neben dem Check-In stand ein altmodischer Lederkoffer ohne Rollen, auf dem eine dunkle Wolljacke lag.

„Wer hat denn schon gepackt? Ich dachte, die Durchfahrt wird erst in zwei Stunden freigegeben?“, fragte Francesca.

Die Hotelchefin blickte nur kurz auf, dann surrte der Drucker hinter ihr.

„Das ist mein Koffer.“

Francesca schaute verwundert. „Sie verreisen? Aber wer kümmert sich dann um die Aufräumarbeiten? Wer bringt das Hotel wieder in Schuss?“

Annemarie blickte nicht auf, zuckte nur mit den Achseln.

„Meine Schwester braucht mich jetzt. Nur noch die Rechnungen hier, dann bin ich weg.“

Vom Treppenabsatz erklangen Stimmen. Kurz darauf hörte Francesca zwei Paar Füße, die behäbig hinunter zur Hotellobby schritten.

„Buon giorno, Francesca“, begrüßte sie Enzo. „Was

hast du denn mit deinen Augen gemacht?“, fragte er besorgt, als er Francesca näher kam.

„Ach, frag lieber nicht. Ich bin so froh, wenn wir nachher abreisen können und der Spuk ein Ende hat. Aber ich glaube, ihr seid ein wenig zu früh dran“, sagte Francesca beim Anblick der Koffer, die sowohl Enzo als auch Marco in Händen hielten. „Die Durchfahrt ist noch zu.“

„Wir haben es sehr eilig“, schaltete sich Marco ein. „Enzos Flieger nach Moskau geht in zwei Stunden. Deshalb haben wir Franz gebeten, ob er uns eine frühere Abfahrmöglichkeit besorgen kann. Wir werden mit einem Geländewagen abgeholt.“

„Oh, das ist toll. Dann könnt ihr sicher noch Arne mitnehmen. Der Arme muss dringend in ein Krankenhaus.“ Sie wandte sich an Annemarie. „Würden Sie kurz in meinem Zimmer anrufen und Arne Bescheid sagen? Dann kann er herunterkommen. Adam und Franz helfen ihm sicher.“

Enzo druckste herum. Aber Marco blieb aalglatt.

„Tut mir leid. Das werden wir zeitlich nicht schaffen. Als Enzos Manager muss ich da leider ablehnen. Der Job ist zu wichtig, um ihn in Gefahr zu bringen.“

Francesca blickte mit geweiteten Augen auf den blonden Wichtigtuer, dann schaute sie auf Enzo.

„Na, Enzo, du wirst mir jetzt keinen Korb geben. Außerdem haben wir noch einen weiteren Kranken, der unbedingt abtransportiert werden muss.“

„Wen denn?“, fragte Marco. „Ist etwa dieser Harald Pfeiffer wieder zurückgekommen?“

Francesca machte eine einladende Bewegung in

Richtung der Sofas, die in der Lobby standen.

„Kommt, lasst uns kurz Platz nehmen. Dann erzähle ich euch alles."

In dem Moment kam Arne vorsichtig die Treppe heruntergeschritten. Bei jeder Bewegung kniff er seine Augen zusammen, um den Schmerz in seiner Schulter zu kaschieren. Hinter ihm folgten Franz und Adam. Auch Adams Augen sahen aus, als ob er gerade einen sentimentalen Moment hinter sich hätte. Immer wieder rieb er sich über die rot geschwollenen Lider. Trotzdem trug er artig Arnes Gepäck herunter.

„Hallo", grüßte Francesca. „Setzt euch doch kurz zu uns. Annemarie wird sicher in der Zwischenzeit ein wenig Kaffee für uns aufbrühen." Sie zeigte mit dem Kopf auf Marco und Enzo. „Die beiden wissen noch gar nicht von unserem neuesten Patienten."

„Gut, setzen wir uns kurz. Aber Franz, der Abtransport mit dem Geländewagen funktioniert, oder?", wollte Marco wissen.

„Der Geländewagen ist bestellt", bestätigte Franz.

Die Männer setzten sich widerwillig. Annemarie verschwand im Küchentrakt.

„Sie haben ja auch so rote Augen", stellte Enzo bei einem Blick auf Adam fest. „Was ist denn jetzt um Himmels Willen schon wieder passiert?"

Gerade als Francesca mit ihren Erklärungen ansetzen wollte, erschienen Gianluca und Jacqueline am Treppenabsatz. Der Italiener wirkte immer noch bleich und freudlos. Sein kurzer Kampf mit dem Tod in der vergangenen Nacht hatte deutliche Spuren in seinem sonst so sorglosen Gemüt hinterlassen. Jacqueline wirkte der gesamten Sache überdrüssig. Die beiden traten nicht gerade wie ein verliebtes Paar auf.

„Setzt euch zu uns. Gleich gibt es Kaffee. Und wir haben Neuigkeiten."

„Was hast du da für ein Pflaster am Hals, Francesca?", wollte Gianluca wissen.

„Das ist Teil der Geschichte. Also kommt her."

Die beiden setzten sich. Gianluca drückte sich neben Enzo auf die Couch. Jacqueline wählte einen alleine stehenden Sessel etwas abseits.

„Jetzt aber mal los mit der Geschichte." Marco wirkte ungeduldig. „Wir werden schließlich jede Minute abgeholt."

„Dass Gianluca und Jacqueline gestern Abend überfallen wurden, hat dir Marco vermutlich erzählt, oder?", fragte Francesca in Enzos Richtung.

„Dass dieser schreckliche Harald nochmal zurückkommt, hätte ich nicht gedacht." Marco drehte sich zu Enzo. „Du hättest diesen Psycho gar nicht einladen sollen. Er hat deinen Geburtstag in ein abscheuliches Schlachtfest verwandelt."

„Warum hast du ihn denn eigentlich eingeladen?", fragte nun Francesca Enzo.

Enzo schaute kurz zu Marco und zuckte mit den Achseln. „Na, er war auch Teil des Mannschaftsrats." Dann schaute er zu Gianluca hinüber. „Hättest du ihn etwa ausgespart?"

„Ganz ehrlich? Ja. Ich war ziemlich stinkig auf den Typ. Er hat mich finanziell fast ruiniert. Und dann meldet er sich jahrelang nicht. Schließlich sehen wir uns hier und er ist so dreist und pumpt uns wieder um Geld an."

„Ich hab es halt getan. Aber wen zum Teufel habt ihr denn jetzt da oben liegen, der auch noch mit ins Krankenhaus soll?" Enzo wurde ungeduldig.

„Adam und ich waren heute Morgen in der Hotelgarage. Da hat mich ein Mann angefallen." Francesca zeigte auf das große Pflaster an ihrem Hals. „Das war sein Werk."

„Warum tut Harald jetzt auch noch dir etwas an?" Gianluca ballte seine Fäuste. „Wenn ich den zwischen die Finger bekomme!"

„Es war gar nicht Harald Pfeiffer", sagte Adam kühl.

In diesem Moment blickte Francesca hoch konzentriert in die Runde, so dass sie genau feststellen konnte, wen diese Nachricht überraschte. Und das Ergebnis wunderte sie nicht im Geringsten.

„Wer ist es denn dann?", fragte Enzo.

„Er heißt Flavio", sagte Francesca.

„Ich kenne keinen Flavio", sagte Gianluca. „Ich auch nicht", kam es von Marco. Nur Enzo starrte ins Leere. Francesca konnte sehen, wie er angestrengt nachdachte.

Annemarie kam mit einem Tablett voll Tassen und zwei Kannen Kaffee herein und verteilte das Geschirr auf dem niedrigen Tisch.

„Flavio heißt doch der komische Freund meiner Schwester Magda", warf sie in die Runde. Sie fixierte Enzo. „So ein Zufall, oder?"

„Mmmmh."

Marco schaute auf seine Armbanduhr und dann zu

Franz. „Es wird spät. Enzo und ich müssten schon längst auf dem Weg zum Flughafen sein. Franz, könnten Sie nochmal nachfragen, wo der Geländewagen bleibt?"

„Der wird schon kommen", sagte Franz in stoischer Ruhe. „Wollen Sie denn jetzt nicht mehr wissen, was dieser Flavio hier überhaupt gemacht hat?"

„Ich gehe davon aus, dass er der Mörder ist. Wer denn sonst?"

„Bis gerade eben hattet ihr immer auf Harald Pfeiffer herumgeritten", sagte Francesca.

„Gut, ob es nun er oder dieser Flavio war, ist doch im Endeffekt egal. Wir müssen hier weg. So viel steht fest."

Enzo nickte langsam.

Francesca stupste ihn am Arm. „Willst du denn gar nicht mehr wissen, wer dich in der Sauna eingeschlossen hat?"

Enzo erwachte wieder aus seiner Starre. „Doch, doch. Natürlich. Wer war es?"

„Nicht dieser Flavio. Soviel behauptet er zumindest. Was denkst du?"

Marco stand auf. „Es ist doch egal, was wir denken. Franz wird den Fall sicher hervorragend lösen." Er eilte zur gläsernen Front und blickte unruhig hinaus. „Aber wir müssten jetzt wirklich mal."

„Enzo, was glaubst du? Wer hat dich eingesperrt?", fragte Francesca erneut.

Statt zu antworten, fragte Enzo zurück: „Wo hat der überhaupt gesteckt, dieser Flavio?"

„In der Hotelgarage", antwortete Adam.

„Komm Enzo, wir sollten schon mal draußen warten",

schlug Marco plötzlich vor.

„Das geht leider nicht“, fiel ihm Franz ins Wort. „Ich muss mich noch mit Ihnen beiden unterhalten. Flavio hat nämlich bereits eine Aussage gemacht und er bestreitet, dass er für die Morde und Mordversuche hier im Haus zuständig ist. Stattdessen hat er sich als Zeuge angeboten. Er möchte bezeugen, dass Sie gemordet haben.“

Marco drehte sich herum und schaute entgeistert. „Ich glaube es nicht. Nimmt denn dieser Spuk nie ein Ende?“

Enzo stand nun auch auf.

„Glauben Sie jetzt so einem dahergelaufenen Knastbruder mehr als uns beiden?“

„Warum Knastbruder?“, fragte Franz streng.

Enzo zögerte, so dass Marco ihm zur Seite sprang.

„Na, das ist doch klar. Jemand, der unbescholtene Bürger des Mordes bezichtigt, kann nur ein Krimineller sein, oder?“

„Ich glaube eher, dass Enzo weiß, von wem wir sprechen“, sagte Francesca und fixierte Enzo mit ihrem Blick. „Es ist nämlich wirklich der Flavio, der mit Annemaries Schwester Magda ein Verhältnis hat. Und Magda arbeitet als deine Haushälterin, Enzo. Ihr habt euch neulich beim Frühstück unterhalten, Annemarie und du. Dieser Flavio ist ein ehemals inhaftierter und verurteilter Bankräuber. Aber er wirft dir und deinem Freund schwerwiegende Verbrechen vor. Darüber müssen wir reden.“

„Erstens ist Marco mein Manager. Und zweitens muss ich mich wohl nicht für so einen Unsinn hergeben. Harald Pfeiffer läuft noch irgendwo da draußen rum. Kümmert euch lieber darum, dass er gefunden wird.“

„Ob Harald Pfeiffer wirklich rumläuft, wie Sie das sagen, bleibt abzuwarten“, sagte Franz und nahm seinen Polizeifunk zur Hand. „Die Kollegen überprüfen gerade eine weitere Aussage von Flavio.“

Franz drehte sich weg und sprach kurz über den Funk. Als er sich wieder zurückdrehte, schaute er betreten drein und nickte Francesca kurz zu.

„Oh nein. Stimmt das wirklich?“, stöhnte Francesca auf. Arne saß neben Francesca und streichelte ihr mit seiner gesunden Hand beruhigend über die Schulter.

„Wir haben eine Leiche gefunden. Männlich, ca. 50 Jahre alt. Unten in der Baugrube für das neue Ausflugslokal“, fasste Franz kurz zusammen. „Ich wette nie. Aber täte ich es, würde ich alles darauf setzen, dass Harald Pfeiffer seine letzte Ruhe in der Schlammgrube dort gefunden hat.“

„Na bitte“, antwortete Marco trotzig. „Da haben Sie den Beweis. Wenn Ihnen dieser Flavio gesagt hat, dass Harald Pfeiffer erschlagen in der Baugrube liegt, dann war er ja wohl auch der Mörder.“

Francesca stockte der Atem. Sie stand ebenfalls auf. „Jetzt haben wir euch, ihr Dreckschweine.“

Gerade kamen Cosimo und Clara die Treppe herunter. „Aber Mama“, grinste ihr Sohn. Doch Francesca zischte nur: „Jetzt nicht.“

Sie wandte sich wieder an Marco und Enzo. „Kein Mensch hat gesagt, dass er erschlagen wurde.“

Franz verstand und bemühte sofort den Polizeifunk. „Kollege? Noch eine Frage. Wie ist der Tote denn gestorben? Kann man schon was sagen?“ Franz` Augen weiteten sich. „Danke“, hauchte er noch in die Sprechmuschel. „Und kommt mal rauf. Wir brauchen eure Unterstützung.“

Enzo und Marco drängten zum Ausgang, doch Adam war schneller. Trotz seiner geschwollenen Augen hatte er die beiden Männer nicht unbeobachtet gelassen. Nun stand er schon bei Marco, der sich wehrte. Mit einem gekonnten Griff seiner Pranken drehte Adam dem wesentlich größeren Marco einen Arm auf den Rücken, dass dieser vor Schmerz aufschrie. Dann nahm der junge Polizist ein Paar Handschellen aus seiner Jackentasche und fixierte den um sich tretenden Managercousin an einem Heizkörper.

Enzo hatte sich in der Zwischenzeit in die Drehtür geflüchtet. Doch Gianluca war schneller und zerrte den kugelrunden Enzo wieder heraus und drückte ihn auf den Boden.

„Warum so eilig, die Herren?“, fragte nun Franz, der nach vorne gekommen war. „Wussten Sie beide vielleicht schon, dass Harald Pfeiffer eine klaffende Wunde am Hinterkopf trägt?“

Enzo schnaubte ärgerlich. „Lass mich los“, motzte er Gianluca an. „Kümmere dich lieber um den Jungspund da. Ich glaube, er hat unsere Freunde auf dem Gewissen.“ Marco schaute irritiert zu dem alten Enzo hinüber. Ihre Blicke begegneten sich und Abscheu lag darin.

„Ich glaube sogar, dass er mich in der Sauna grillen wollte. Also kümmert euch lieber um diesen Drecksmörder. Er hat meine Gäste auf dem Gewissen.“ Enzo spuckte vor Marco auf den Boden.

Dessen Beine gerieten wieder in Bewegung. „Spinnst du, alter hässlicher Mann? Willst du mir hier deine Morde in die Schuhe schieben?“ Er rüttelte an dem Metall um seine Handgelenke und blickte angewidert in die Runde. „Er war es, ganz allein. Nur er hat ein Motiv.“

„Und das wäre?“, fragte Francesca, die nun ebenfalls bei den beiden giftenden Gestalten stand.

„Mamma daheim darf nicht wissen, dass ihr Enzo ein Homo ist“, rief Marco verächtlich. Alle blickten nun irritiert zwischen Enzo und Marco hin und her. Doch Marco zog die Aufmerksamkeit zurück auf sich.

„Und außerdem darf dieser Figlio di Puttana in Italien nicht mehr als Fußballtrainer arbeiten. Das hat ihm der Verband so eindeutig gesagt. Sonst lassen sie Enzo hochgehen.“

„Halt dein geldgieriges Maul“, rief Enzo etwas kraftlos, doch Marco redete einfach weiter.

„Sie wissen nämlich von all seinen Spielmanipulationen in den vergangenen Jahrzehnten. Erst als Spieler, dann als Trainer und Funktionär.“

„Und warum sollte Enzo dann seine Freunde umbringen?“, fragte nun Gianluca den angeketteten Marco - und sein Gesicht verriet Ekel.

„Weil er dachte, dass er von einem von euch alten Säcken erpresst wird. Auf den rosa Briefen, die er bekommen hat, lautete die Unterschrift immer ‚Dein Freund vom Mannschaftsrat‘. Deshalb hat er euch doch eingeladen. Damit ihr alle kommt und euch abschlachten lasst.“ Schaum hatte sich vor Marcos Mund gebildet, als er Gianluca die Worte zugespuckt hatte.

„Glaubt ihm kein Wort“, giftete nun wieder Enzo. „Wie hätte ich Klaus töten sollen, wo ich doch selbst in der Sauna saß und fast umgekommen wäre?“

„Das stimmt“, schaltete sich Francesca ein. „Dazu hattest du Marco. Aber du konntest Stefano erschlagen. Und auch Harald.“

Eine Stille entstand. Plötzlich brach sie Gianluca. Er packte Enzo so fest er konnte am Kragen seines blütenweißen Hemdes und fragte: „Aber warum?“

Cosimo antwortete von hinten. „Ist doch klar, Dad. Ein Schwuler kann nicht russischer Nationaltrainer werden. Da wanderst du in den Knast dafür. Und Enzo wollte wohl verhindern, dass ihr sein Geheimnis ausplaudert.“

Gianluca wurde bleich und ließ Enzo zurück auf die Erde sinken. „Aber, verdammt, ich wusste noch nicht einmal, dass du schwul bist. Und die anderen doch auch nicht.“

Enzo antwortete leise. „Stefano wusste es auf alle Fälle. Damals bei der großen Pokalfeier hab ich ihn auf der Toilette bedrängt. Daraufhin hat er den Verein gewechselt.“

„Und als du ihn umgebracht hattest, warum war dann nicht Schluss? Warum auch noch Klaus, Harald und Gianluca?“, fragte Francesca.

„Weil die rosa Briefe nicht aufhörten, in meinem Zimmer aufzutauchen. Nach jedem Mord kam wieder so ein scheißrosa Umschlag und forderte mehr und mehr.“

„Halt dein Maul, du alter Vollidiot“, stieß Marco dazwischen. „Wie konnte ich es nur mit so einem fetten Drecksack wie dir aushalten?“

„Du, du bist Schuld, dass das hier alles passiert ist. Deine Geldgier hat mich dazu getrieben. Außerdem wäre ich gar nicht auf solche Ideen gekommen. Aber du hast ja keine Skrupel, du Stricher."

Ein langes Hupen brachte alle Beteiligten plötzlich zurück in die Gegenwart. Draußen stand ein orangefarbener Jeep. Marco und Enzo würden nun fahren. Aber nicht zum Flughafen, sondern unter Polizeischutz dahin, wo man geständige Mörder im Allgemeinen hinbrachte, an einen Ort mit wenig Licht und hohen Mauern.

Kapitel 39

Es war ein kalter klarer Tag im Mailänder Spätherbst. Francesca stand im Stadtteil San Siro auf dem großen Vorplatz des Giuseppe-Meazza-Stadions. Ihre kastanienbraunen Locken bändigte eine dunkle Mütze, die sie sich gegen die windige Kälte über die Ohren gezogen hatte. Ihr schwarzer Kurzmantel fügte sich gut in die Umgebung. Denn das Stadion trug Trauerflor. Obwohl heute kein Spiel stattfinden sollte, wimmelte es von Mailand-Fans in ihren Kutten, die um den Oberarm eine schwarze Binde zum Zeichen der Trauer trugen.

Francesca blickte auf die Uhr. In einer halben Stunde würde es losgehen. Ob er pünktlich kommen konnte? Sie drehte sich im Kreis und überprüfte noch einmal ihren Standort. Nein, hier beim Ticketschalter hatten sie vereinbart. Sie stand sicher richtig. Cosimo und Clara waren schon vor ihr ins Stadion gegangen. Doch sie wartete lieber hier draußen auf ihn. Und dann kam er. Schon von weitem sah sie seinen rotblonden Schopf. Als er nur wenige Schritte von ihr entfernt stehen blieb, grinste er sie an. Dabei tanzten einmal wieder die Sommersprossen auf seiner Nase. Francesca spurtete auf ihn zu und fiel ihm um den Hals.

„Au, nicht so stürmisch, me Dirn. Diese Schulter verzeiht immer noch keine unbedachten Bewegungen."

„Mein armer Kapitän! Leider kann ich darauf keine Rücksicht nehmen, hab dich viel zu lange schon nicht mehr gesehen." Sie lächelte ihn mit glühenden Augen an. „Aber ich freue mich!"

„Ich mich auch. Ich mich auch. Fast hätte ich heute schon die Kaimauer gerammt, als ich in Genua angelegt habe, nur um rechtzeitig zu dir zu kommen."

„Super. Wenn das dein Chef erfährt, dann kündigt er dir vielleicht und es wird ein wenig einfacher, dich zu treffen, du Seebär."

„Da kann ich dich beruhigen. Erstens ist der Kapitän immer sein eigener Chef. Und zweitens kannst du mich jederzeit gerne sehen. So eine Schifffahrt, die ist lustig."

„Aber nicht bei meiner Seekrankheit." Francesca nickte in Richtung Stadion. „Aber lass uns mal reingehen, damit wir noch kondolieren können."

Die beiden setzten sich in Bewegung und reihten sich in die lange Schlange der Fans ein, die im Inneren des Stadions an den aufgebahrten Urnen vorbeiziehen wollten.

Als sie schließlich vor den drei weißen Steingefäßen mit den blau-schwarzen Vereinsfahnen und den Blumenbouquets standen, brach alles wieder aus Francesca heraus. Sie spritzte Weihwasser auf die erste Urne, in der Stefano lag. Ein großes Bild, das ihn als Spieler zeigte, brachte Francescas Erinnerungen an die Toten als junge Männer zurück. Wie sie in ihrem und Gianlucas Garten gescherzt und gelacht, gegessen und getrunken, groß aufgesprochen und gezankt hatten.

Sie musste an das unsägliche Hotelwochenende vor einigen Wochen zurückdenken und wie gerne sie Stefano nun den Schaden an seinem Auto bezahlt hätte, obwohl sie gar nicht Schuld an dem Unfall gewesen war.

Arne packte Francesca leicht bei den Schultern und schob sie zur nächsten Urne. Auch hier tauchte Francesca den Pinsel in die Weihwasserschale und übergoss das Tongefäß und Klaus‘ Bild mit feinen Wassertropfen.

Ihr schoss wieder in den Kopf, wie sie auf Klaus‘ Brust getrommelt hatte, wie sie um sein Leben kämpfen wollte, obwohl er schon lange hinüber an diesen magischen Ort gegangen war. Sie schniefte leise und wünschte ihm alles Gute, da, wo er jetzt war. Viel zu früh war er dorthin gegangen.

Sie raffte sich auf und trat an die dritte Urne. Dort schmerzte es besonders. Denn Harald hatte die letzten Jahre seines Lebens kein Glück mehr gehabt. Er war nicht versöhnt mit dieser Welt, als er so brutal aus dem Leben geschlagen wurde. Francesca spritzte auch zu seinem Gedenken mit Weihwasser und bekreuzigte sich. Dann wandte sie sich Arne zu, und die beiden suchten sich auf der Haupttribüne ihren Platz, der ihnen für die anschließende Trauerfeier zugewiesen worden war.

Dort begrüßte Arne Cosimo und Clara mit Handschlag. Die beiden lächelten ihm traurig entgegen. Cosimo deutete auf seine Schulter und Arne hob als Antwort den Daumen.

Gianluca kam hinzu. Ihn begleitete heute eine Blondine, die vermutlich gerade erst volljährig geworden war. Er begrüßte Francesca und Clara mit Wangenküssen, dann reichte er Arne und schließlich Cosimo die Hand.

„Wo hast du Jacqueline gelassen?“, flüsterte Francesca Gianluca ins Ohr.

„Sie ist nach Paris, und Fernbeziehungen sind nicht so mein Ding.“

Francesca schaute ihm ins Gesicht. „Du hast das mit dem Grünfutter nicht mehr ausgehalten, gib es zu!“

Gianluca nickte langsam. „Ja, sie aber auch nicht.“

„Wie? Jacqueline lebt nicht mehr vegan?“

„Bevor sie gegangen ist, hat sie sich in meiner Pfanne noch ein Rührei gebraten. Ohne abzuspülen.“

„Aber wie will sie dann berühmt werden?“

„Sie bloggt jetzt. Mode. Vielleicht klappt es damit.“

„Wollen wir es hoffen. Irgendwie ist sie mir ans Herz gewachsen.“

Gianluca schaute Francesca komisch von der Seite an.

„Na, sie hätte fast unsere Tochter sein können. Da sind Muttergefühle in mir hochgekocht.“ Dann lächelte sie, als sie Gianlucas Seitenblick auf seine aktuelle Begleiterin bemerkte.

Als die Zeremonie bereits angefangen hatte, drückte sich ein bekanntes Fernsehgesicht auf den Platz zwischen Francesca und Gianluca. Der kleine Mann um die 50 war sich seines Heldenstatus wohl im Klaren. Obwohl unten auf dem Rasen über die Verstorbenen gesprochen wurde, winkte er ungeniert seinen Anhängern und ließ sich feiern.

„Matze, schön, dass du kommen konntest. Aber jetzt setz dich, sonst ist die ganze feierliche Stimmung dahin", rügte ihn Francesca.

„Ja, mei, weissd. Die Leud sin hald froh mich zum haben. Schließlich häd ich ja auch da unden liegen können. Der fedde Enzo had doch dadsächlich einen Anschlach auf mich vorghabd. Da, wo mir der Scheinwerfer auf den Kopf gfallen is. Da had die Polizei festgstelld, dass das Absichd war, stell dir so was mal vor. Die wollden mich umbringen."

Alle Augen richteten sich nun auf Matze. Er hatte deutlich zu laut gesprochen. Deshalb flüsterte ihm Francesca beschwichtigend zu.

„Wahnsinn, Matze, so eine Gefahr. Da ist das ja gar nichts dagegen, dass sie mir fast den Hals aufgeschlitzt und Gianluca so gut wie erstickt haben. Drei Tage mit den Mördern eingesperrt in einem Hotel, das hättest du bestimmt mit links gemacht."

„Freilich, mich häd ihr gebrauchd. Du, und des is dei Dochter, oder?", fragte er Gianluca und nickte dabei in Claras Richtung.

„Ja, aber sie ist deutlich zu alt für dich", antwortete

stattdessen Francesca.

„Ne, ned deswechen. Die is doch des Mäuschen von der Bresse. Der geb ich nachher gern ein Inderview, gell."

„Ist recht. Aber jetzt gib Ruhe", befahl Francesca und der sonst so redselige Matze hielt sich tatsächlich daran.

Nach der Trauerfeier gingen die Überlebenden vom Hotel noch zu einem eigens von Francesca organisierten Essen. Annemarie kam mit ihrer Schwester Magda. Franz erschien mit einem viel selbstbewusster dreinblickenden Adam. Jacqueline fehlte, dafür nahm Gianluca seine neue Flamme mit. Sie hieß Chiara und zeichnete sich durch eine hohe Fürsorgepflicht aus. In kurzen Abständen wies sie ihren Sugardaddy Gianluca nämlich darauf hin, nicht so viel Alkohol zu trinken. Schenkte der Kellner Rotwein in Gianlucas Glas nach, feuerte die blasse Chiara diabolische Blicke in Richtung der beiden Männer ab. Und als Gianluca ein Glas Grappa serviert bekam, packte das junge Ding tatsächlich das volle Glas und kippte den hochprozentigen Inhalt in die auf dem Tisch stehende Blumenvase.

Francesca konnte sich ein mitleidiges Grinsen nicht verkneifen.

Nach dieser Episode berichtete Clara von ihrer journalistischen Auszeichnung, die sie für eine Reportage über die drei Tage im Horror-Hotel erhalten hatte.

„Gut gemacht, meine Tochter", sagte Francesca und blickte in die verwunderten Augen von Clara.

„Aber du findest doch das ganze Journalismus-Ding,

das ich mache, blöde Zeitverschwendung."

„Ich finde alles gut, was du aus freien Stücken machst. Und zuerst habe ich eben geglaubt, dass du mit dem Sportjournalismus nur in der Nähe deines Vaters sein willst."

„Und jetzt?"

„Jetzt hast du dich voll reingehängt. Und egal, ob erfolgreich oder nicht, ich bin stolz darauf, dass du dein Bestes gibst."

Claras Mund verzog sich zu dem breitesten Lächeln, das Francesca seit Jahren an ihrer Tochter gesehen hatte.

„Salute. Auf meine Tochter und meinen Sohn. Sie sind die Besten, die ich mir wünschen könnte."

Gianluca schaltete sich ein. „Clara, echt super. Aber was genau hat jetzt Cosimo beigetragen?"

Francesca lächelte ihrem Ex seelenruhig ins Gesicht.

„Na, er hat den Fall gelöst."

„Wie, er hat den Fall gelöst?"

„Ich hab den Fall gelöst?" Cosimo prustete und v erschluckte sich fast an seiner Coke, von der er gerade einen großen Schluck genommen hatte.

„Du hast lange vorher mal angedeutet, dass du nicht glaubst, dass Enzo und Marco Cousins sind. Das ist mir in der Nacht eingefallen, bevor die Straße geöffnet wurde. Also bin ich morgens gleich zu Annemarie gegangen."

„Und Annemarie wusste es?", fragte Gianluca.

„Nein, natürlich nicht", sagte nun Annemarie. Dabei klopfte sie ihrer Schwester Magda auf die Schulter. „Aber ich habe Magda angerufen, weil sie als Enzos Haushälterin schließlich wissen musste, auf welcher Uferseite er sich befindet."

„Und ich habe gleich nach meinem Verlobten Flavio gefragt", erklärte Magda. Sie seufzte. „Ich hatte mir schon lange die größten Sorgen gemacht, als er nicht mehr ans Telefonino ging und in der Zeitung die Rede von Toten in Annemaries Hotel war."

„Mein Bericht", grinste Clara. „Wurde sogar in den italienischen Tageszeitungen gebracht."

„Das stimmt", sagte Magda. „Und ich wusste, dass Flavio Enzo nachgereist war. Er hatte versprochen, danach mit mir in Urlaub zu fahren", und kleinlaut fügte sie noch hinzu: „Und mich zu heiraten."

„Wo ist Flavio jetzt?", fragte Francesca.

Magdas Augen füllten sich mit Tränen. „In Untersuchungshaft."

„Aber man hatte ihm doch zugesagt, dass seine rosa Briefe nicht an den Staatsanwalt weitergeleitet werden."

„Vor drei Wochen wurde eine Bank in Innsbruck überfallen", sagte Magda traurig. Annemarie strich ihrer Schwester tröstlich über den Rücken.

„Magda wohnt jetzt erst mal eine Zeit bei mir. Ich freue mich, wenn ich Hilfe mit dem Hotel habe."

Viel zu früh brach der Abend herein und Arne musste zurück, da sein Schiff in wenigen Stunden ablegen würde.

„Ich will dich wiedersehen, mein Seemann."

„Ich dich auch." Er reichte Francesca einen Briefumschlag und eine kleine rechteckige Schachtel, die in glänzendes Sternenpapier verpackt war.

„Was soll ich zuerst aufmachen?"

„Erst den Umschlag. Aber sag nichts, bevor du nicht das zweite Geschenk geöffnet hast."

Francesca prüfte das kleine Päckchen in ihrer Linken. Es war leicht und klein. Manch einer hätte Schmuck darin vermutet. Francesca hielt die Luft an und öffnete zuerst den Umschlag. Er enthielt eine Einladung zu einer Kreuzfahrt. Kochduell auf hoher See, stand darauf.

Francesca wollte etwas sagen, da unterbrach sie Arne. „Kein Kommentar, bis du nicht auch das Päckchen gesehen hast."

Francesca wurde etwas flau im Magen. Alle Augen ruhten auf ihr. Langsam wickelte sie das Glanzpapier vom Paket. Als eine Ecke des Kartons hervorlugte, musste sie grinsen. Sie stieß Arne in die Seite.

„Fast hätte ich gedacht, dass da was anderes drin wäre."

Arne grinste zurück. „Warum, da ist das drin, was du am meisten brauchst, um mich wiederzusehen."

„Stimmt, mehr brauch ich nicht zu meinem Glück." Francesca ließ Umschlag und Päckchen zu Boden fallen und umarmte Arne stürmisch, dann gaben sich beide einen langen und zärtlichen Kuss.

„Mum, was hat er dir geschenkt?", rief Cosimo neugierig von hinten.

Francesca hob den Karton hoch und las laut: „Vomacur, Arzneimittel gegen Reisekrankheit."

Und Arne flüsterte in ihr Ohr: „Hilft auch in schwierigen Fällen."

Francesca frühstückt gerne gut und selten so spartanisch wie es viele Italiener tun.
Dicke Frühstückspfannkuchen und gebackener Porridge zählen dabei zu ihren Favoriten, deren Geheimnisse sie hier verrät:

Dicke, fluffige Frühstückspfannkuchen (Pancakes) für mindestens 4 mehr oder weniger verdächtige Frühstücksgäste

2 Eier
eine Prise Salz
eine Prise gemahlenes Vanillepulver (oder ein Päckchen Vanillezucker)
4 EL Rohrzucker (oder normaler)
300 g Mehl (Francesca schwört auf Dinkelmehl Type 630, gerne auch aus dem vollen Korn, dann nennt es sich Type 1050)
1 Päckchen Weinsteinbackpulver (ist besser verträglich als gewöhnliches Backpulver!)
300 ml Milch (Jaqueline kann schon wegen der Eier nicht mitessen, deshalb müssen wir hier auch nicht die Milch durch Mandelmilch ersetzen)
50 g geschmolzene Butter (jetzt würde für Jacqueline das Fass aber gewaltig überlaufen☺)

Perfektionisten wie Francesca trennen zuerst die Eier und

schlagen wie im Buch (am ersten Morgen in der Hotelküche) beschrieben das Eiweiß mit der Hand auf. Aber auch faule Köche erzielen ein gutes Ergebnis, wenn sie die Eier öffnen und in einer Schüssel gemeinsam aufschlagen. Zucker, Salz und Vanillepulver hinzugeben und mit dem Schneebesen weiterrühren. Nun das Mehl und das Backpulver zugeben. Weiterrühren. Die Milch einfließen lassen. Weiterrühren. Achtung: Francesca akzeptiert an dieser Stelle keine Klümpchen. Das gilt zumindest für die Perfektionisten unter Ihnen.
Zuletzt die geschmolzene Butter unter den (klümpchenfreien!) Teig geben, und all die Streber da draußen heben auch noch ihr geschlagenes Eiweiß unter.
Stellen Sie eine beschichtete Pfanne auf den Herd und backen Sie bei mittlerer Hitze kleine Häufchen Teig als Pfannkuchen aus (ca. die Menge einer Soßenkelle oder zwei Esslöffel pro Pancake). Dabei darf die Pfanne ungefettet bleiben, die Butter schwimmt ja schon im Teig.
Wenn die Teigpfützchen an der Oberfläche Blasen werfen, müssen Sie die Pfannkuchen umdrehen und noch eine halbe Minute auf der anderen Seite weiterbraten. Dann sollten die kleinen Schätzchen aber die Pfanne für ihre Nachfolger frei machen. Und Sie können jetzt entscheiden, ob Sie die fluffigen Teilchen sofort verdrücken, oder sie zusammen mit ihren Kollegen bei 50° C im Ofen warm halten, bis der gesamte Teig verbraucht ist.

Francesca serviert dazu gerne eine schnelle süße Blaubeersoße. Hierzu erwärmt sie in einem kleinen Topf **4 EL Agavendicksaft** und gibt **100 g gefrorene Blaubeeren**

dazu. Dieses Gemisch darf kurz kochen und blubbern, bis die Blaubeeren erwärmt sind und sich ihr Saft mit dem süßen Agavendicksaft vermischt hat. Dann nichts wie drauf auf die luftigen Pancakes und genießen.
(Wer es klassisch liebt, darf selbstverständlich auch Ahornsirup über seine Pfannkuchen tröpfeln. Es soll sogar Feinschmecker geben, die Marmelade darauf verteilen. Auch gut!)

Gebackener Porridge

Die deutsche Übersetzung für Porridge ist vermutlich daran schuld, dass dieses Frühstück in unseren Breitengraden wenig beliebt ist. Zum einen wäre da Hafer – was uns ja irgendwie an Pferdefutter erinnert – und dann auch noch Schleim. Bitte sofort Kopfkino ausschalten!
Puristen kochen für ihren Porridge nur Haferflocken mit einer Prise Salz und Wasser auf. Zu Recht darf Sie an dieser Stelle der Ekel packen. Francesca genießt jedoch gerne. Und zeigt hier, wie aus schnödem Porridge ein wärmendes Wohlfühlfrühstück wird:

75 g Haferflocken
250 ml Milch
je eine Prise gemahlene Vanille, Muskat, Zimt und Salz
2 EL gemahlene Mandeln (wenn Sie Kokos lieben, dann geben Sie doch auch noch 2 EL Kokosflocken dazu – schmeckt karibisch!)

2 EL gehackte Walnüsse
1 EL brauner Rohrohrzucker
1 reife Banane, geviertelt und in kleine Stückchen geschnitten (wenn Sie nie wissen, was Sie mit ihren überreifen Bananen anfangen sollen – bitteschön, ins Porridge damit; denn je reifer die Banane, desto besser)
100 ml Sahne

Francesca greift sich eine runde ofenfeste Form mit einem Durchmesser von ungefähr 20 cm und mischt darin alle trockenen Zutaten. Dann heizt sie den Backofen auf 170°C (Umluft) vor. Nun stückelt sie die Banane und gibt sie mit der Milch zu den trockenen Porridge-Bestandteilen. Mit einem Esslöffel umrühren. Zuletzt noch die Sahne zugeben. Wieder umrühren.
Dann die Porridgemasse für ca. 35 Minuten im Backofen garen.
Perfektionisten streuen ca. 5 Minuten vor Backzeitende den Zucker über das Porridge, um eine leichte Karamellschicht zu erzeugen. Schmeckt aber auf alle Fälle auch gut, wenn der Zucker einfach von Anfang an mitgebacken wird.
Übrigens ist dieses Rezept auf keinen Fall starr. Sämtliche Nusssorten können zum Einsatz kommen. Leeren Sie Ihren Küchenschrank, verbrauchen Sie Ihre Vorräte. Wenn keine Banane da ist, süßen Sie einfach ein wenig mehr mit Zucker oder geben ein anderes Obst hinzu. Trockenfrüchte schmecken ebenfalls toll.
Seien Sie kreativ! Aber lassen Sie die Haferflocken drin, sonst hat das Porridge ja seinen Namen nicht mehr ver-

dient.

Weil das Leben nicht nur aus Frühstück besteht, kennt Francesca auch noch ein Rezept für herrlich herbstliche Kürbisgnocchi (bitte sagen sie „Njoki“, wer „Gnotschi“ sagt, bestellt es besser nicht im Beisein von echten Italienern!).

Kürbisgnocchi

1 Stück Kürbis (ca. 1 kg, bei Hokkaido kann man die Schale dran lassen)
2 Eigelb
300 g Dinkelmehl (gerne auch hier wieder volles Korn, für die Gesundheit!)
Salz, Pfeffer und frisch geriebene **Muskatnuss**

Francesca dreht ihren Backofen zuerst auf 160°C (Umluft) auf. Dann wird der Kürbis entkernt und in Spalten geschnitten. In einer hitzebeständigen Form oder auf dem Backblech schiebt man ihn nun für ca. 1 Stunde in den Ofen.
Die gebackenen und abgekühlten Kürbisstücke werden anschließend im Mixer püriert. Francesca gibt hinterher das Mehl, die Eigelb und Gewürze auch gleich in den Mixer und lässt das Gerät den Teig herstellen.
In einem großen Topf setzt sie Wasser zum Kochen auf. Wenn es kocht (und erst dann), gibt sie Salz hinzu. Dann sticht sie mit zwei Teelöffeln Nocken des orange-

farbenen Kürbisteigs ab und gibt sie nacheinander in das blubbernde Nass im Topf. Keine Eile! Diese Gnocchi zerfallen nicht.
Wenn alle Nocken im Topf gelandet sind, Hitze kleinstellen und im offenen Gefäß ca. 10 Minuten weiterköcheln.

Francesca serviert die Gnocchi gerne geschwenkt in einer Sauce aus **Creme fraiche (100 g)**, kleingeschnittenen **Salbeiblättern (ca. 6 Blätter)**, **Gorgonzola-Käse (50 g)** und **Gemüsebrühe (100 ml)**.
Hierzu lässt Francesca in einer Pfanne den Käse mit den restlichen Zutaten schmelzen (kleine Flamme!). **Salzen** und **pfeffern** nicht vergessen! Gerne reibt sie noch ein wenig **Parmesan** dazu.
Wer ein wenig Schärfe vertragen kann, sollte unbedingt ein paar **Chiliflocken** oder irgendwas anderes Scharfes in die Sauce bröseln.

Die fertigen Kürbisgnocchi angelt Francesca mit einer Schöpfkelle aus dem Topf und gibt sie sofort in die Pfanne mit der Käsesauce. Alles gut vermengen und unbedingt mit einem guten Glas Wein genießen. Da gibt es auch tollen veganen, und der schmeckt verdammt nochmal prima!